संगसार

नासिरा शर्मा

वाणी प्रकाशन

वाणी प्रकाशन
4695, 21-ए, दरियागंज, नयी दिल्ली 110 002
फ़ोन : +91 11 23273167 फ़ैक्स : +91 11 23275710
शाखाएँ
अशोक राजपथ, पटना 800 004, बिहार
कॉफ़ी हाउस कैम्पस, महात्मा गांधी मार्ग, इलाहाबाद 211 001, उत्तर प्रदेश
महात्मा गांधी अन्तरराष्ट्रीय हिन्दी विश्वविद्यालय, वर्धा 442 001, महाराष्ट्र
सुल्तानिया रोड, मोतिया पार्क, भोपाल 462 001, मध्य प्रदेश
www.vaniprakashan.com
marketing@vaniprakashan.in
sales@vaniprakashan.in

SANGSAAR
by Nasera Sharma

ISBN : 978-81-8143-984-0
Stories

प्रथम संस्करण 2009
द्वितीय संस्करण 2020

मूल्य : ₹ 350

सिटी प्रेस, दिल्ली-110 095 में मुद्रित

वाणी प्रकाशन का लोगो मक़बूल फ़िदा हुसेन की कूची से

मोहसिन मीहन दूस्त को

जो गूँगे आसमान तले
झूठे पर्वत के नीचे
आज़ादी की हवाओं में महके
विचार में सनसनाए
ख़ून में उबले और
धरती पर बूँद-बूँद,
जज़्ब हो, लालः के फूल की शक्ल में
बार-बार मुरझाने से पहले
जी भरकर खिलखिलाए !

दो शब्द

ये कहानियाँ इनसानों की अभिलाषाओं, इच्छाओं और सपनों की दस्तावेज़ मात्र हैं, किसी धर्म, विचार, मत की अच्छाई और बुराई को बताने का रोज़नामचा नहीं; बल्कि ये उन बनदसीब शहीदों के पंचनामे हैं जिन्होंने अपने वतन को सायेदार दरख़्तों से ढँकना चाहा, खेत और कारख़ानों से सजाना चाहा, इनसान को हर तरह के भय से आज़ाद कर उसकी ग़ुलामी की ज़ंजीरें काटनी चाहीं, उसके फैले हाथों और ख़ली पेट पर रोटी का सूरज रखना चाहा, मगर मौत उन्हें रास्ते में ही चील की तरह झपट्टा मार कर निगल गई।

ये रचनाएँ उसी अधूरे कशमकश की सनद हैं, जो मानवीय संघर्ष के सफ़र में मील का पत्थर साबित होकर आधारशिला की मजबूती की सूचना देती हैं कि आनेवाली नस्लें इन बीहड़ रास्तों को सुगम बनाने में लगातार शामिल होती रहें; आख़िर मुक्ति का रास्ता इतना आसान नहीं जो कम्प्यूटर के रिज़ल्ट की तरह पल-भर में हाथ लग जाए, बल्कि नस्लों को इस आतशकदे में होम होना पड़ता है।

ये कहानियाँ ईरान की उन सारी जगहों को, जहाँ इनसानी ख़ून की बूँदें धरती की प्यास बन कर उमर ख़य्याम की रुबाइयों के दर्शन में ढलीं कि यह मिट्टी बुज़ुर्गों, पूर्वजों के वजूद के अंश से लबरेज़ हम से हर शै में हम-कलाम होती हैं, ख़ामोश संवाद का एक न समाप्त होनेवाला सिलसिला बनाती हैं; वहीं पर एक ज़िम्मेदारी का अहसास भी उस धरती पर साँस लेनेवाले ज़िन्दा लोगों के सामने रखती हैं कि क्या इनसानों के बीच संवाद स्थापित करने का सेतु केवल राजनीति जैसा संकीर्ण माध्यम है या मानवीय परम्पराएँ हैं? दायरों, धर्मों, विचारों और मठों में बँट जाना ही जीवन का लक्ष्य है या फिर मानव जाति के लिए कुछ करना और उसे एकता में बाँध कर समस्याओं को सुलझाना बेहतर है?

उस समय ईरान अपनी निष्ठा एवं बलिदान की पराकाष्ठा पर पहुँचा हुआ था मगर वह जज़्बा सामूहिक प्रयत्न का न हो कर अपनी-अपनी सीमा तक बँधा था। जिसने अपनों से मोहब्बत करने के बजाय नफ़रत करना सिखाया। उसका इल्ज़ाम कभी शाह, कभी इसलाम, कभी साम्यवाद को दिया जा सकता है। यह अपने-अपने दृष्टिकोण पर निर्भर है, मगर कुल मिला कर ध्यान देने की बात यह है—कोई भी धर्म या व्यवस्था तभी नकारी जाती है जब उसमें तानाशाही किसी भी रूप में मौजूद हो और इनसानों से उनके जीने के सारे सहज अधिकार और बुनियादी सुविधाएँ छीन ली जाएँ। ऐसा ही कुछ ईरान में बरसों से होता चला आया है।

ईरान में एक सन्तुलित समाज की इच्छा वहाँ के हर नागरिक के मन में है और वही जज़्बा इस संग्रह की कहानियों के माध्यम से व्यक्त हुआ है।

इन कृतियों से गुज़रते हुए सहज ही पाठकों के मन में यह प्रश्न उठ सकता है कि विदेश की पृष्ठभूमि पर लिखी इन कहानियों द्वारा मैं क्या साबित करना चाहती हूँ, जबकि हमारे सरोकार अपने देश तक सीमित होने चाहिएँ। दूसरे देश से हमारा सम्बन्ध केवल कूटनीति, व्यापार एवं पर्यावरण तक सीमित होना चाहिए या फिर केवल धन कमाने के लिए घर से कदम निकालना उचित एवं तर्कसंगत लगता है मगर एक लेखक की संवेदनाएँ, उसके अनुभवों का दायरा इन बन्दिशों को तोड़ कर आम इनसानों के दुःख-दर्द से जुड़ जाता है। उसके सरोकार विराट मानव समाज से जुड़ कर दुनिया को देखते हैं उसके लिए कोई अपना या पराया नहीं होता है ऐसा ही कुछ मेरे साथ घटा कि मेरी क़लम यात्रा संस्मरण की सीमा को लाँघ कर आम इनसान के दिल-ओ-दिमाग़ में प्रवेश पा गई। फ़ारसी भाषा जानने के कारण उनकी जीवनगाथा सुनने का नहीं बल्कि देखने और समझने का जो अवसर मिला उसने इन रचनाओं को जन्म दिया।

ये कहानियाँ १९८० और १९९२ के बीच में लिखी गई थीं। ऐसी पत्रिकाएँ (शेष, लहर, विचारबोध, साप्ताहिक इत्यादि) इन्हें छापती रहीं जो स्वयं अब छपना बन्द हो चुकी है। आशा है पाठक अपनी तरह के दिल व दिमाग़ रखनेवाले दूसरे इनसानों की कहानियाँ पढ़ कर अपनी साझा मानवीय विरासत के आईने में उनके दुःख-सुख में अपना चेहरा देख पाएँगे। जो दूसरे देश में रह कर भी हमारी तरह एक दिल, एक दिमाग़, दो आँख, दो कान, दो हाथ-पैर रखनेवाले इनसान हैं।

क़ब्र में सोए उन कर्मठ, निष्ठावानों को जो आज भी दिलों के चिराग़ बन गरमी और रोशनी देते हैं। उन्हें श्रद्धा भरा सलाम।

—नासिरा शर्मा

१०८, न्यू कैंपस, उत्तराखंड,
जवाहरलाल नेहरू विश्वविद्यालय,
नई दिल्ली-११००६७

अनुक्रम

तारीख़ी सनद

उस दिन मैदाने ज़ाले ने ख़ून के छीटों से समय की सबसे सुंदर अल्पना अपने सीने पर सजाई थी। पौ फटते ही तारीख़ जैसे अपना क़लम लेकर समय की सबसे लोमहर्षक कथा लिखने को बैठ गई थी और मैं अपने हाथ में पकड़ी मशीनगन से हमवतनों का सीना छलनी करने के लिए आमादा सिर्फ हुक्म का मुंतज़िर था।

सरकार के साथ ग़द्दारी और बग़ावत करने की एक ही सज़ा थी, वह थी''''मौत ! नन्हे से शब्द 'फायर' की गूँज के साथ मशीनगनों के दहाने आग का दरिया उगलने लगे थे और तब काली चादरों में लिपटे औरतों के बदन से टपकते ख़ून से धरती पर उभरते बेल-बूटे, बच्चों की चीख़ों से ख़ून के आँसू रोता आस्माँ, मर्दों की आह व बुका से फ़रियाद करती चहार सू''''

हमने तुम्हें फूल दिए थे सिपाही
तुमने हमें गोली के शूल दिए सिपाही !

इनसानी आवाज़ें मशीनगन की आवाज़ों में डूबकर लाशों के अंबार में ढल गई थीं। चिनार के पेड़ों की शाख़ों ने अपनी गरदनें झुका ली थीं और उन पर बैठी चिड़ियाँ अपना घोंसला छोड़कर चीख़ती जाने किस वीराने की ओर उड़ गई थीं।

ज़मीन पर पड़ी लाशों के ढेर में 'महवश' भी थी, जिसकी जवानी गुंचों की तरह उसके सीने पर फूटी थी मगर अब शक़ायक़ के सुर्ख फूलों में ढल चुकी थी।

लाशों के इसी मलवे में 'हसन' भी था जिसकी तुतली ज़बान से 'मल्ग बल चाह' (मर्ग बर शाह) की मीठी धुन उभरती थी। उसकी ज़िंदगी का साज़ ख़ामोश ''''अब हमेशा के लिए ख़ामोश टूटा पड़ा था।

जिस्मों से दबी एकदम नीचे 'ज़ैनब' की लाश थी। ज़ैनब जिसने टूटकर ज़िंदगी को चाहा था। ज़िंदगी में विभिन्न रंग के रंगीन ताश के पत्ते फेंटे थे। इस जुए में वह हारी भी थी और जीती भी थी, मगर आज की जीत का नूर ही निराला था''''शफ़क़ की तरह ताज़ादम और आग की तरह सुर्ख़ और गरम !

ये एक ही ख़ानदान के तीन लोग थे जिन्हें मैं जानता था''''बहुत क़रीब से जानता था, जिन्होंने मैदाने ज़ाले की सुंदरता में एक फूल दो पत्तियों का इज़ाफा किया था।

उस दिन सुबह मुँह अँधेरे ही लोग घर से निकलकर 'मैदाने ज़ाले' की ओर चल पड़े थे मगर उन्हें क्या पता था कि उनके इस गमन से फ़ायदा उठाकर भोर का तारा ख़ून के फ़व्वारों में बदल जाएगा। 'मार्शल ला' का ऐलान कब हुआ, उन्हें पता न लग सका।

रेडियो खोलने की किसे सुध थी, फिर कौन-सी खबर आने का समय था? घरों से आ-आकर लोग रस्सियों की नाजुक आड़ के पीछे सड़क और फुटपाथों पर बैठ गए थे। वे अपना मूक आक्रोश व्यक्त करने आए थे, मगर अचानक गोलियों के अंगारों ने दस मिनट के अंदर पंक्तिबद्ध बैठे निहत्थे लोगों को क्रोध से भून डाला था और देखते-ही-देखते तड़पते बदन सड़क पर लोटते, दर्द से ऐंठते, दम तोड़ते-सिमटते हुए तले-ऊपर हो गए थे जैसे अढ़हती की कोठरी में ज़मीन से लेकर छत तक चावल की बोरियाँ एक-दूसरे पर चुन दी गई हों····

वह सारा दृश्य ऊँचाई से देखने पर वास्तव में हृदय-विदारक था, मगर मेरी आँखें सब कुछ देखकर भी हाथ का साथ नहीं दे पा रही थीं, न हाथ मेरे दिल व दिमाग़ बल्कि ज़िंदगी-भर की सधी उँगलियाँ मशीनगन पर अपना दबाव क़ायम रखे थीं।

लाशों के सामने कुछ दूर पर पुराने जूते, सैंडिलें, पर्स, कपड़े की पोटलियाँ जिनमें खाने का सामान था, फटे अख़बार और काग़ज़ों के ढेर पड़े थे। अधिकतर लोग पुराने तेहरान के निचले इलाक़े से थे। ग़रीब, फ़क़ीर जिनकी उम्मीदें कल से अधिक अपने द्वारा लाए जानेवाले इनक़लाब पर थीं।

गोलियों से ख़ाली मशीनगन को हाथ में पकड़े मैं बेहिस खड़ा था। मेरी आँखें जख़्मियों का पीछा कर रही थीं जिन्हें लाशों के बीच से निकालकर, वैन में डालकर उपचार के लिए अस्पताल ले जाया जा रहा था। मुरदों के ढेर पर गड़ी मेरी आँखें उस इनक़लाबी शायर को ढूँढ़ रही थीं जो इनक़लाबी शेर कहता था, सारे दिन अपने घर के आँगन में टहलता रहता था और हर पाँच मिनट बाद घर के कामों में व्यस्त अपनी माँ को संबोधित करता हुआ बच्चों की-सी व्याकुलता से कहता था, "····माँ, मैं ठीक कह रहा हूँ। आज़ादी नज़दीक है, वह देखो! अब तो आज़ादी की हवा भी चलने लगी है, सूँघो! कैसी प्यारी मदमाती सुगंध भरी है इस शरद् ऋतु की हवा में। आज़ादी की भीनी-भीनी महक या खुदा! कल जब यह सुगंध खुलकर फैलेगी तो कैसा अनुभव होगा!"

वही सिरफिरा शायर बड़ी हिक़ारत भरी मुसकराहट और कटाक्ष भरी आँखों से उसे घूरता था जब वह ड्यूटी के लिए घर से अपनी वरदी पहनकर निकलता था और शाम को ड्यूटी से लौटता था। मगर अफ़सोस! वह लाशों के ढेर में न था; न उसका इनक़लाबी तराना फ़िज़ाँ में तैर रहा था। वह तो इस वक्त रेडियो को कान से लगाए आँगन में किसी बिफरे शेर की तरह अपने कछार में दहाड़ता टहल रहा होगा 'बी शरफ़हा!' पैर पटकता हुआ, पेंच-ताव खाता हुआ; दाँतों को पीसता, ख़ून के आँसू रोता हुआ।

इस मुरदा गोश्त के अंबार में वह भारी मूँछों और भरे गालोंवाला कहानीकार भी न था जो परदा-दर-परदा दिमाग़ी क़लाबाज़ियाँ शब्दों के द्वारा देता हुआ सरकार पर चोटें करता था जिसकी क़लम तिरयाक का असर रखती थी। वह केवल काग़ज़ पर छपता

था। न किसी पत्रिका में, न किसी समाचार-पत्र में उसका नाम नज़र आता था, न उसका कोई संकलन था, न संग्रह, बस दो काग़ज़ों की सीमा पर उड़ेला वह ज़हर को मारनेवाला विषहर जिसे पढ़नेवाला बड़े आराम से तह करके कोट की जेब में रख सकता था। वह भी न मुरदों में था न ज़ख़्मियों में।

बदनों के इस साकित दरिया में वह जवान लड़की भी न थी जो सबसे आगे सीने को ढाल बना, नारे लगाती हुई गुज़रती थी।

जब वह सावधान की मुद्रा में रायफल लिए टैंक पर खड़ा होता था तब वह लड़की बिना झिझके बास्केट में पड़े फूलों में से एक लाल शगुफ़्ता फूल उठाकर उसे भेंट करती हुई वही रोज़ का नारा दोहराती थी····

"सिपाही ! हम तुम्हें फूल देते हैं
कल, हमें गोली का उपहार मत देना !"

उसका सारा वजूद उस मासूम अनुरोध भरी आवाज़ से पिघलने लगता था, मगर फिर सिमटकर जमे मोम की तरह ठोस होकर और ड्यूटी पर इन अहसासों से स्वतंत्र हो बड़ी शान से फूल लेता और बड़े घमंड से बंदूक़ की नाल में खोंस देता था। इसके बाद नई नस्ल के साँचे में ढले नौजवान नारे लगाते, खिलखिलाते, कभी कोई शरीर लड़का उनमें से उसे आँख मारता गुज़र जाता था।

यहाँ तक कि इस भीड़ में हाज आग़ा भी न था जो शाम के घिरते ही हुक्क़ा लेकर अपने घर की चौखट पर बैठकर लंबे-लंबे कश भरता हुआ शहर में हुई हिंसात्मक घटनाओं की चर्चा करता था। ग़र्ज़ कि जिन लोगों को उसकी उम्मीद भरी बेचैन आँखें तलाश करती थीं उनमें से वहाँ कोई भी ज़िंदा या मुरदा मौजूद न था। वहाँ तो केवल फटे-पुराने कपड़ों में लिपटे बेहिस जिस्म थे जिन्हें वह नहीं पहचानता था····केवल महवश, हसन और ज़ैनब को छोड़कर।

वह भी कितना नादान है, वह सब यहाँ कहाँ होंगे ? वह शायर, वह कहानीकार, वह लड़की, वे लड़के, उनके मक़तलग़ाह तो ओविन और हेसार जेल की चहारदीवारियाँ हैं जहाँ तंग अँधेरी कोठरियों में, बिजली के तार की मार, बिजली की कुरसी और जाने क्या-क्या···· ।

लाशों के उठते ही भीड़ अस्पताल व सर्दख़ानों की तरफ छँट गई। इधर-उधर रुके लोग, जिनका इस घटना से कोई संबंध न था, अपने घरों के रास्ते पर भयभीत अपनी मुरदा काया को घसीटते बढ़ने लगे। चौराहे पर आमद व रफ्त आरंभ हो गई और कुछ देर बाद सब कुछ शांत····केवल ख़ून के धब्बों पर हवा एक सख़्त पपड़ी की रचना कर रही थी।

शाम होते-होते ज़िंदगी दोबारा टूटकर जुड़ गई थी। चहल-पहल, शोर-शराबा, नारे, जुलूस, फिल्म, होटल; मगर वह पूरी तरह से खो चुका था। कहाँ जाए ? उसने मशीनगन

की सारी गोलियाँ ख़ाली कर दी थीं और अब घर आकर बिलख-बिलखकर किसलिए रो रहा था ?

कुछ वर्ष पहले ज़ैनब इसी घर में ब्याहकर आई थी। क्योंकि वह उसकी पत्नी थी। महवश उसके इर्द-गिर्द घूमती थी क्योंकि वह उसकी बेटी थी। हसन उसके सीने पर सिर रखकर सोता था क्योंकि वह उसका बेटा था। ये सारे प्यार के बंधन, मोहब्बत के रिश्ते सियासी मतभेद से खिंचते, कमज़ोर पड़ते आख़िर चंद मास पहले टूट गए थे। ईरान वीरान हुआ था या नहीं, मगर उसका घर ज़रूर उजड़ गया था ! उसका सारा वजूद वीरानी में ढल गया था।

ज़ैनब की इच्छा से ही उसने दो वर्ष पहले शाही फौज में अपना नाम दिया था। सब कुछ अच्छा चल रहा था मगर एकाएक ज़ैनब के विचारों में बदलाव आया और वह उससे रुष्ट होकर अपना घर छोड़कर भाई के घर चली गई। वह उसे शाह का ख़रीदा गुलाम कहती थी। वह सारे कटाक्ष सहन कर सकता था मगर····उसका कर्तव्य, उसकी ट्रेनिंग, उसकी शपथ क्या पल भर में उससे नाता तोड़ लेते ? कल तक जो लोग उसके मज़ाक का केंद्र थे, देखते-देखते शहादत का जाम पी गए ! चार हज़ार लोग···· ! एक सुबह को ! आखिर क्यों ? क्या सच है, क्या झूठ है ? वह बेचैन रहा !

उसे उस पल क्या हुआ था जब शकायक के लाल फूल पहाड़ी चट्टानों के बीच तेज़ हवा के वेग से टूट-टूटकर बिखर रहे थे तब उसे होश आया था और एकाएक रौशनी की तेज सुरंग ने उसकी बंदूक की नाल को नाक की सीध में न करके ऊपर आसमान की तरफ कर दिया था। तो क्या ····वह धोख़ेबाज़ ! गद्दार निकला ? उसने नमकहरामी की थी ? फौजी ट्रेनिंग को मिट्टी में मिला दिया था ? एकाएक उसका मन इतना चंचल और मस्तिष्क इतना अनमना क्यों हो गया था ? आसमान की ओर छूटती उसकी बंदूक की सारी गोलियाँ इस तन्हा घर में उसके विचारों पर हथौड़े मार-मारकर उसे बेदम कर रही थीं।

□

चंद दिन बाद समाचार-पत्र में एक सुर्ख़ी थी : 'सरबाज़ की मौत', उसके नीचे लिखा था, 'कल एक सरबाज़ की लाश मिली जिसके सिर पर गोली लगी है, लाश ख़राब हो चुकी है इसलिए शक्ल पहचानना कठिन है।'

अफसोस ! सरबाज़ जो सर की बाज़ी लगा देनेवाला सिपाही था, उसकी मौत के समाचार में न बहादुरी का ख़िताब था, न शहीद का नाम; बल्कि एक गुमनाम ख़ुदकुशी का मुख़्तसर बयान था। मगर कौन जानता है कि पूरे छः मास में उसने सारे 'फायर' हवाई किए थे और तिल-तिलकर वह एक विचित्र ग्लानि से तपता-पिघलता समाप्त हो रहा था। बंदूक़ की गोली तो सिर्फ़ एक बहाना था कहानी को शीघ्र दफन करने का। मगर तारीख़ को इतनी फुरसत कहाँ कि वह इन हक़ीक़तों को बारीकी से क़लमबंद करे कि मरनेवालों में एक सिपाही भी था जो अपने अंदाज़ से लहू बहाकर शहीदों में शरीक हुआ था। □

पहली रात

चार दिन से लाशों को धोते-धोते चारों गुस्सालों के कमर के टाँके टूट गए थे। मोहम्मद तो एकदम लस्त हो, सीधा-सीधा पड़ गया था। बदन के जोड़ों ने हिलने से साफ इनकार कर दिया था। वैसे तो लोग भी खुदा के नाम पर उनका हाथ बँटा देते थे, मगर इधर गुस्सालों की हड़ताल के कारण लाशों का अंबार लग गया था। अकड़े बदन दूर से ऐसे लगते थे जैसे पेड़ के लट्ठे आड़े-तिरछे एक-दूसरे पर ढेर हों। इसी कारण काम अधिक हो गया था। इन चार दिनों में तो लाशों के अंबार ने उन्हें दीवाना बनाकर रख दिया था। इस्माईल ने जवान मुरदे के पैर रगड़ते हुए साबुन मलना आरंभ कर दिया था। एकदम से गरदन उठाकर अब्दुल्ला से बोला, "अब मेरे हाथ-पैर जवाब दे रहे हैं।"

अब्दुल्ला ने मुरदे के सिर पर कुनकुना पानी डालते हुए कहा, "क्या हसीन नौजवान है ! सीना देखो, कमर और कूल्हे···जैसे खुदा ने अपने हाथों से गढ़ा हो, वाह रे नसीब !"

"कल तुम थे नहीं, कोई विद्यार्थी था। क्या रंग-रूप क्या बदन था? कमबख़्त के सीने पर पूरे नौ जख़्म थे। मुझे तो ऐसा लग रहा था जैसे हमामख़ाने में नहाने आया हो और एकदम से मुझसे कहेगा, 'बस ! बहुत मल चुके, अब मुझे उठने दो।' और तौलिया से बदन पोंछ कपड़े पहनने लगेगा।"

"अरे क्या कहते हो, मास-भर पहले के उन दोनों लड़कों को भूल गए क्या? सईद ने तो उनके मुँह के कई बोसे भी ले लिए थे। गज़ब से, ऐसा मर्दाना हुस्न मैंने पहली बार अपनी ज़िंदगी में देखा था। शीराज़ी थे बदबख़्त दोनों ! माँ की कोख अपनी नादानी में उजाड़ बैठे।"

"यह सब अमेरिका करवा रहा है, हमारे जवान हमारे मुल्क में···"

"छोड़ो भी, यह सब रूसी मामला है।"

अब वे दूसरी लाश की तरफ बढ़े जो फर्श पर औंधी पड़ी थी। पास गए और सामने रखी लाश को सीधा किया। दोनों को एक झटका लगा, पूरा मुँह जगह-जगह से जख़्मी था और वह ख़ून का एक गोल प्याला-सा लग रहा था जिसमें आँख का हिस्सा काला पड़ गया था, जो एक अजीब वहशत का संचार कर रहा था। कपड़े उतारने के बाद, बदन का भी यही हाल था, जख़्म और नील के धब्बों से भरा हुआ था और जगह-जगह से फूला हुआ था, पूरा का पूरा बदन बेढंगा होकर यातना की दास्तान कह रहा था। दोनों के मुख से एक आह निकली।

"हमारे जवान !"

"पता नहीं क्या होनेवाला है।"

"ख़ुदा रहम करे इस हरे-भरे ईरान पर।"

मोहम्मद आँसू पोंछता हुआ आया। एक साथ दोनों ने पूछा, "क्या हुआ ?"

"कुछ नहीं, अपना काम करे जाओ,···हम गुस्साल हैं···हमारा काम लाश धोना है।···हमारा काम··· हमारा काम··· लाश जैसी भी हो···ख़ून बंद कब होता है···" वहीं कोने में बैठ, फफककर वह रोने लगा।

उस पर बुरी तरह वातावरण का प्रभाव हो गया था। सोते में भावनाओं ने उसके मस्तिष्क पर बुरा असर डाला था। वही क्या, तीनों की हालत एक जैसी हो रही थी।

"कैसा कमज़ोर दिल निकला रे ? अरे हिम्मत से काम ले, हमारा काम तो सबसे महान् है···हम आख़िरी सफर का इंतज़ाम करते हैं लोगों के···" सईद की आवाज़ भी बैठने लगी थी, "···तू ठीक कहता है···मेरा दिल भी दुखता है···हमारे जवान···मगर देख इन्हें इसके पीछे आने को कहता कौन है ? ये तो स्वयं···अरे यह भी तो सोच···" आवाज़ भर्राने लगी थी···

बाहर वैन रुकने की आवाज़ आई, फिर 'महोम्मद आग़ा···महोम्मद आग़ा' की पुकार हुई। तीनों बाहर जाकर वैन में भरी लाशों को देखने लगे, दिल चाहा तीनों कह दें कि 'ज़रा रुक-रुककर मारो, हमें समय तो दो, हम कहाँ तक काम समेटें ? मशीन भी होती तो अब तक टूट चुकी होती। हम तो इनसान हैं। हमारे सीने में भी कलेजा है। गुस्साल हैं तो क्या ?' मगर वे यह सब कुछ न कह सके। सफेद सूती कोटों की आस्तीनों से आँसू पोंछकर काम में लग गए।

□

ईरान में क्रांति की आग फैल चुकी थी। कहीं हड़ताल थी तो कहीं जुलूस, कहीं नारे थे तो कहीं तोड़-फोड़। इस सबसे घबराई शाही फ़ौज धड़ाधड़ मशीनगनें चला रही थी। सावक पुलिस की सारी सूक्ष्मता धरी रह गई थी। इस समय ख़ियाबाने शाह पर सबसे बड़े नेशनल बैंक को आग लगा दी गई थी। पुलिस के आते ही भीड़ तितर-बितर हो गई थी। हवाई फायर और आँसू गैस के साथ ही सड़क खाली हो गई थी, मगर आसपास की गलियों में भागते क़दम के पीछे पुलिस दौड़ रही थी। उनका आक्रोश था कि जुलूस के साथ तोड़-फोड़ क्यों करते हैं ? रैक्स सिनेमा जल जाने के बाद, अधिकतर सिनेमा सामने से मिट्‌टी की दीवार से चिन दिए गए थे। अब बैंकों को भी ऐसा ही कर देना चाहिए, वरना ये जानवर तो मुल्क में कुछ भी सही-सलामत रहने नहीं देंगे।

ख़ून की बूँदें टपकाते लड़के गलियों में भागकर छिपने की जगह तलाश कर रहे थे। कुछ दूसरी सड़कों पर जाकर बसों में बैठ नौ दो ग्यारह हो गए थे। कुछ को घरों में पनाह मिल गई थी, मगर हाला मुसीबत में पड़ी हुई थी। इस भगदड़ में वह भी फँस गई

थी और एक तंग गली की ओर दौड़ी थी। दौड़ते कदम पर जाने कहाँ से गोली लग गई थी। उससे ख़ून बहने लगा था, मोज़े भीग गए थे, मगर वह भाग रही थी। थोड़ी दूर जाकर पता चला कि गली आगे बंद है। सामने एक बड़ा-सा घर था। किधर निकले, क्या करे? लौट जाए···? वह मुड़ी, मगर अँधेरे में फ़ौजी बूट की ठक-ठक की आवाज़ आती सुनाई पड़ी। घबराहट में उसने सामनेवाले घर की कॉलबैल बजा दी···मगर दरवाज़ा नहीं खुला। बूट की आवाज़ क़रीब आती जा रही थी—कहाँ जाए वह···? बाएँ हाथवाले घर की कॉलबैल बजाई। अंदर से कुछ अस्फुट-से शब्द कानों में पड़े, "ऊपर से झाँककर देखो कौन है? कहीं आवारा लौंडे-लौंडियाँ न हों। उधर से भागकर पनाह लेने आए हों।"

वह निराश-सी पलटी। सामने घर के कोने में थोड़ी-सी जगह नज़र आई। अँधेरे में साफ कुछ समझ में भी नहीं आ रहा था, वह घिसटती हुई आगे बढ़ी। पैर में दर्द जाँघ तक करेंट की तरह दौड़ रहा था। जाड़े में भी वह भय व उत्तेजना के मारे पसीने से लथपथ हो रही थी। पेट पर बँधे पैकेट को उसने हाथों से दबाया। क्या करे वह? फूली साँस को उसने सँभाला। बूट की आवाज़ क़रीब आ गई थी। उसने दाँतों से होंठों को दबाया ताकि साँस की आवाज़ न फैले। पेट पर बँधे पैकेट को फिर छुआ—'उफ···! आधा घंटा देर हो गई है। वे इंतज़ार कर रहे होंगे। अजीब परेशानी में फँस गई हूँ। लौट जाऊँ मगर···' सामने की खिड़की के पट खुले, तेज़ रौशनी से नहा गई वह। झाँकनेवाला कुछ बोलने जा रहा था, मगर सामने घबराई लड़की को खड़ी देखकर उसने फौरन पट बंद कर लिए।

बूट की आवाज़ ठीक उसके पास आकर रुक गई। सामने गली बंद थी। फिर दरवाज़ा खुलने की आवाज़ आई और उसके बाद चार पैरों की ऊपर चढ़ने की आवाज़ गूँजी। उसमें बूट की आवाज़ भी शामिल थी। उसने संतोष की साँस ली। अब वह आराम से भाग सकती है। उसने पैकेट को छुआ और कदम आगे बढ़ाया। दूसरे पैर ने अपनी जगह से हिलने से इनकार कर दिया। वह उसे बलपूर्वक घसीटकर आगे बढ़ी। दर्द को पीने के लिए उसने सारा जोर लगाया। किसी प्रकार वह दो कदम चल ली थी। तभी खिड़की खुली। उसने अचकचाकर ऊपर देखा। रौशनी के दायरे में वह नहा गई थी। इससे पहले कि वह सँभले, गोलियाँ शोला उगलती सीने पर पेवस्त हो गईं। गाली सुनाई पड़ी, 'देश-द्रोही, पूरा शहर कूड़े में बदल दिया है कुत्ते के बाप ने, शाह को निकालेंगे मादरकब्हे।"

'इस बंडल का क्या होगा? क्या करूँ मैं? आज पहली रात थी जब मुझे ऐसा कठिन काम सौंपा गया था।' गिरते हुए उसने सोचा। गरम खून में भीगते अपने अस्तित्व को उसने किसी तरह सँभाला, 'मुझे यह कर्तव्य हर हाल में पूरा करना है।'

फिर जैसे किसी ने उसके बदन में बिजली भर दी, 'इस ज़ुल्म से, इस शोषण से हमें

अपने देश को स्वतंत्र कराना है।'

उसने काँपते हाथों से बंडल छुआ। गरम जर्किन के नीचे वह सुरक्षित था। इस संतोष के बाद वह दो इंच बदन ज़मीन से ऊपर उठाने में कामयाब हुई। फिर जाने क्या हुआ, उसे लगा कि किसी खाई में डूबती जा रही है और फिर उसे कुछ याद न रहा।

□

खिड़की के नीचेवाला दरवाज़ा खुला। फ़ौजी बंदूक के साथ बाहर निकला। मकान-मालिक को उसकी शाह-भक्ति व देश-प्रेम की प्रशंसा करते हुए धन्यवाद दिया, मकान-मालिक गद्‌गद भाव से खड़ा था। फ़ौजी चंद क़दम आगे बढ़ा तो उसे ज़ैसे होश आया।

"जनाब, लाश क्या रात भर यहीं पड़ी रहेगी ?"

"नहीं। इसका इंतज़ाम हुआ जाता है।"

गली अँधेरी थी, ख़ून का बहाव जारी था, साँस रुक गई थी। दिल ने धड़कना बंद कर दिया था। अँधेरे में फ़ौजी के बूटों की दूर होती आवाज़ सुनाई पड़ रही थी। मकान-मालिक वहीं खड़ा था, एकाएक चौंका, फिर घबराया-सा ऊपर गया। थोड़ी देर बाद गूगूश के गाने की तेज़ ध्वनि उस घर से फूटकर गली में फैलने लगी थी मगर फिर खिड़की नहीं खुली।

□

सड़क पर साइकिलों पर सवार लड़के इनक़लाबी नारे लगाते गुज़र रहे थे। वे शायद किसी कॉलेज के छात्र थे। दूसरी गली में लड़कियों का जुलूस निकल रहा था। सबके हाथों में खुमैनी की तसवीरें थीं। सामने बाज़ार में लड़के शाह की रंगीन तसवीरें दुकानों से निकाल-निकालकर सड़क पर फेंक रहे थे। कुछ उन्हें फाड़ रहे थे। जनता का क्रोध अपनी पराकाष्ठा पर था और शाह की फ़ौज अपने बड़े-बड़े टैंकों के साथ सड़कों पर जमी हुई थी। पूरे शहर में टैंक-ही-टैंक नज़र आते थे। लोगों की आँखें फटी-की-फटी रह गई थीं इतने हथियार अपने देश में देखकर। किसलिए खरीदे थे शाह ने ? आज के दिन के लिए ? सड़क के उस पार पेड़ों के नीचे बैठे लड़के आहिस्ता-आहिस्ता बातें कर रहे थे।

"यह इसलामी लहर भी खूब उठी है ?"

"अच्छा है, हमारे संघर्ष को इससे बल ही मिलेगा।"

"यह खुमैनी कौन हैं ?"

"मौलवी है मगर सुना है प्रगतिशील विचारोंवाले हैं। घर में एक-आध धार्मिक किताब दादी की इसी नाम से नज़र आ जाती थी, मैंने देखी थी।"

"मैंने तो इनका नाम कभी सुना ही न था ? मौलवी वह भी प्रगतिशील ?" कहकहा गूँजा।

"बहुत लोगों के नाम अभी सुनोगे, प्रश्न यह है कि हाला आज भी नहीं आई, क्यों ?"

"तय तो यही हुआ था कि किसी कारण से कोई उस दिन न आ सके तो दूसरे दिन उसी समय वहीं पर मिलेगा मगर ····"

"कितने बजे हैं ?"

"सात बज रहे हैं, एक घंटे से ऊपर हो गया है ।"

"कहीं किसी परेशानी में न फँस गई हो ?"

"घर चलते हैं उसके ।"

दोनों के दिल एक अनजानी आशंका से धड़क उठे । थोड़ी देर सोचते रहे, फिर खड़े हुए ।

"घर जाना ठीक नहीं है ।"

"कुछ हो भी गया होगा तो किया भी क्या जा सकता है । अभी तो बहुत कुर्बानी देनी है ।"

"मगर वह काग़ज़ ··· ?"

"हाँ, वह ज़रूरी काग़ज़ ··· ?"

दोनों के चेहरे पर चिंताएँ उभर आईं । दोनों ख़ामोशी से चलते रहे ।

□

जुमे का दिन था और क़ब्रिस्तान में क़यामत बरपा था । काली चादरों में लिपटी औरतें बैन कर रही थीं । कुछ औरतें फूलों की शाख़ को क़ब्र पर पटक-पटककर दहाड़ें मार रही थीं । क़ब्रों पर लगी तसवीरों से मरनेवालों की उम्रें पता चल रही थीं—१५ से २० वर्ष तक । कुछ दूर पर अलम को हाथ में लेकर, घेरे में जवान मातम कर रहे थे । कुछ औरतें हलवा बाँट रही थीं । एकाएक पूरा क़ब्रिस्तान मर्ग पर शाह की आवाज़ से गूँज उठा । नारे लगाए जा रहे थे । नए जनाज़े गाड़े जा रहे थे । ऊपर हैलीकॉप्टर बार-बार घूमकर आ-जा रहा था । भय नाम की चीज़ सबके मन से निकल चुकी थी । नई बनती क़ब्रें इसकी शाहिद थीं ।

"पहले यही जुमा क्या खुशियाँ लेकर आता था, आज आँसुओं में डूबा आया है ।"

"सब्र करो ! बिना कुर्बानी के आज़ादी किस देश में आई है ?"

"वह तो ठीक है, मगर इस दिल का क्या करूँ ? ···हाय कुबरा ···तेरी मँगनी हफ्ते भर पहले तो की थी—वाय-वाय क्या शक्ल थी ···चाँद का टुकड़ा ···मैं कैसे भूल जाऊँ ···एक ही तो औलाद थी मेरी ···अरे अमेरिका के जंजीरी कुत्ते शाह तुझे मौत आए ···स्वार्थ के लिए तू हमारी कोखें उजाड़ रहा है । खुदा तुझको भी यह दिन दिखाए ···हाय अल्लाह !"

"चुप रहो, अपने को सँभालो, किसी ने सुन लिया और ऐसी-वैसी शिकायत हो गई

तो फिर एक नई मुसीबत है।" सामनेवाली ने सहारा दिया।

सावक पुलिस का जाल इस बग़ावत में भी हर जगह फैला हुआ था। लोगों को डराने-धमकाने के लिए नित नए ज़ुल्म हो रहे थे। मगर लोग थम ही नहीं रहे थे। एक रेला था जो शहनशाहियत को बहा ले जाना चाहता था। सीना तानकर ख़ाली हाथ हज़ारों की संख्या में लोग टैंकों व मशीनगनों के सामने खड़े हो रहे थे और शहीद हो रहे थे। जागृति का सौंदर्य अपनी पराकाष्ठा पर पहुँचा हुआ था।

□

क़ब्रिस्तान में गहरा सन्नाटा छाया हुआ था। यहाँ तक कि विलाप की प्रतिध्वनियाँ भी क़ब्रों में डूब गई थीं। दिन भर की थकी-हारी हर चीज़ क़ब्रिस्तान में सो रही थी—यहाँ तक कि हवा भी नहीं चल रही थी। एक मुरदा ख़ामोशी हावी थी। मोहम्मद, सईद, अब्दुल्ला चारों ख़ाने चित्त बेसुध पड़े हुए थे, मगर अहमद को नींद नहीं आ रही थी। पैरों में ग़ज़ब की ऐंठन हो रही थी। दिन भर हाथ-पैर पानी में भीगे रहने से फूल गए थे। साबुन और पानी की गरमी के कारण हाथ-पैरों की खाल पर छाले पड़ गए थे। कहीं-कहीं पर ये छाले फूटकर सफेद मरी खाल में हथेली को खुरदरी बनाए हुए थे। वह एकदम से उठा, सिरहाने से माचिस और सिगरेट निकाली। आँखें भारी हो रही थीं। लगता था बुख़ार चढ़नेवाला है। उसने सिगरेट के गहरे-गहरे दो-तीन कश लिए। तबीयत घर जाने को मचलने लगी। कई मास हो गए घर गए हुए, मगर यहाँ का काम···फिर भेजा उड़े सिर, ख़ून का तालाब, गोलियों के गहरे दाग़ उसकी आँखों के सामने आने लगे। ख़ून की महक फिर उसके दिमाग़ में घुस गई। सिर भन्नाने लगा, उसे चक्कर-सा आने लगा। कमरे का दरवाज़ा खोलकर बाहर निकला। बाहर अँधेरा था, ख़ामोशी थी। शाम को ज़ैनब यह कहकर घर चली गई कि उसका बच्चा बीमार है। उसके जाने के बाद पाँच लाशें लड़कियों की आई थीं। मोहम्मद आग़ा ने अंदर रखवा दी थीं। मन हुआ अंदर जाकर देखे। आज तक उधर गया ही नहीं—ज़नाना गुस्सालख़ाना है, मर्द का जाना ठीक नहीं है। वह झिझककर सामने बेंच पर बैठ गया।

सुबह फिर यहाँ वही बाज़ार लगेगा—लाश···फूल···हलवा···रोना···चीख़ें··· आँसू—क्या हो रहा है उसके मुल्क में? यह कैसा षड्यंत्र है जो चुन-चुनकर जवानों को मारा जा रहा है? सब-के-सब विद्यार्थी हैं। ज़रूर कोई अहम बात होगी, वरना इतना पढ़-लिखकर वे गोली खाने की नादानी थोड़े ही करेंगे? उसने पैर फैला लिए। सिगरेट ख़त्म हो चुकी थी। पैर की ऐंठन अब तपकन में तब्दील हो गई थी। उसे ठंड का तेज अहसास हुआ। वह धीरे-से खड़ा हुआ। मन में जाने क्या विचार आया कि बजाए कमरे में जाने के वह ज़नाने गुस्सालख़ाने की तरफ बढ़ गया। बिजली की तेज़ रौशनी में फर्श पर पाँच लड़कियाँ पड़ी थीं। लग रहा था जैसे सो रही हों। वह आगे बढ़ा। उसके पैर काँपे, मगर हिम्मत करके वह आगे बढ़ गया। अब ज़नाना-मर्दाना क्या? ये लड़कियाँ

भी तो लड़कों की तरह मर-कट रही हैं।

दो लड़कियाँ पैंट पहने हुए थीं और बाकी तीन स्कर्ट। दो के पैरों में जूते थे और अन्य तीनों के पैरों में तस्मेवाली सैंडिलें थीं। उनके मुख रौशनी में अजीब लग रहे थे। सफ़ेद रंग⋯उस पर गुलाबी होंठ और बड़ी-बड़ी पलकोंवाली बंद आँखें जैसे वे अप्सराएँ हों। 'इनके बाल कितने मुलायम, कितने सुंदर हैं।' वह पास गया। आदत के मुताबिक़ शरीर को छूने के लिए हाथ बढ़ाया। फिर हाथ पीछे खींच लिया और ख़ामोशी से पास बैठा रहा। ज़नाने इत्र की भीनी-भीनी महक ने उसके नथुनों में एक ठंडी सिहरन भर दी। बेअख़्तियार उसने हाथ बढ़ाकर लड़की को छूना चाहा कि बिजली का तेज़ झटका लगा। मुरदा जिस्म में बिजली? इस अकड़े लकड़ी जैसे बदन में क्या था? उसके माथे पर पसीना छलक आया।

कितना ज़ुल्म है—ये मासूम लड़कियाँ? उसकी निगाहें फिर नंगी सफेद पिंडलियों पर जाकर टिक गईं? इत्र की भीनी-भीनी महक नथुनों से घुसकर मस्तिष्क को एक शीतलता प्रदान कर रही थी। उसने कमरे में चारों तरफ निगाह डाली। पूर्ण शांति थी। बस उसके दिल की धड़कन पल-पल आगे बढ़ रही थी। उसने घबराकर एकदम से लड़की की पिंडली को दोनों हाथों से पकड़ लिया। हथेली झुलस गई। एक झनझनाहट-सी उसके पूरे वजूद में तैर गई—इससे पहले कि शैतान उसे अपनी गिरफ्त में लेता, कहीं से प्रश्न उभरा—"यह गुनाह है⋯यह गुनाह है⋯यह लड़की⋯" वह तेजी से उठा और दरवाजे की तरफ भागा। मगर फिर लौटा। साँस लोहार की धौंकनी की तरह चल रही थी। सामने उसे केवल नंगे पैर की सफेद पिंडली नज़र आ रही थी। माथे से पसीना बहना आरंभ हो गया था।

'यह अहसास ग़ैर इनसानी है। मुझे क्या हो गया है? उफ!' वह फिर दरवाज़े की तरफ मुड़ा '⋯नहीं। कभी नहीं।⋯कितना ज़ुल्म, कितना ज़ुल्म⋯' बाहर की हवा उसके चेहरे पर महसूस हुई, नथुने फड़के। वह व्याकुलता से पलटा और एक अद्‌भुत तृष्णा से आगे बढ़ा। पैर की सफेदी और पिंडली का कटाव उसके दिल की सुलगती आग में शोले भड़काने लगे। वह पास बैठ गया। क्या करे? नहीं⋯नहीं। उसका शरीर तनता जा रहा था। गरम भाप चेहरे से उठने लगी थी। इत्र की महक⋯सफेद पैर⋯वह बेताबी से आगे बढ़ा और तेजी से लड़की के कपड़े उतारने लगा। बदन अकड़ा हुआ⋯मगर उसके हाथों में शेर की दरिंदगी भर गई थी। पल-पल उसका बदन स्वयं लकड़ी की तरह अकड़ा जा रहा था। उत्तेज़ना से पागल होकर उसने सोचा, क्या करे? अंदर बाथरूम में जाकर उसने गरम पानी से टब भरना आरंभ कर दिया था। बाहर आकर उसने नंगे, अकड़े बदन को हाथों में उठाया और टब में डाल दिया। हलक ख़ुश्क़ हो गया था। ज़बान में काँटे चुभ रहे थे। कुछ देर बाद आशा से उसकी आँखों की चमक तेज़ हो गई। ज़ख़्म के पास का जमा ख़ून धीरे-धीरे गरम पानी से उखड़ने लगा। अकड़ा बदन मुलायम

पड़ने लगा। फिर उसे कुछ भी याद न रहा कि लाश को वह कैसे बाहर लाया और··· उसका बदन स्वयं लकड़ी हो रहा था।

एक अजीब सुख, एक अजीब लज़्ज़त को वह अपने अंदर महसूस कर रहा था। थकन उसके रोम-रोम से टूटकर बिखर रही थी। शिराओं में एक अद्‌भुत सुख का संचार हो रहा था। जैसे मीलों रेत पर सफर करके वह अपने तपते शरीर को ठंडे पानी के तालाब में डुबो रहा हो।

□

पौ फट रही थी। चिड़ियों की चहचहाट से बेहिश्ते ज़हरा गूँज रहा था। अब्दुल्ला, मोहम्मद, सईद नींद में बेहोश पड़े थे। उन्हें झिंझोड़-झिंझोड़कर वैनवाले जगा रहे थे। बाहर खड़ी वैनों में दो सौ लाशें थीं जिन्हें उन्हें उतरवाने में मदद करनी थी। लड़खड़ाते से वे खड़े हुए। सिद्दिका खानम अभी आई नहीं थीं। लड़कियों को कौन ले जाएगा? फिर यह प्रश्न भी नींद व थकन से बोझिल दिमाग से निकल गया।

मशीनी हाथ तेजी से लाशों को उतरवाने में लगे थे। किसी का मुँह खुला था, किसी ने तड़पते हुए दम तोड़ा था, सो हाथ-पैर मुड़े हुए थे। कुछ की आँखें खुली हुई थीं। केवल सफेदी दिख रही थी। कुछ की आँखें अधखुली थीं, जैसे नींद आ रही हो और कुछ की आँखें बंद थीं। चेहरे पर शांति थी, जैसे सो रहे हों। शीघ्र ही चावल की बोरियों की तरह जिस्म चिन दिए गए थे। कुछ लाशें जो बहुत बुरी अवस्था में थीं, गठरी के रूप में बँधी थीं, कुछ अस्पताल से आई थीं। वे सफेद चादरों में लिपटी थीं।

□

दिन चढ़ने और काम के बढ़ने से किसी को एकाएक अहमद का ख़याल आया। ढूँढ़ने पर पता चला, कब्रों के बीच पत्थर पर बेसुध पड़ा सो रहा है। सईद ने जगाना चाहा मगर मोहम्मद आग़ा ने मना करते हुए कहा, "सोने दे। महीनों बाद यह पहली रात थी जो यों सोया है, अभी इसको सोने दे।"

अंदर ज़नाने गुस्सालख़ाने में पाँच लाशों की पहली रात बीत चुकी थी। सिद्दिका ख़ानम अभी तक नहीं आई थीं, उनके साथ काम करनेवालियाँ भी अभी नहीं पहुँची थीं, वरना पाँच नंगी लाशों के बदन पर जमा ख़ून, जिसमें एक नए-ताज़ा ख़ून का भी रंग था, देखकर आश्चर्य ज़रूर करतीं।

पीली धूप बेहिश्ते ज़हरा पर फैल गई थी। आमद व रफत का शोर और विलाप की आवाज़ें आनी आरंभ हो गई थीं। क़ब्रिस्तान के सीने पर एक नया दिन अपनी पूरी चहल-पहल के साथ उदय हो चुका था और ईरान में क्रांति की आग दावाग्नि-सी पल-पल फैलकर बीभत्स रूप धर रही थी।

□

दरवाज़-ए-क़ज़विन

शाम के घिरते ही दरवाज़-ए-क़ज़विन में बहार एक नए अंदाज़ से उतरती थी। खुशबुओं से लदी रंग-बिरंगे इंद्रधनुषीय रंग से भीगी हुई। घुसनेवाला एकाएक इतनी सारी मिली-जुली सुगंधों की गमक और रंगों की चमक से बौखला उठता था कि आख़िर वह किस घने जंगल में आ गया है। एक-से-एक हसीन लताएँ, फूलों से भरी गंध से गमकी फैली हुई हैं। चुननेवाला परेशान हो जाता है कि किस रंग को चुने, किसे उठाए, सब एक-से-एक लाजवाब, मगर यह परेशानी भी वहाँ बैठी नायिका पल-भर में हल कर देती थी और आनेवाला उस गुनजान जंगल में अपना फैसला जल्दी कर लेता था।

आज भी वही हुआ, सारे लोग अपनी-अपनी पसंद की लड़कियों को लेकर चले गए थे, मगर सबसे पहले आनेवाला नौजवान अब भी खड़ा था। सामने छः-सात लड़कियाँ खड़ी थीं, जिन्हें वह बड़े गौर से देख रहा था जैसे वे इनसान नहीं किताबें हों, जिन्हें वह पढ़ रहा है। नायिका आगे बढ़ी····शक्ल व लिबास से तो कोई भला इनसान लगता है, नया है तभी झिझक रहा है—मगर नायिका को उसने हाथ के इशारे से बोलने से रोक दिया और आगे बढ़कर एक बेहद उदास लड़की के पास जाकर खड़ा हो गया।

"क्या नाम है तुम्हारा ?"

"मरियम !" घबराई उदास लड़की ने उत्तर दिया।

नायिका हॉल से बाहर चली गई। बाकी लड़कियाँ वहीं पड़े सोफे पर बैठकर आनेवाले ग्राहकों की प्रतीक्षा करने लगीं।

□

मरियम को यहाँ आए कुल बीस ही दिन हुए थे। उसके ग्राहक सबसे ज़्यादा थे क्योंकि वह नई थी। मगर वह····आज यह पहला आदमी था जिसे उसने क़बूल किया था वरना वहीं खड़े होकर ऐन मौक़े पर साफ इनकार कर देती थी। नायिका को तज़रबा था। नई आनेवाली लड़कियाँ यूँ ही घबराती हैं, फिर कुछ दिन बाद इस माहौल में इतनी रच-बस जाती हैं कि अपना शिकार स्वयं फँसाती हैं। कुछ तो ऐसी दक्ष हो जाती हैं कि नायिका को लगता है कि वह स्वयं अभी अनुभव की उस ऊँचाई पर नहीं पहुँची है। कुछ बूढ़ी हो वहीं पर काम करने लगी थीं, हमाम गरम करना, कमरे साफ़ करना, फूल सजाना, रोटी लाना इत्यादि।

मरियम कमरे में आई। उसका मन घबरा रहा था। होंठों के ऊपर पसीना आ गया था। मरियम को अज़ीब-सा लग रहा था। इस मर्द की आँखों में न वासना थी, न तृष्णा,

बल्कि एक जिज्ञासा थी जो शायद किसी नए वातावरण या अजनबी को देखकर उभरती है। वास्तव में यह है कौन?

पास के कमरे में से कुछ गाली-गलौज की आवाज़ें उभरीं। यहाँ आते भी कौन लोग हैं—निरे बदमाश, मज़दूर, बस ड्राइवर, दुकानदार या ऐसे ही लोग जो कम पैसे में अपना काम चला लें। वे कभी-कभी बहुत हंगामा करते हैं।

"तुम पढ़ना जानती हो?" उसने पूछा।

"बहुत कम, क़सबे में एक मदरसा था, वहीं पर पढ़ा था, फिर तो—"

"किस क़सबे की हो?"

"छोड़िए, नाम जानकर क्या करेंगे?"

वह हँस पड़ा।

"आप बहुत पढ़े-लिखे हैं?" उसकी भोली आँखें उठीं।

वह शांत बैठा मुसकराता रहा।

"आप आख़िर यहाँ क्यों आए हैं?" सवाल भी भोला था।

वह मुसकराते-मुसकराते एकाएक संजीदा हो गया। फिर लंबी साँस खींचकर बोला, "अपनी तरह के मज़बूरों को देखने के लिए। यह पहला मौक़ा है जब मैं यहाँ आया हूँ, एकदम अपरिचित, एकदम नया हूँ, इस वातावरण के लिए और वातावरण भी मेरे लिए।"

"और मैं भी एकदम नई हूँ, घर की क्यारी से जुदा हुआ बदनसीब फूल," मरियम की आँखें भर आईं।

"क्या मज़बूरी थी?" उसने धीरे से पूछा।

"लंबी कहानी है, उसे न पूछें तो बेहतर है," कहकर वह मेज़ की तरफ़ बढ़ी।

"नहीं! मैं पिऊँगा नहीं। तुम आराम से बैठो। यहाँ कितनी लड़कियाँ होंगी? कितनी तुम्हारी मित्र हैं? सारे दिन क्या करती हैं?" ऐसे ही छोटे-मोटे बहुत-से सवाल वह करता रहा। फिर एकाएक खड़ा होकर बोला, "अच्छा, अब मैं चलता हूँ।"

वह अवाक्-सी रह गई! वह चला गया। मगर अपने पीछे यह प्रश्न छोड़ गया कि वह कौन था? क्यों आया था यहाँ? साथियों द्वारा बयान किए हुए ग्राहकों से एकदम से जुदा—पास के कमरे से बतूल की खिलखिलाने की आवाज़ उभरी और साथ ही मर्दाना क़हक़हा।

□

मरियम को अब कुछ अच्छा नहीं लगता था। शाम घिरते ही वह उसकी प्रतीक्षा करने लगती थी। उसने उसका नाम भी तो नहीं पूछा था। कहाँ होगा आख़िर वह?

बाहर होते हंगामे से उसका ध्यान टूटा। कोई नशे में ऊधम मचा रहा था। गाली और शोर की आवाज़ हॉल में गूँज रही थी और लड़कियों के हँसी-मज़ाक का स्वर।

शायद सब मिलकर उसे छेड़ रही थीं। फिर थोड़ी देर बाद चारों तरफ़ शांति छा गई। अभी अधिक समय नहीं हुआ था, मगर भीड़ छँट गई थी, तभी उसके कमरे के दरवाज़े पर दस्तक हुई। उसने दरवाज़ा खोला। सामने वह खड़ा था। वह दीवानी-सी उससे लिपट गई, "तुम कहाँ थे?"

"क्यों बड़ी जज़्बाती हो रही हो, क्या बात है?" उसने गंभीर नज़रों से घूरा।

"कुछ नहीं," वह झेंप गई।

आज वह सहज नहीं था। उसके व्यवहार में एक ऐसी उग्रता थी जो बरबस दबाई जाने पर भी नज़र आ रही थी, मरियम ने एकदम से पूछा, "तुम्हारा नाम क्या है?"

"दोस्त," उसने हँसकर उसे देखा।

"मज़ाक नहीं, सच बताओ, कहाँ रहते हो?"

"मैं जो भी हूँ, तुम्हारे सामने हूँ। यही हक़ीक़त है। मैं तुम्हारा दोस्त हूँ। इतना काफ़ी नहीं है क्या?" वह इतना गंभीर हो उठा कि मरियम डर-सी गई। आगे के सारे प्रश्न उसे बेकार लगे।

□

सुबह जब वह उठी तो पहलू में उसका गरम बदन न था। एक अनजाने दर्द ने उसे झिंझोड़ दिया। कान में बैन की तेज़ ध्वनि उभरी—सारा नशा, सारा इश्क़ पल-भर में ही समाप्त हो गया। रेशमी चादर को उसने सिर तक खींच लिया। वह उसके सोने के बाद जाने कब चला गया था। काफ़ी देर तक वे बातें करते रहे थे।

दोनों घटनाएँ कितनी विचित्र हैं?

उसे माजिद याद आ गया⋯फिर अपनी मँगनी⋯विवाह और फिर सुहाग रात की वह भयानक सुबह⋯

"मैं क्यों कहूँ?—तुम भी तो शरीक़ थीं; जाकर कहो न," माजिद ने टहलते हुए उसके लगातार इसरार से तिनककर कहा और फिर कमरे में तेज़ी से टहलने लगा।

ऊपर छत पर खड़ी उसकी माँ के बैन की आवाज़ पूरे गाँव में फैल रही थी। सारे लोग इस अनहोनी घटना से सीना कूटते, बैन करते हुए माजिद के घर के सामने जमा होने लगे थे।

कल उनकी शादी हुई थी। रात को सब यहीं तो थे। चारों तरफ़ हँसी-मज़ाक, गाना-बजाना था और भोर होते ही यह कांड हो गया था। माजिद इस घटना के लिए तैयार न था और वह क्या कहती? बाहर बढ़ते शोर से घबराकर उसने माजिद को झिंझोड़ा, "तुम जाकर कहते क्यों नहीं हो? आख़िर इस बदनामी से क्या फ़ायदा मिलेगा? हमने कोई गुनाह नहीं किया था?"

"वह गुनाह था माँ की नज़रों में। धर्म और समाज की दृष्टि से। अब मैं किस मुँह से जाकर सफ़ाई दूँ?" माजिद का चेहरा पसीने से तर था।

"उसी मुँह से जिस मुँह से मेरे साथ जीवन-भर निभाने का वचन लिया था," मरियम की आवाज़ आक्रोश से काँप रही थी। कैसा छलावा था यह माजिद? बचपन में गंदे नमक के ढेलों को नल की धार के नीचे धोने के प्रयत्न में सारा नमक कितनी बार घुला डाला था। आज वैसा ही अद्भुत आश्चर्य लग रहा था कि यह···यह क्या हुआ? सामने उसका अंधकारमय भविष्य था। उसे क्या पता था कि पड़ोस में रहनेवाला वह शैतान लड़का माजिद आज भी खेल में बेईमानी कर बैठेगा? दोनों पड़ोसी थे। आपसी घनिष्ठता व बच्चों की आपसी मित्रता व प्रेम देखकर माँ-बाप ने बात चलाई और मँगनी हो गई।

□

इंटरमीडिएट के बाद दो वर्ष की ट्रेनिंग के लिए गाँव जाना ज़रूरी था। उसके बाद शादी की बात पक्की हुई थी। मगर वर्ष-भर बाद ही घरवालों के ज़ोर देने पर निकाह हो गया था, मगर बिदाई नहीं हुई थी। इस बीच कई बार माजिद आया और··· ? तब वह अपने हक़ की बात कर रहा था मगर आज हर चीज़ से मुकर गया है।

शादी के बाद सुबह बिस्तर से उठाया रूमाल साफ़ था। माँ के साथ अन्य औरतों की आँखें फट गई थीं। हँसी-मज़ाक का माहौल रोने-पीटने और बैन करने में बदल गया। सबके मन में संदेह उभरा, बहू कुँवारी नहीं थी। क्रोध की लहर फैल गई। रो-रोकर रस्म के मुताबिक़ औरतों को इकट्ठा करना था कि बहू पाक-पवित्र न थी। सो वह ऊपर छत पर जाकर खड़ी हो सीना कूटने व बैन करने लगी।

मरियम के पास सफ़ाई देने को बहुत कुछ था, मगर जब उससे कोई पूछता तब न! वहाँ तो डंके की चोट पर उसकी बदनामी हो रही थी। उसके माँ-बाप का क्या हाल होगा? सोचकर वह कुढ़ रही थी। ऊपर से माजिद के इस बदले रूप ने उसको दिमागी सदमा दिया था। उसको पछतावा हो रहा था कि उसने अपना कौमार्य क्यों भेंट चढ़ा दिया था। लाख वह उसका पति होनेवाला था, मगर हुआ तो नहीं था।

एक बार उसने सारा बल जमा करके विनती-भरे स्वर में कहा, "जाओ कुछ करो न, बहरहाल मैं तुम्हारी पत्नी हूँ। मेरी सुरक्षा की ज़िम्मेदारी तुम पर है। उठो,···उठो न।"

माजिद न हिला, न उठा। वह तकिए पर अधलेटा छत को घूर रहा था। चेहरा भय से पीला पड़ गया था।

"उठो, जाकर कहो न कि आख़िर निकाह तो हो ही गया था, धार्मिक रूप से तो तुम मेरे पति और मैं तुम्हारी पत्नी थी न···उठो, खुदाया उठो, मेरा दम घुट रहा है···मामा-बाबा खुदकुशी न कर लें···मैं तुम्हारे पैर पड़ती हूँ। यूँ मुझे रुस्वा न करो···तुम मर्द हो, ज़बान खोल सकते हो···उठ जाओ···उठो," मरियम ने उसका हाथ खींचा।

माजिद ने हाथ झटका और झुँझलाकर कहा, "जो हुआ सो हुआ, गई इज़्ज़त लौटकर नहीं आती है···फिर भली लड़कियाँ क्या यूँ अपना अछूतापन ख़त्म कर देती

हैं ? ग़लती तो तुम्हारी थी…मुझे रोक सकती थीं। सही कहा है किसी ने ज़र, ज़मीन और जोरू झगड़े की जड़ें होती हैं, मुझे कहीं का नहीं रखा।" माजिद लड़कियों की तरह हाथों से मुँह छिपाकर रोने लगा।

"मगर…तुम तो…" मरियम के मुख से कुछ न निकला, बाक़ी शब्द आँसुओं और सिसकियों में डूब गए।

ऊपर छत पर सास का बैन जारी था। उसकी मौत का ऐलान था जो क़सबे के सामने किया जा रहा था। अब वह इस क़सबे के सामने मुँह दिखाने के क़ाबिल नहीं रह गई थी। माजिद अब आराम से सीधा-सीधा क़ालीन पर लेट गया था और छत की बल्लियाँ गिन रहा था।

घरों में अनबन हो गई। अंदर से सब जानते थे कि क्या हुआ है। मगर सामाजिक बंधनों व रस्म-रिवाज को तोड़ तो नहीं सकते थे।

मरियम के लिए घर-ससुराल दोनों जगह उसका अस्तित्व अर्थहीन-सा हो गया था। सफ़ाई किसे और कैसे देती ? माँ के घर जाकर क्या कहती ? सामने क्या था, कुछ भी न था। जो सब कुछ था वह सब से पराया और बेईमान निकला था। अब जो है आस-पास, वह बेगाना है। यही हैं अपने लोग ?

उसकी आँखें भीग गईं। बिस्तर से उठी। कपड़े पहने, तभी किसी ने दरवाज़ा खटखटाया।

वह यादों के तहख़ाने से निकल आई !

"कैसी हो ?" नायिका ने बड़े दुलार से पूछा।

"ठीक हूँ," उसने छोटा-सा उत्तर दिया।

"कैसा नूर उतरा है चेहरे पर," नायिका ने आगे बढ़कर उसके माथे का चुंबन लिया, फिर गाल थपथपाकर बाहर निकल गई।

मरियम के दिल में कुछ टूटा। एक कसक-सी उठी। यहाँ रूमाल का मुआयना नहीं हुआ है ! अजीब है यह दुनिया भी। ईमानदारी पर शक करती है और बेईमानी को जी भरकर जीती है।

□

कल वह आया था बेहद थका हुआ, मगर शांत था। बहुत देर तक बातें करता रहा; फिर साथ लाया पैकेट उसे थमाता हुआ बोला, "इसमें कुछ किताबें हैं। इन्हें पढ़ना, जहाँ समझ में न आए, पूछना। अपनी मित्रों में जिसपर पूर्ण विश्वास हो उसे ये किताबें पढ़ने देना वरना नहीं।"

थोड़ी देर ख़ामोश बैठा रहा। चेहरे से बहुत थका लग रहा था। एकदम से खड़ा हो गया, "अच्छा, मैं चलता हूँ, अगले हफ़्ते आऊँगा।"

"थोड़ी देर बैठो, मेरे पास भी बहुत कुछ है कहने को।"

"आज नहीं, अगले हफ़्ते सारी रात तुम्हारी बातें सुनूँगा, मैंने किसी को समय दे रखा है।"

"अच्छा, इस बीच मैं पुस्तक पढ़ लूँगी।"

वह पूरी रात किताब पढ़ती रही, बहुत कम बातें उसके पल्ले पड़ीं। कुछ शोषण, पूँजी, वर्गसंघर्ष, तीसरी दुनिया जैसे शब्द थे, जो दोहराए जा रहे थे।

सुबह किसी ने उसे झिंझोड़कर उठाया।

"डॉक्टर आया है मुआयने के लिए। लड़कियो! चलो अपने-अपने कमरे से बाहर निकलो।"

बाहर लड़कियों की भीड़ जमा थी। सब चिहुँक रही थीं। महनाज़ ने अपने हाथों की अँगूठी दिखाई, "देखो! कैसी है? कल उसी दीवाने ने लाकर दी है। पूरे सात हज़ार की है।"

यह सुनकर फातिमा हलके-से मुसकराई। उसके गले में उससे चौगुनी क़ीमत का हार पड़ा हुआ था जो उसके आशिक़ ने उसे जन्म-दिवस पर भेंट किया था! कोई अपनी चूड़ियाँ दिखा रही थी। ग़र्ज़ कि सब ही मस्त थीं। सबके पास कोई-न-कोई क़ीमती चीज़ थी, वरना घंटों के हिसाब से केवल हिसाब होता था, मगर कभी-कभी उन घंटों के दाम में संवेदनाओं के तार भी कहीं फँसकर झनझना उठते थे। वही तार कभी गले में, कभी हाथ में, कभी उँगली में फँसकर ज़िंदगी-भर एक ख़लिश-सी पैदा किए रहते थे।

ऐसी कोई ख़लिश मरियम के दिल में नहीं थी, बल्कि कुछ था भी तो एक ज़ख़्म था जो जब-तब रिसता रहता था। इस मुद्दत में उसने बहुत कुछ सीखा था, बहुत अनुभव हुए थे उसे, मगर किस काम का था यह अनुभव और ज्ञान? कहाँ है इसका अंत? जीवन की उपलब्धि के नाम पर उसके पास क्या होगा?

डॉक्टर के मुआयने के बाद सब नहाने की तैयारी में लग गईं। हमाम गरम था, सो अपने-अपने बुकचे बगल में दबाकर गरम हमामख़ाने में पहुँच गईं। आज छुट्टी का दिन था। बड़े मज़े थे। एक-दूसरे का बदन मलती बातें करने लगीं। ज़हरा ने मरियम को कोहनी से धक्का देकर पूछा, "क्यों, तुम्हें क्या उपहार दिया उसने?"

मरियम कुछ बोली नहीं, उधर से नेदा ने झुँझलाकर कहा, "अरे, मुझसे पूछो तो मैं बताऊँ। मेरे महबूब ने मुझे क्या तोहफ़ा दिया, कमबख़्त निरा जंगली था। सारा बदन, नीला स्याह कर दिया, ख़ुदा उसे जहन्नुम में डाले।"

मिला-जुला क़हक़हा बुलंद हुआ, मरियम ख़ामोशी से उठकर नल के नीचे खड़ी हो गई।

□

मरियम अच्छी तरह से उसके मिज़ाज से वाक़िफ़ हो गई थी कि जिस दिन वह आक्रोश में होता है, रात को ठहरता है, शांत हुआ तो केवल बातें करता है। आज उसका क्रोध शायद अपनी पराकाष्ठा पर पहुँचा हुआ था। अस्फुट शब्दों में गालियों की बौछार

उसे सुनाई पड़ रही थी। उसने सोचा पूछे, मगर ख़ामोश रही। उसके सीने के नीचे दबा उसका चेहरा घबराहट और लज़्ज़त से दमक उठा था।

बाद में पूछने पर उसने कोई उत्तर नहीं दिया, केवल इतना पूछा, “किताबें पढ़ लीं ?”

गई रात तक उसे वह बहुत अजीब-अजीब बातें बताता रहा, समझाता रहा। कभी वह जोश में भर जाती तो कभी भय से उसके रोंगटे खड़े हो जाते। कभी उसे घबराहट महसूस होने लगती, मगर सारी रात वह बातें सुनती रही।

□

कुछ-कुछ हंगामे की ख़बरें आनी आरंभ हो गई थीं। मरियम को महसूस होने लगा कि उसका कहा सब कुछ सच निकल रहा है। मगर नायिका और अन्य औरतें दिन और रात हंगामा करनेवालों को कोसती रहती थीं।

फिर वह बहुत दिन तक नहीं आया । वह रोज़ शाम को सज-धजकर बैठती, मगर वह नहीं आता। उसने वे सारी पुस्तकें बार-बार पढ़कर रट लीं और अपनी मित्रों को पढ़ाईं, मगर वह नहीं आया। उसका मन कहता, ‘वह उसे भूल गया, याद रखनेवाली बात ही क्या थी उसमें ?’

□

पता चला मैदान-ए-ज़ाले में चार हज़ार लोगों को इकट्ठा भून दिया गया, इधर-उधर से, ऊपर हैलीकॉप्टर से। जुलूस तो निकलते रहते थे, मगर…सारा ईरान क्रोध व नफ़रत से दीवाना हो गया था। हफ़्ते-भर तक लाशें गाड़ी गई थीं। वे सब मिलकर गई थीं। मगर उनकी सहायता कौन लेता, सो तमाशा देखकर लौट आईं।

उस रात वह आया था। काफ़ी देर ठहरा। फिर मरियम सोचती, कि काश कहीं हंगामा हो तो आए। हंगामे से उसके आने का संबंध जुड़ गया था।

मगर रोज़ होते हंगामों में वह कहीं ग़ायब हो गया और मरियम के दिन-रात फिर सूने होने लगे…कभी-कभी वह सोचती, यह रिश्ता भी कितना अजीब है ? क्या नाम है इसका ? फिर स्वयं ही उत्तर देती कि जिन रिश्तों का नाम था उनका भी उसके जीवन में क्या मूल्य रहा ?

□

महीनों गुज़र गए, वह नहीं आया। नायिका के ज़ोर देने पर वह मज़बूर हो गई। उसे भी तो सिर छिपाना था। यहाँ से निकल जाती तो कहाँ जाती ? नए-नए ग्राहक आते और चले जाते। दूसरी लड़कियों की तरह उसके पास भी उपहारों की लाइनें लगनी आरंभ हो गई थीं, मगर उसकी आँखें तो किसी और को खोज रही थीं जो गंदे मज़ाक और गाली की जगह अच्छी-अच्छी बातें करता था; मामूली मगर अर्थपूर्ण किताबें भेंट करता था। कौन था वह ? कहाँ से आया था ? कहाँ चला गया ?

□

हंगामे अपनी पराकाष्ठा पर पहुँच गए थे। सरकार बदल गई थी। चारों तरफ़ खुशियों का तूफ़ान था। जो बातें वह वर्ष-भर पहले उसके कानों में फुसफुसाता था, आज वह चारों तरफ़ नज़र आ रही थीं। उसका अनुमान ठीक था।

दरवाज़-ए-क़ज़विन को उजाड़ने की अफ़वाह जब कान में पड़ी तो सब ही चिंतित हो उठीं! कहाँ जाएँगी वे? तय यह पाया कि सब जुलूस की शक्ल में चलते हैं। अपनी माँगें पूरी कराएँगे। शाम को लंबी लाइन में वे सब खड़ी थीं। पहली बार वह तेहरान शहर में यूँ निकली थी, सकुचाई-सी, झेंपी-झेंपी-सी, मगर अन्य लड़कियाँ तेज़ी से चुईंगम चबातीं, गहरा मेक-अप किए सिगरेट पी रही थीं। आते-जाते हुए लोगों से बात भी हो रही थी। आस-पास के बँगले की छतों से औरतें बड़ी जिज्ञासा से उन्हें घूर रही थीं।

तभी वह बगल में एक बंडल दबाए सामने से गुज़रा। वह लपकी, मगर वह सड़क के दूसरी पार जाकर गलियों में डूब गया और वह बीच सड़क पर चकराई-सी कारों, बसों की रेल-पेल में खड़ी रह गई।

उनकी माँगों को पढ़ा गया। उन्हें आश्वासन दिया गया। सब संतोष के साथ लौटीं।

मरियम का मन बड़ा ख़ाली-ख़ाली हो रहा था। किताबों की दुकान से कुछ किताबें ख़रीदीं और लौट आई।

□

शहर में चहल-पहल थी। मरियम अपने पुरुष मित्र के साथ सड़क पर पैदल चल रही थी, इस आशा के साथ कि वह फिर उस दिन की तरह उसे मिल जाएगा। कुछ सामान ख़रीदा, बाहर खाना खाया, फिर वह उसे छोड़ गया।

दूसरे दिन सुनने को मिला कि वे सारे मौहल्ले उजाड़ दिए जाएँगे। लोग अफ़वाह समझते रहे, मगर खड़े-खड़े कई औरतों को गोली मार दी गई; और बाक़ी को जेल में बंद कर दिया गया। वे गुनहगार थीं। जिस्म का सौदा करती थीं। नायिका को तो पहले ही दिन गोली से उड़ा दिया गया था। अब यही चंद लड़कियाँ बची थीं। उस इमारत को तोड़-फोड़कर आग लगा दी गई थी।

रात-रात-भर जेल के फ़र्श पर लेटी मरियम सोचती रहती थी कि वह यदि आज़ाद हो गई तो कहाँ जाएगी? उसे कुछ तो पता नहीं है, यदि यही पेशा फिर करती है तो फिर पकड़ी जाएगी। हर लड़की का यही हाल था कि आज़ाद होने के नाम से डर रही थी।

□

कुछ दिन बाद कुछ लड़कियाँ वहीं पहरेदारों के साथ 'सीग़ा' करने में कामयाब हो गईं। उनकी साल-छः मास की परेशानी समाप्त हो गई थी, मगर मरियम क्या करे?

उसके मन में एक अजीब विरोध करवटें बदलने लगा था। आज पहली बार उसे 'शोषण' शब्द का अर्थ समझ में आया। क्या करे वह? दूर-दूर तक अँधेरा था। उसकी बातों में छिपी रौशनी आज अर्थ समझा रही थी।

माजिद उसका साथ न दे सका। दूसरा मर्द जिसने उसे बहुत कुछ समझाया था, उसे दिशा दिखाकर ग़ायब हो गया। वह भी निरा स्वार्थी था। उसने अपना मतलब हल किया···नहीं····नहीं····वह क्या सोचने लगी यह? 'वह बुद्धिमान था। वह विरोध के बीज बोने वहाँ आया था। ज़मीन थी मगर वे बीज भी किस काम के जिन्हें न पानी मिले न खाद, सूखकर मिट्‌टी का अंग बन जाएँगे, मैं तो कहीं भी न टिक पाई?' वह दुःख से सोचती। अब वह अकेली रह गई थी। उसके ख़ामोश स्वभाव व उदास चेहरे को देखकर किसी की हिम्मत नहीं पड़ती थी सो वह गुमसुम सज़ा के बाकी दिन काट रही थी। उसने मन में पक्का इरादा कर लिया था कि स्वतंत्र होने के बाद वह मेहनत-मज़दूरी करके बड़ा अच्छा जीवन गुज़ारेगी। जिस दिन से उसने यह तय कर लिया था उसे संतोष हो गया था।

□

एक रात जब मरियम सो रही थी तो किसी ने उसे झिंझोड़कर जगाया। सामने पहरेदार खड़ा था। वह घबराकर उठ बैठी, मगर अभी नींद का ख़ुमार आँखों व दिमाग़ पर चढ़ा हुआ था। एकाएक उसे एक तलख़ अनुभव हुआ। उसकी चीख़ें इस तंग कोठरी से बाहर नहीं जा सकती थीं। सुबह उसको आज़ाद होने का संदेशा मिल गया, सामने प्रश्न था—कहाँ जाए?

□

घर काफ़ी बड़ा था। घर में शीशे भी काफ़ी थे। हफ़्ते में एक दिन आकर उसे शीशे साफ़ करने पड़ते थे। कई घरों में काम कर रही थी, मगर रहने का ठिकाना कहीं नहीं मिल पाया था।

इस घर में उसे आते बहुत डर लगता था। पति-पत्नी में हमेशा लड़ाई होती थी। कई बार तलाक़ तक नौबत पहुँची, मगर घर-बार को लेकर रुक गई। आज भी वही हुआ। टूटते बरतन, चीख़-पुकार सुनकर एक बार उसने सोचा वह न जाए, मगर लौटने का मतलब था नौकरी का छूट जाना। दरवाज़ा खोलकर अंदर आई, तभी जोर से फेंकी हुई प्लेट उसके सिर पर आकर लगी। वह वहीं चकराकर गिर पड़ी।

आँख खुली तो वह अस्पताल में थी। माथे पर चार टाँके लगे थे। ख़ून बहुत बह जाने से उसे कमज़ोरी महसूस हो रही थी। अभी उसे दो-तीन दिन यहाँ ठहरना था।

पति-पत्नी दोनों लज्जित से खड़े थे। लज्जा को अपने प्रेमपूर्ण व्यवहार से दूर कर रहे थे। बहुत दिनों बाद उसे ऐसा प्रेम मिला था। कब से तो सफ़र पर निकली हुई है; कितने कष्ट, कितनी यातनाएँ सहीं, मगर प्रेम के दो बोल सुनने को नहीं मिले। उनके जाने के बाद वह उसी ममता में डूबी हुई थी। कहीं यह मेरा भ्रम भर तो नहीं है, उनके मन में

कुछ भी न हो, वे केवल अपनी गलती पर पछता रहे हों और वह उसे ममता समझ रही हो। कुछ भी हो, भ्रम में जीना बहुत भला लगता है, उसी में सुख है। सुख को ढूँढ़ना पड़ता है। बहुत दुर्लभ चीज़ है। उसने आँखें बंद कर लीं।

□

शाम को वह खिड़की से बाहर देख रही थी। लोग आ-जा रहे थे। तभी उसने देखा कि वह तेज़-तेज़ चलता हुआ अंदर घुसा और वार्ड की ओर आने लगा···पुकारे? मगर किस नाम से? इतनी भीड़ में कौन जाने लोग उसे पागल समझ बैठें। उसने बाहर निकलने की सोची। कमरे के दरवाज़े की तरफ बढ़ी। गैलरी में आई, दूसरे वार्ड से होती हुई दरवाज़े के पास पहुँची, मगर उसका कहीं पता न था, कहाँ गया, ऊपर? ऊपर जाए? यदि वह नीचे लिफ़्ट से उतर आया तो?

आज वह उससे प्रश्न करके ही रहेगी कि क्या वह केवल एक किताब थी जिसे वह देखना व पढ़ना चाहता था? आख़िर वह वहाँ क्यों आया था?

एकदम से उसकी नज़र बाहर भीड़ पर पड़ी। वह तेज़ी से बाहर निकल रहा था। उसने फिर पुकारना चाहा, मगर तब तक वह दूर चला गया था।

वह बिस्तर पर लेट गई। सोचा, 'भ्रम बना रहने दो, वरना यहाँ भी सब कुछ बिखर जाएगा। मृगतृष्णा के पीछे भागने में कम-से-कम सख़्त रास्ता तो ज़िंदगी का कट जाएगा।'

□

कुछ दिनों बाद एक घर में काम करने गई तो वहाँ जाने कैसे ख़बर लग गई कि वह दरवाज़-ए-क़ज़विन में गुनाह से परिपूर्ण सात वर्ष गुज़ार चुकी है। शायद उसका कोई ग्राहक ही था जो उस घर के मालिक का रिश्तेदार निकला या स्वयं मालिक ही था, जिसने उसे पहचान लिया। उसे पकड़कर फिर जेल में डाल दिया गया। सुबह उसे सात अन्य औरतों के साथ उड़ाया जाना था। वह आख़िरी रात थी। उसे महसूस हो रहा था कि उसका यह बदन वास्तव में एक कहानी है, यातनाओं की, संघर्ष की, मगर ख़त्म उसे ही किया जा रहा है, क्यों?

सुबह जब उसकी आँखों पर पट्टी बाँधी गई तो उसे अपनां गाँव, अपना घर, दरवाज़-ए-क़ज़विन का अपना कमरा याद आया। एकदम से वह अनजाना इनसान याद आ गया। दिल चाहा कि यदि समय होता तो वह उससे पूछती—क्या बदलाव इसीलिए चाहते थे? हमारा गुनाह क्या था?

□

सुबह समाचार-पत्र पढ़ते हुए वह चौंक गया। तसवीर देखी और नाम पढ़ा, 'मरियम'। इतना समझाने पर भी वह यह पेशा न छोड़ पाई···मैं क्या करता आख़िर उसके लिए?···कुछ तो कर ही सकता था, मगर क्या?

थोड़ी देर वह गुमसुम बैठा रहा। 'वह क्या कहना चाहती थी मुझसे? हमेशा झिझकती थी, क्या था उसका राज़,' उसका मन भारी हो उठा।

बाहर आते नारों के शोर से चौंका, यह क्या, वह आधे घंटे तक यूँ सोच में डूबा रहा? उसने सिर को झटका, इतना भी क्या प्रभावित होना, अभी तो बहुत-सी अधूरी कहानियाँ इस धरती में जज़्ब हो जाएँगी····संघर्ष है संघर्ष। वह तेज़ी से उठा। किताब का बंडल बग़ल में दबाया और तेज़ी से सड़क पार करता सामने की गलियों में डूब गया।

□

दीवार-दर-दीवार

बाहर बारिश हो रही थी। अंदर कुबरा ख़ानम सिसकियाँ भर रही थीं। आँसू थे कि पहाड़ी नदी की तरह उमड़े चले आ रहे थे। बाप-बेटे के बीच में वे अकारण ही पिस रही थीं, किसे रोकें, किसे समझाएँ। दोनों ही बिफरे जल-प्रपात की तरह विपरीत दिशा में गिर रहे थे। उनका मन हर क्षण पत्ते की तरह हिलता रहता था कि कहीं कोई अनहोनी न घट जाए। वे जो भी घुटना खोलतीं उसे ज़ख़्मी पातीं। पति उनके सुहाग थे तो बेटा उनकी ममता का गौरव।

शाम को शहर में हुई घटना पर टिप्पणी होती, आरंभ के दिनों में केवल वार्त्तालाप होता, फिर धीरे-धीरे बहस होने लगी। जैसे-जैसे वातावरण में घुटन बढ़ रही थी ये टीका-टिप्पणियाँ कटाक्ष एवं कटुवचन का रूप धरने लगी थीं और अब कुछ दिनों से खुल्लमखुल्ला चीख़-पुकार होती, गाली-गलौज और कोसना-पीटना होता। उनके पास केवल घबराहट में आँसू बहाना रह गया था। हाँ, कभी-कभी मजबूर होकर वे बाप-बेटे के बीच में खड़ी हो जाती थीं और कहती थीं, "यदि आगे कुछ कहा तो तुम दोनों को मेरी लाश के ऊपर से गुज़रना पड़ेगा।"

रात काफी गुज़र गई थी। बारिश रुक गई थी। हादी लौटा नहीं था। शैदा आज कुछ अधिक ही थकी हुई थी, इसलिए नहाने के बाद खाना खाते ही सो गई थी। मोहंदिस आग़ा पर बेटे के जाने का मानो कोई प्रभाव ही नहीं पड़ा था। मज़े से वज़ू करके नमाज़ पढ़ रहे थे। इनकी यह नमाज़ काफ़ी रात तक चलती है। दुआ पढ़ते हैं, दूसरों की इच्छाओं का इस्तैखारा (खुदा की इच्छा का पता लगाना) देखते हैं। घर में सन्नाटा था। बस, जो शोर था वह था कुबरा ख़ानम की सिसकियों का।

□

मोहंदिस आग़ा ने नाश्ता किया। कपड़े बदले। कार को स्टार्ट किया और ऑफिस की तरफ चल पड़े। रात का क्रोध अभी समाप्त नहीं हुआ था। हादी घर में था नहीं, वरना उनका दिल कर रहा था कि दो-तीन हाथ लगा देते, ताकि दिल में ठंडक तो पड़ जाती; नालायक़ कहीं का। रात को कैसा तिनतिनाता हुआ बाहर निकल गया था। उनकी साँस तेज़ी से चलने लगी।

ऑफ़िस रोज़ की तरह चल रहा था, मगर मोहंदिस आग़ा आज रोज़वाले नहीं थे। उनके माथे पर बल थे। रक्तचाप बढ़ गया था। उनके अंदर कुछ, बहुत तेज़ी से घुट रहा था। लिफ़्ट से निकलकर वह कमरे की तरफ़ बढ़े। रास्ते में हँसती हुई अपनी स्टेनो पर

उनकी नज़र पड़ी। उसके सिर से स्कार्फ लुढ़ककर कंधे पर गिर गया था। होंठों पर हलकी लिपस्टिक लगी हुई थी। सामने बैठा लड़का भी दाढ़ी पर हाथ फेरता हुआ चमकीली नज़रों से लड़की को देखकर मुसकरा रहा था। संदेह उभरा, खून का दबाव बढ़ गया। साँस तेज़ी से चलने लगी। आग बरसाती आँखों से उन्होंने दोनों को घूरा। वे दोनों अदब से खड़े होकर सलाम करने लगे। लड़की ने शीघ्रता से स्कार्फ माथे तक खींचा।

वह केबिन में आ गए। मेज़ पर कुछ काग़ज़ात पड़े थे। उन्हें वे फूली साँस को संयत करते हुए पढ़ने की कोशिश करने लगे। कुछ समझ में न आया। चपरासी ने गरम चाय का फिनजान मेज़ पर रखा। चाय गरम थी, भाप के बादल उठ रहे थे। उन्होंने तेज़ी से चाय का लंबा घूँट भरा। बाहर से मद्धिम मीठे क़हक़हे फिर सुनाई पड़े। उनकी बेकरारी बढ़ गई। उन्होंने पूरा फिनजान एक ही घूँट में ख़ाली कर दिया।

फ़ोन की घंटी बजी। चोंगा उठाया। "रांग नंबर" कहकर रख दिया। उठकर बाथरूम गए, बिना कारण ही हाथ को ख़ूब साबुन लगा-लगाकर धोया। बाहर निकले। बाहर से आती आवाज़ तीखी थी। उनका पारा सातवें आसमान पर पहुँच गया। मेज़ पर रखी घंटी बजाई।

"ख़ानम शीरीन को फौरन भेजो।"

ख़ानम शीरीन आ गई। वे उसे देखकर बरस पड़े, "क्या शोरगुल मचा रखा है। यह ऑफिस है, भ्रष्टाचार का अड्डा नहीं। अभी इस्तीफा लिखो, वरना नौकरी से मुअत्तल करने का पत्र टाइप करवाता हूँ।" बेचारी शीरीन चकराकर गिरते-गिरते बची। घूमते सिर को दोनों हाथों की उँगलियों से पकड़ा। मोहंदिस आग़ा को एकाएक क्या हो गया है? उनका रौद्र रूप देखकर वह यह भी पूछ न पाई कि आख़िर उसकी ग़लती क्या है?

□

सारे दिन कुबरा ख़ानम बेटे की प्रतीक्षा करती रहीं, मगर हादी लौटकर नहीं आया। उनका मन घर में लग नहीं रहा था। पति को वे क्या समझाएँ? जब से वे इस घर में आई हैं, कभी भी उनके विचार पति से नहीं मिल पाए, मगर निभाना था सो निभा रही थीं।

गमले में पानी देते हुए उन्हें ख़याल आया, अभी बाज़ार भी जाना है। आड़ू से लदे दरख़्त की एक शाख़ पर बुलबुल का पिंजड़ा टँगा हुआ था। उसके बरतन में पानी डाला, फिर जाने उन्हें क्या सूझा कि पिंजड़े का दरवाज़ा खोलकर उसे उड़ा दिया। पहले तो बुलबुल दो मिनट अंदर बैठी रही, मगर उनके पिंजड़ा हिलाने पर वह पंख फड़फड़ाती सामने मुँडेर पर जाकर बैठ गई।

पड़ोस में रोने की आवाज़ तेज हो गई थी। सुबह ही उनके घर ख़बर आई थी कि रणक्षेत्र में उनका बेटा शहीद हो गया है। इराक़ी लड़ाकू विमान ने ईरानी विमान के

परख़चे उड़ा दिए, बेटे की लाश कहाँ मिलती ! हर पत्थर, रेत के हर ज़र्रे में लुथड़ी उसके जिस्म की बोटियाँ थीं। वह उसे चुनने भी जाती तो गिद्ध और चीलें उसे कब मौक़ा देते, वे पहले ही अपना हिस्सा हथिया लेते। प्रातः कुबरा ख़ानम पुरसा दे आई थीं। अब उनका मन घुट रहा था। उस घुटन से निकलने के लिए ही उन्होंने अपनी प्यारी बुलबुल को स्वतंत्र कर दिया था।

आँगन में धूप उतर आई थी। नमकवाला बाहर चिल्ला रहा था। उन्होंने किचन से बची सूखी रोटी का बड़ा-सा थैला निकाला और दरवाज़ा खोलकर वह थैला उसके हवाले कर नमक का पैकेट ले अंदर आ गईं। गैस पर चढ़ा प्रैशर कुकर उतारकर उन्होंने पुलाव के लिए चावल भिगोया। फिर सिर पर चादर डालकर बास्केट हाथ में ले, घर से बाहर निकल आईं। हर वस्तु के लिए सौ-डेढ़ सौ लोगों की लाइन रोज़ लगती है, ज़िंदगी का आधा समय सड़क के किनारे कटता था।

औरतें आराम से बातों में मगन थीं। कोई स्वेटर बुन रही थी, कोई क्रोशिया चला रही थी। क़स्साब ने अभी दुकान नहीं खोली थी। वह भी चादर को समेटकर बैठ गई। हफ़्ते में आधा किलो गोश्त कहाँ पूरा पड़ता है ? मगर मजबूरी है, गोश्त है कहाँ जो यह बेचे ? जब काफी वक़्त गुज़र गया तो पासवाली औरत बोली, "ख़ुदा का क़हर टूटा है, खाने से ज़्यादा फेंकते थे उसी का भुगतान है।"

"जाने अभी किन-किन ग़लतियों का भुगतान भरना पड़ेगा। कौन क्या जाने ?" कुबरा बेगम ने ठंडी आह खींचकर कहा।

क़स्साब को दूर से आता देखकर औरतों के चेहरे पर इतमीनान की लहर दौड़ गई। एक ने कहा, "ख़ुदा का शुक्र है। बच्चों को खाना तो समय पर मिल जाएगा।" क़स्साब ने दुकान का दरवाज़ा खोला और औरतें हड़बड़ाकर खड़ी हो गईं।

□

कुबरा ख़ानम का घर कोई अजूबा घर नहीं था, बल्कि हर घर की यही कहानी थी। सयासत लोगों की साँस में रच-बस गई थी। घर में जितने सदस्य होते, उतने ही विचार और फिर मतभेद का होना आवश्यक था। भाई-भाई आपस में भिड़ जाते थे। हर इनसान का अपना एक उसूल था। इस घर का भी यही हाल था। मोहंदिस आग़ा धार्मिक यानी हिज़्बउल्लांही थे, सत्तारूढ़ पार्टी के कट्टर अनुयायी थे, बेटा साम्यवादी और बेटी शैदा मुजाहिद यानी इस्लामी गुरिल्ला जो सत्तापार्टी की कड़ी आलोचक थी और अब बची माँ, कुबरा ख़ानम, वे केवल तमाशची थीं या फिर रैफ़री थीं कि हर गिरे हुए की सेवा-शुश्रूषा करती थीं। वास्तव में वह किससे क्या कहें ? जिस दिन हादी गया था कोई विशेष बात नहीं थी, बस, वर्तमान स्थिति पर वार्त्तालाप आरंभ हुआ था। भूख, बेकारी, महँगाई, दरिद्रता, बर्बरता, युद्ध सबके बारे में बहस छिड़ी हुई थी। मोहंदिस आग़ा सारी बातें समझने के बावजूद वर्तमान सरकार की किसी प्रकार की आलोचना नहीं सुन सकते थे।

उनकी सहन-शक्ति जवाब देने लगती थी। यही उस दिन हुआ, उनकी सहन-शक्ति जवाब दे गई। क्रोध अपनी पराकाष्ठा पर पहुँचकर ऊपरी मंज़िल से छलाँगें मारने लगा। फेन होंठों के कोनों पर जमा हो गया था।

"यदि....यदि मुझे कुबरा का ख़याल न होता तो अभी फ़ोन करके इसलामी कोर्ट के हवाले कर देता, यदि यह यक़ीन होता कि तुझे वे मार नहीं डालेंगे तो कम-से-कम ८० कोड़े ज़रूर खिलवाता, मगर वे तुझे पकड़ते ही गोली से उड़ा देंगे....दूर हो जा मेरी नज़रों के सामने से गद्दार! नीच! बाग़ी! ज़लील! नमक हराम!"

हादी भी क्रोध से काँपने लगा था। उठ खड़ा हुआ और बोला, "मुबारक हो आपको आपका धर्म। जो ख़िताब आपने मुझे दिए हैं वह वास्तव में आप हैं। जिस दिन होश आ जाए, परदा आँखों से हट जाए, मुझे ज़रूर याद कर लीजिएगा। हम मरने से नहीं डरते हैं, आप शिकायत करें या न करें हम खुद अपनी राह पर शहीद होने का दम-ख़म रखते हैं...." वह बाहर आया, जूते पहने। आँगन में आकर चिल्लाया, "अगर कल सुनने में आए कि हादी मारा गया तो आँखें गीली मत्त करिएगा। आपको क़सम है आपके धर्म की जिसका रूप कोड़े, गोली, यातनाएँ, ज़ुल्म हैं....खुदा हाफ़िज़ ।"

कुबरा ख़ानम समावर से चाय उँडेल रही थीं। हाथ काँपा। पूरी खौलती चाय पैर पर गिर गई। जले पैर की सोज़िश दबाए ममता की मारी हॉल में दौड़ीं। फिर कमरे में, उसके बाद सीढ़ियाँ उतरती आँगन में आईं, मगर हादी जा चुका था। बेचैन होकर दरवाज़ा खोलकर वह बाहर निकल आईं। सड़क पर दूर-दूर तक कोई नज़र नहीं आ रहा था। बस एक-दो मोटरें आ-जा रही थीं। सारा मोहल्ला सुनसान पड़ा हुआ था। हादी का कहीं पता नहीं था। शायद उसे फौरन ही किसी से लिफ़्ट मिल गई थी। दिल थामे वे घर में आईं। इसी बात का डर उन्हें बरसों से घोट रहा था। आज वह अनहोनी घट ही गई। पहलौटी का लड़का उनकी आँखों के सामने से चला गया। उनकी आँखों से सावन-भादों बरसने लगे। पेट में कुछ घुमड़ने लगा। कमरे में जा, वह फूट-फूटकर रोने लगीं।

□

छत पर मोहंदिस आग़ा बैठे थे। अभी-अभी नमाज़ से फ़ारिग़ हुए थे। किसी सोच में डूबे हुए हुक़्क़ा गुड़गुड़ा रहे थे। उनका दिमाग़ तेज़ी से काम कर रहा था। आस-पास दूर-दूर तक कोई भी इनक़लाब का दुश्मन नहीं बचा था। वे सब को मौत के घाट उतरवा चुके थे। उनके सामने अब दूसरे मोहल्लों की समस्या थी। वहाँ पर कैसे पता लगाएँ कि इनक़लाब के कितने शत्रु हैं। एकाएक उन्हें हादी का ख़याल आया। उसे गए चार दिन हो गए थे। उसकी कमी महसूस हो रही थी, मगर अंदर कहीं बहुत नीचे दिल के कोने में एक अहसास था कि आख़िर वह भी उनके सामने टिक नहीं पाया। मगर इस समय उसकी कमी वे महसूस कर रहे थे कि यदि वह होता तो चतुरता से, दाँव-पेच से किसी प्रकार कुछ-न-कुछ पता लगा ही लेते।

हुक़्क़ा गुड़गुड़ाते रहे। तारे गिनते रहे, मगर कोई तरकीब समझ में नहीं आई।

□

मसजिद के सामने भीड़ लगी हुई थी। तेल के कूपन जारी हो रहे थे। मोहंदिस आग़ा से किसी ने सिलाई की मशीन के लिए कहा था, सो वह उसकी सहायता के लिए यहाँ आए थे ताकि सस्ते दामों में उसे मशीन मिल जाए।

उन्हें देखते ही सारे लोगों ने सलाम किया। हालचाल पूछा और कहा, "आपने आने की क्यों तकलीफ की, फोन कर दिया होता ?"

"ठीक है। हम भाइयों की सहायता नहीं करेंगे तो कौन करेगा ? सब अपने ही परिवार के लोग हैं, भाई !"

"आप जैसा सज्जन आदमी इस मोहल्ले में दूसरा नहीं है। खुदा आपका साया हम पर कम न करे।"

मोहंदिस आग़ा आदर, अनुराग के नशे में मस्त कार में आकर बैठे। फिर उनका दिमाग़ भटकने लगा कि एक मास हो गया है, उन्होंने कोई सेवा नहीं की है। कमबख़्तों के हौसले देखो, कितने बढ़ रहे हैं, बड़े-बड़े अक्षरों से दीवारें रँग दी हैं।

'कपड़ा, काम और मकान।'

'ज़मीन उसी की जो जोते।'

"रूसी गुलाम," मोहंदिस आग़ा आग बबूला हो बोले, "देश को विदेशियों के हाथ बेचनेवालों के प्रति ज़रा भी रहम नहीं करना चाहिए। फ़ौरन शूट कर देना चाहिए, उसी समय, उसी क्षण।"

□

शैदा का मंगेतर दो मास पहले शहीद हुआ था। शैदा को अफ़सोस न हुआ हो ऐसा नहीं था, मगर वह हर समय काम में व्यस्त रहती थी। सो उसका दुखी होना या न होना किसी को पता ही न चला। इस समय भी वह ऑफिस से लौटकर अपने कमरे में कुछ कर रही थी।

कुबरा ख़ानम खाना पकाने में व्यस्त थीं। मोहंदिस आग़ा हुक़्क़ा भरने के इंतज़ाम में लगे हुए थे। तभी किसी ने घंटी बजाई। एकदम से उनके मन में ख़याल आया कहीं हादी न हो ? यही हाल कुबरा ख़ानम का हुआ था। उधर शैदा भी व्याकुल होकर बाहर निकली।

मोहंदिस आग़ा ने दरवाज़ा खोला। सामने पाँच पासदार खड़े थे। सलाम हुआ। ख़ैरियत पूछी गई एक-दूसरे की, फिर उन्हें अंदर आने की दावत दी गई।

एक ने गला साफ करते हुए कहा, "आपकी बेटी ख़ानम शैदा घर पर हैं ?"

"हाँ हैं, क्यों ?"

"उनके कमरे की तलाशी का वारंट है ?"

"क्यों?"

"संदेह है।"

"मगर क्यों?"

"कारण है संदेह का, जनाब!"

"कैसा कारण?"

"आपको अभी पता चल जाएगा।"

"मैं आपको इसकी इज़ाज़त नहीं दूँगा, यह गलत है। ज़रा सोचें तो यह मोहंदिस आग़ा का घर है?"

"तभी तो यूँ आप से आज्ञा माँग रहे हैं, वरना कब के अंदर चले जाते। यह है वारंट।"

"यह मेरे किसी शत्रु की शरारत है?"

"नहीं, हम सबूत के बाद यहाँ आए हैं।"

"क्या सबूत है आपके पास?"

"यह आपको मालूम पड़ जाएगा।"

"कहाँ से?"

"आप बेकार समय ख़राब कर रहे हैं। साफ़ बात यह है कि हम एक मास से आपके घर पर नज़र रखे थे। हमें बहुत दिनों से आपकी बेटी पर संदेह था। जब संदेह के साथ सबूत मिल गया तो उसकी पुष्टि के लिए यहाँ आए हैं।"

"कैसी पुष्टि?"

"यही कि शैदा ख़ानम इनक़लाब की शत्रु हैं।"

"नहीं!"

"हाँ। यह सच है। अब हमें आज्ञा दें।"

"आइए।"

वे पाँचों शैदा के कमरे की ओर बढ़े। शैदा दरवाज़े के पास खड़ी हुई सारी बातें सुन रही थी। चेहरे पर संतोष था। उसे देखकर मोहंदिस आग़ा की हिम्मत बँधी कि यह झूठ है। इन्हें मुझसे क्षमा माँगनी पड़ेगी। मेरे घर से कोई सबूत नहीं निकलेगा। जो साम्यवादी था भी, वह घर छोड़कर चला गया है।

कमरा थोड़ी देर में उलट-पुलट गया। बहुत सारी आपत्तिजनक चीज़ें मिलीं। कुछ किताबें, पैंफ़लेट व अन्य सामग्री। शैदा शांत थी। मोहंदिस आग़ा का चेहरा अपमान, लज्जा और क्रोध से लाल हो रहा था।

"सामग्री की प्राप्ति के बाद हम शैदा ख़ानम को हिरासत में लेते हैं।"

मोहंदिस आग़ा का मुख खुला, पर शब्द ग़ायब थे। कुबरा ख़ानम का मुख सफेद पड़ गया था। केवल शैदा का चेहरा था जो स्वाभाविक लग रहा था।

शैदा ने तैयारी पूरी कर ली। जेल जाने के लिए माँ के पास आई। "आज़ादी क़रीब है, माँ! परेशान मत हो, तुम्हें आज बताती हूँ, हादी जेल में है। मैं भी जा रही हूँ। आज़ादी का सूरज निकला, तो हम साथ-साथ देखेंगे वरना हमारे लहू की लालिमा को तुम देखकर गौरवान्वित होना—खुदा हाफ़िज़।"

पिता के पास आई। उन्हें तो काठ मार गया था। थोड़ी देर खड़ी रही, फिर बोली, "मुझे क्षमा करिएगा। हर घर में आपने यही दृश्य बख़्शा था, आज आपको अपने घर का यह दृश्य कैसा लग रहा है?"

आगे-आगे शैदा, पीछे-पीछे पाँचों पासदार कब बाहर निकल गए मोहंदिस आग़ा को पता नहीं चला। वे खुले दरवाज़े को ताके चले जा रहे थे।

□

चार दिनों से मोहंदिस आग़ा सो नहीं पा रहे थे। क्या करें? यह मोहल्ला छोड़ दें? क्या वह मुँह दिखाने के क़ाबिल होंगे कल, जब लोगों को मालूम होगा कि उनकी बेटी इनक़लाब की शत्रु थी? बेटा तो ख़ैर हर काम अपने ही तरीक़े से करता था। कुछ महीने गाँव रहकर आते हैं। तब तक बात दब जाएगी। मगर यह बात छिपेगी कैसे? कल ऑफ़िस में पता चलेगा, हो सकता है उन्हें मारने के बाद नाम का ऐलान हो? 'या खुदा यह कैसी परीक्षा ले रहा है तू? अपने बंदे पर इतना ज़ुल्म न कर, मैं तेरा विनम्र क्षमाप्रार्थी हूँ।' वह बार-बार सिजदे में गिर रहे थे। चार दिन से वे कहीं निकले नहीं हैं। कुबरा ख़ानम तो बस ख़ामोशी से रो रही हैं। कहने-सुनने की हद से हर बात आगे निकल चुकी थी।

बेचैनी से मोहंदिस आग़ा ऊपर छत पर गए। मुँडेर से नीचे मोटरों से भरी सड़क को देखा, सड़क रोशनी से नहाई हुई थी। दूर पुल के ऊपर भी कारें और बसें गुज़र रही थीं। उनका मन घुटने लगा। लाख की इज़्ज़त खाक में मिल गई। उन्होंने लंबी साँस खींची, 'क्या करें? क्या करें? इस इज़्ज़त को कैसे बचाएँ?'

वे बैचेनी में आकर तेज़ी से छत पर टहलने लगे। उनके सामने अंधकार था, पूरी निराशा···आह···!

□

सुबह-ही-सुबह घंटी बजी, कौन खोले? दुविधा में दोनों पड़े थे। खोलें भी या नहीं या टाल जाएँ?

कुछ सोचकर मोहंदिस आग़ा आगे बढ़े। दरवाज़ा खोला, सामने फ़र्म का एक कर्मचारी खड़ा था, "सर, आप···।"

"हाँ, मेरी तबीयत कुछ भारी थी। तुम चलो, मैं आता हूँ।" न चाहते हुए भी उन्होंने कपड़े बदले। कार निकाली और ऑफ़िस की तरफ चल पड़े।

ऑफ़िस में कोई खास बात नहीं हुई। घर लौटते हुए अकबर आग़ा मिल गए, पुराने यार। दुआ-सलाम हुई, फिर वे कहने लगे, "मैं घर आता, मगर सोचा कि···"

"अभी चलो।"

"अभी तो कुछ ज़रूरी काम है, मगर मुझे शैदा के लिए अफ़सोस है। यह जवान नस्ल कुछ समझती ही नहीं है।" अकबर आग़ा ने दुःख प्रकट किया। अकबर आग़ा और मोहंदिस आग़ा ने बहुत-से नौजवानों के नाम दिए थे। अपने घर में वही काम अब बुरा लग रहा था।

अकबर आग़ा की इस हमदर्दी ने उनकी उस फ़रार की कैफ़ियत को बाँधा और उन्हें लगा वे बाप भी हैं। उनके दो बच्चे उनसे जुदा हो गए हैं। उनके ज़ख्म पर यह मरहम का फाहा बड़ा पीड़ा-हरण लगा, मगर हक़ीक़त कुछ और थी। अब समय चुनौती से परिपूर्ण था। हार मानना, मोहंदिस आगा ने कभी नहीं सीखा था। गला साफ़ किया और बड़ी लापरवाही से कहा, "आप तो समझते हैं न? अपने घर में, भला मैं कैसे यह बरदाश्त कर सकता था, इनक़लाब के शत्रु को, सो फ़ोन कर दिया कमेटी को। बिना सज़ा के यह नई नस्ल समझेगी नहीं। इन्हें सुधारने का एक ही तरीक़ा है हिंसा। प्यार की बात कब समझते हैं? ठीक कह रहा हूँ न?"

"बिलकुल! मगर कोई तुम्हारी तरह का दिल-गुर्देवाला भी तो हो न, जो दूर तक समस्या को समझने व देखने की सूझ रखता हो।"

"हाँ, काम है तो ज़रा कठिन, मगर अपने उसूलों व विचारों के लिए इनसान को बहुत कुछ कुरबान करना पड़ता—जान-माल सब कुछ। तुम तो मुझे जानते हो, अकबर आग़ा?"

"मगर इस हद तक नहीं!" अकबर आग़ा ने धीरे-से कहा।

दोनों यार जुदा हुए।

मोहंदिस आग़ा का दिल भर आया था, मगर साथ-ही-साथ उन्हें संतोष मिल गया था। दिल व दिमाग़ में ठंडक पड़ गई थी, गरदन थोड़ी-सी अकड़ गई थी। झूठ ने उनके दंभ को बरक़रार रखा था। आख़िर जंग और इश्क़ में सब कुछ चलता है। कम-से-कम उस अपमानजनक स्थिति से उन्हें मुक्ति मिल गई थी। उन्होंने कार स्टार्ट करने से पहले खुले वातावरण में लंबी-लंबी गहरी साँस ली, ऊपर आसमान साफ़ था, नीचे इनसानों की रेल-पेल थी।

□

गुंचा दहन

गुस्लख़ाना दुआओं की आवाज़ से गूँज रहा था। फ़व्वारे के नीचे खड़ी मेहरमाह बदन का एक-एक अंग बड़े जतन से मल-मलकर धो रही थी। पवित्रता और अपवित्रता का भेद 'वसवास' की शक्ल में उसके दिल और दिमाग़ में बस गया था। दो घंटे से अधिक हो गए थे मेहरमाह को अंदर गुस्लख़ाने में घुसे हुए।

"नहा चुकीं?" बाहर से सुहेला ख़ानम कई बार यह प्रश्न बेटी से कर चुकी थीं।

"जी मामान! आपने मुझसे कुछ कहा?" मेहरमाह के होंठ दुआ पढ़ते हुए रुक गए। पानी के शोर के बीच उसने ऊँची आवाज़ में सुहेला ख़ानम से पूछा।

"अरे, नहा चुकीं तुम?" सुहेला ख़ानम ने अपने प्रश्न में मिठास लाते हुए पूछा।

"नहीं मामान···अभी कहाँ?"

"बारह बज रहे हैं···स्कूल तो गया···" सुहेला ख़ानम बड़बड़ाती हुई किचन में लौट आईं।

"अब तो फिर से गुस्ल करना पड़ेगा, बीच में बोल जो दी मैं।" मेहरमाह ने ठंडी साँस भरी।

नहाते-नहाते उसका हाथ भूल से दीवार को छू गया, "उफ़, क्या मुसीबत है।" कहकर उसने कुहनी के ऊपर से नीचे तक हाथ को तीन बार ग़ोता किया। नहाकर जब वह टब से बाहर निकलने लगी तो बेध्यानी में उसका हाथ फिर घंटी के बटन से टकराया गुस्लख़ाने से बाहर लगा लाल बल्ब जल उठा और घंटी बजने लगी।

सुहेला ख़ानम के हाथ रेहान की पत्ती तोड़ते-तोड़ते रुक गए। वे घबराई हुई किचन से निकलकर आँगन की तरफ लपकीं, "खुदा ख़ैर करे। दरवाज़ा भी अंदर से बंद है, कहीं बेहोश न हो गई हो?" हाँफती हुई वे गुस्लख़ाने के दरवाज़े को ज़ोर-ज़ोर-से पीटने लगीं।

"मेहरमाह···मेहरमाह, क्या बात है? तुम ठीक तो हो न?"

"कुछ नहीं, मामान।" मेहरमाह ने तौलिए से बदन पोंछते हुए कहा।

"फिर बेटी, घंटी क्यों बजाई थी?" सुहेला ख़ानम ने उसी बेचैनी से पूछा।

"मैंने तो नहीं बजाई घंटी?" अंदर गुस्लख़ाने में बदन पोंछते-पोंछते मेहरमाह के हाथ रुक गए।

"ख़ैर!" सुहेला ख़ानम जाने के लिए मुड़ी।

"या अल्लाह···। मैं तीन बार नहा चुकी हूँ···थक गई हूँ, मामान, अब तो।" मेहरमाह की भारी होती आवाज़ सुहेला ख़ानम के कानों में पहुँची।

बस, अब चौथी बार खुदारा मत नहाना, वरना निमोनिया हो जाएगा।" सुहेला ख़ानम ने झुँझलाहट दबाते हुए कहा। अंदर ख़ामोशी रही।

"गरम पानी भी ख़त्म हो रहा होगा। मेरा कहना मानो बेटी, तो कपड़े बदल लो," सुहेला ख़ानम ने बहलाया। अंदर ख़ामोशी को तोड़ती फ़व्वारा खुलने की आवाज़ उभरी।

"सुन रही हो मेहरमाह, मैं क्या कह रही हूँ?" इस बार सुहेला ख़ानम की आवाज़ में गुस्से से भरी धमकी थी।

"उफ़ मामान...बिना नहाए मैं नहीं रह पाऊँगी।" अंदर से रुँधी-सी आवाज़ उभरी।

"अरे सिर्फ़ कंधा पानी से ग़ोता कर डालो, मेरी गुड़िया। वैसे ग़ोता करने की आवश्यकता भी क्या है? नहाने से पहले सारा गुस्लख़ाना तुम्हीं ने तो धोया था न? शाबाश...! अब कपड़े बदल डालो। जनवरी का महीना है। सुनो, मैंने आज क़ोरमा सब्ज़ी बनाई है। पुलाव दम पर है...। बस खाना लगा रही हूँ।" सुहेला ख़ानम ने बेटी को उसकी पसंदीदा चीज़ों का नाम लेकर फुसलाया।

"नहीं...। नहीं, मामान...!" मेहरमाह के रोने की आवाज़ फ़व्वारे की आवाज़ में भी उभर रही थी। सुहेला ख़ानम व्याकुल हो उठीं। दरवाज़े की तरफ उठा हाथ बेइख़्तयार नीचे गिर गया। पैर पटकती गुस्से और ग़म में बड़बड़ाती किचन की ओर बढ़ीं, "कैसा अजीब बदला लिया है ख़ानम जान ने मुझसे?"

□

जिस दिन मेहरमाह नहाती उस दिन घर में हंगामा बरपा हो जाता था। सुहेला ख़ानम सुबह से ही अपने को जली-कटी सुनाना शुरू कर देती थीं, 'लड़की दादी पर गई है।' जब तक ख़ानम जान ज़िंदा रहीं, उनके दिल का नासूर बनी रहीं और अब मरने के बाद वह मेहरमाह की वसवास की बीमारी में नासूर की तरह बह रही हैं। 'उन्हें आख़िरी दिनों में वसवास का मानसिक रोग हो गया था। पवित्र रहने का जुनून था, तभी नहातीं तो नहाती ही चली जाती थीं। नाख़ून से बाल तक को हज़ार बार पानी से पवित्र करती थीं। अस्सी साल की होकर मरी थीं। पंद्रह साल उनका साथ रहा है, जिसमें से अंतिम दस साल वसवास के वहम से पीड़ित थीं। मरीं भी तो डबल निमोनिया में, मगर मेहरमाह तो केवल बारह साल की है। सारी ज़िंदगी गुज़ारनी अभी बाक़ी है?'

घड़ी ने एक बजाया।

सुहेला ख़ानम ने पुलाव पज़ का प्लग निकाला। खाना तैयार था, मगर पति ऑफ़िस से और बेटी हमामख़ाने से नहीं निकले थे। वे चुपचाप गमलों में पानी देने लगीं। उनकी सास ख़ानम जान उन्हें अंत तक पसंद नहीं कर पाई थीं। उसका कारण सास की विधवा बहन की बेटी ज़रनिगार थी, जिससे वह अमजद की शादी करना चाहती थीं। अमजद आग़ा नौकरी के सिलसिले से इस्फ़ाहान गए तो एक दिन मैदाने-शाह में

घूमते हुए उन्हें बहज़ाद (प्रसिद्ध प्राचीन ईरानी चित्रकार) का शहकार जीता-जागता नज़र आ गया था। उस पर वे सौ जान से निछावर हो गए थे। लोग मैदाने-शाह में आकर कलाकारों की कृतियाँ खरीदते थे। मुँहमाँगी कीमत अदा करते थे। अमजद आग़ा सुहेला नाम की कलाकृति के लिए अपना सब कुछ कुरबान कर देने को तैयार थे। ख़ानम जान ने सिर पीट लिया था। बार-बार यही कहती जा रही थीं, 'होश में आओ, बेटा। इस्फ़ाहान की औरतें चेहरे से जितनी सफ़ेद चमड़ी की होती हैं उससे ज़्यादा उनका ख़ून सफ़ेद होता है। देखने में मिसरी की डली की तरह मीठी और ठोस, खानेवाले के मुँह में पानी भर आए, मगर किरदार ऐसा मुलायम मलाई जैसा कि····पूछो मत जिसने चाहा उसके हाथों में लिपट गईं।'

माँ की कड़ी आलोचना के बावजूद अमजद एक टाँग पर खड़े रहे। सुहेला ख़ानम इस्फ़ाहान से शिराज़ आ गईं, मगर ख़ानम जान ज़हरीले तीर सुहेला के सीने में पेवस्त करने से बाज़ नहीं आती थीं।

"इस्फ़हानी औरतें····" सुनते-सुनते एक दिन सुहेला ख़ानम के मुँह से निकल ही पड़ा।

"ख़ानम जान, आप भी औरत हैं। फिर उस औरत की जात की निंदा कैसी? मशहद के मर्द क्या कम बुरे मशहूर हैं, मगर आपके घर में···?" उस दिन से ही ताना कम होते-होते लगभग ख़त्म ही हो गया था। अमजद आग़ा के पिता मशहद शहर में दस पुश्तों से रहते आए थे।

"मामान—!" मेहरमाह की आवाज़ से सुहेला ख़ानम चौंक पड़ीं।

"क्या मेहर?" कहती हुई सुहेला ख़ानम हाथ का हज़ारा रखती हुई कमरे से बाहर निकलीं।

"मामान···सच मैं बहुत थक गई हूँ।" मेहरमाह का सफ़ेद बेदाग़ चेहरा धुलकर कोरा लट्ठा नज़र आ रहा था, जिस पर नीली नसें कुछ अधिक ही उभरी नज़र आने लगी थीं।

"कैसे समझाऊँ अपनी बेटी को मैं।" सुहेला ख़ानम ने उसे आगे बढ़कर पकड़ा और आतिशदान के समीप सोफ़े पर बिठाया। प्याले में टमाटर का गरम सूप उँड़ेला और मेहरमाह के हाथ में थमा दिया।

दरवाज़े की घंटी बजी। अमजद आग़ा दाख़िल हुए।

"अरे मेहर जान, स्कूल नहीं गईं क्या? तबीयत तो ठीक है न तुम्हारी?" अमजद आग़ा बेटी को घर में पाकर परेशान हो गए।

"कुछ नहीं बाबा···।" मेहरमाह झेंप गई।

"खाना लग गया है।" सुहेला ख़ानम ने ऐलान किया।

"आई, मामान," कहती हुई मेहरमाह सूप का ख़ाली प्याला उठाकर मेज़ की ओर बढ़ी।

खाने की मेज़ पर ख़ामोशी छाई रही। अमज़द आग़ा पत्नी के चेहरे का तनाव पढ़ चुके थे। ख़ामोशी में ही ख़ैरियत देखी। उधर सुहेला ख़ानम सोच रही थीं कि ख़ानम जान जब भी कोसतीं तो यह ज़रूर कहती थीं कि 'जैसे किसी ने मेरे दिल को दुखाया है, खुदा उसके दिल को भी दर्द से आश्ना करे।' यह कोसना उन्हें मेहरमाह के चारों तरफ़ साँप की शक्ल में कुंडली मारे बैठा नज़र आ रहा था।

□

मेहरमाह के लिए पैग़ाम-पर-पैग़ाम आ रहे थे। सुहेला ख़ानम बताते-बताते तंग आ चुकी थीं कि मेहरमाह सिर्फ़ बारह साल दो माह नौ दिन की हुई है। मेहरमाह बारह की है और वे स्वयं अट्ठाईस वर्ष की हैं। उनकी उम्र की लड़कियाँ तो आज भी पढ़ रही हैं। नजमा और शीरीन पी-एच. डी. में लगी हुई हैं जबकि वे एक जवान लड़की की माँ बन चुकी हैं। ठीक है उनका विवाह पंद्रह वर्ष की आयु में हो गया था, मगर इसका अर्थ यह नहीं कि ख़ानदानी रिवायत बन जाए? बीस से पहले वे मेहरमाह को ब्याहने से रहीं।

अमजद आग़ा आते रिश्तों से बेहद मुतमईन नज़र आ रहे थे। एक-दो लड़के उन्हें पसंद आए थे। सुहेला के कहने पर बोले, "जो हालात हंगामा परवर चल रहे हैं, उसमें अपनी इज़्ज़त इसी तरह बचा सकते हैं, वरना···।"

"मगर यह तो जीते जी लड़की को कुएँ में ढकेलनेवाली बात हुई?" सुहेला तर्क देतीं।

"मैं नहीं चाहता, सुहेला कि जो घट रहा है, वह हमारी ज़िंदगी का हिस्सा बन जाए? तुम समझो तो आज सियासत का भूखा अज़दहा जवान ख़ून का प्यासा है। कहाँ तक, कब तक मेहरमाह को बचाकर रखोगी? वह अज़दहा जवान तन की बू सूँघता हमारे घर में भी दाख़िल हो जाएगा। कुँआरी और शादीशुदा लड़की में, लड़की और औरत का फ़र्क़ हो जाता है। यदि मेहरमाह को कुछ हो गया तो मैं अपने को माफ़ नहीं कर पाऊँगा, आगे तुम्हारी मरज़ी है।" कहकर अमजद आग़ा ने दूसरी तरफ़ करवट बदली।

सुहेला ख़ानम चुपचाप लेटी बेटी के बारे में सोच रही थीं कि क्या किया जाए? स्कूल ख़त्म कर लेगी इस साल? कॉलेज में अगले साल दाख़िल होगी। चार साल बाद इंटर करके कॉलेज, उसके बाद क्या यूनिवर्सिटी जाएगी? तीन वर्ष से तेहरान यूनिवर्सिटी बंद है। फ़िक्र की क्या बात है। चार साल तक यह हालत बरक़रार थोड़े ही रहेगी? शादी कर दी मेहरमाह की तो जाने कितने अरमान कुम्हला जाएँगे। शायद आगे पढ़ भी न सके। लड़का कितना भी ठोक-बजाकर ढूँढ़ो, मगर होगा तो वह भी आदम की औलाद। कमज़ोरियों का पुलिंदा। अमजद का कहना ठीक है, मगर वह फ़रिश्ता मुझे मिलेगा कहाँ जो मेरी बेटी को आराम से रख सके?

नींद से आँखें बोझिल होने लगीं। करवट बदलकर उन्होंने आँखें बंद कर लीं। नींद में डूबते दिमाग़ पर एक सुंदर-सी छवि उभरी, शादी के सफ़ेद लिबास में हँसती हुई

मेहरमाह फूलों का गुलदस्ता हाथों में लिये खड़ी है।

□

पड़ोस में उठते शोर से अमजद आग़ा की आँखें खुलीं, फिर सुहेला और मेहरमाह भी जग गईं। अँधेरे में एक-दो हवाई फ़ायर हुए, फिर ख़ामोशी छा गई। सामान उलटने-पलटने, सवाल करने की तेज़ आवाज़ें ख़ामोशी को तोड़कर फैलने लगीं। फिर रात का सन्नाटा चीरती हुई कमेटी की वैन स्टार्ट हुई। पड़ोस में सिसकी की मद्धिम आवाज़ें उभरीं और फिर काला अँधेरा हर शोर, हर ग़म, हर बेचैनी को पी गया।

अमजद आग़ा आहिस्ता से खिड़की के पास जाकर खड़े हो गए। आसमान साफ़ था। तारे छिटके हुए थे। उनके बीच दूज का फीका चाँद मद्धिम रोशनी पेड़ों और सड़क पर बिखेर रहा था। वह थोड़ी देर सामने साँप की तरह बल खाई सड़क को देखते रहे, फिर बिस्तर पर लौट आए।

"क्या कोई था ?" सुहेला ख़ानम ने पूछा।

"कौन होगा सिवाय अँधेरे के ?" अमजद आग़ा ने लेटते हुए कहा।

"जाने बेचारों के घर से क्या-क्या उठाकर ले गए हैं ? दोनों लड़कियों का दहेज तैयार था। कल शाम को सारे ज़ेवर साफ़ होकर आए थे।" ठंडी आह भरते हुए सुहेला ख़ानम बोली।

"इस समय जाना उचित नहीं है। कल सुबह जाकर पूछेंगे।" जम्हाई लेते हए अमजद आग़ा बोले।

"अगर दहेज लुट गया तो समझो नफीसा ख़ानम ज़िंदा नहीं बचेंगी। तिनका जोड़-जोड़कर दोनों लड़कियों का दहेज जमा किया था।"

"सब ही जी रहे हैं सुहेला, वे भी जिएँगी।"

"नहीं, अमजद, ऐसा न कहो, वे ठहरे ग़रीब लोग। इस बुढ़ापे में अब कहाँ से लाएँगे यह सब दोबारा ?"

"ख़ैर, ख़ुदा सबका पालनहारा है।"

"मामान····।"

"कौन, मेहरमाह ?"

'हाँ मामान। मुझे डर लग रहा है।"

"आओ, हमारे पास आ जाओ।"

मेहरमाह तकिया बगल में दबाए कमरे में दाखिल हुई और अमजद आग़ा और सुहेला ख़ानम के बीच में लेट गई। माँ-बाप की थपकी से मेहरमाह गहरी नींद में डूब गई। सुबह होनेवाली थी। तीनों एक-दूसरे से लिपटे पड़े सो रहे थे।

□

क्लास शुरू हो गई थी। मेहरमाह आधा घंटा देर से पहुँची थी। हफ़्ते में कई बार

उसकी स्कूल-बस छूट जाती थी। बाद में बाबा उसे स्कूल छोड़ने जाते थे। स्कूल में प्रिंसिपल से लेकर टीचर्स तक सब मेहर को टोक-टोककर थक चुकी थीं। जब एक दिन उसे स्कूल से निकाल देने की धमकी मिली तो मजबूरन अमजद आग़ा को अपना मुँह खोलना पड़ा। सब कुछ सुनकर प्रिंसिपल नरम पड़ गई थीं। टीचर्स भी उसे देर से आने पर टोकती या डाँटती नहीं थीं। मगर स्वयं मेहरमाह खिसियाई, परेशान रहती थी। लड़कियों ने भी उसकी इस लेट-लतीफ़ आदत पर चिढ़ाना बंद कर दिया था।

इस समय मेहरमाह शर्मिंदा-सी क्लास के बाहर सिर झुकाए खड़ी थी। उसका दिल रोने को चाह रहा था। आख़िर वह कुछ भी गंदा क्यों नहीं देख सकती है? जब तक हाथ धो न ले उसे मतली-सी आती रहती है, मन घिन से भरा रहता है। उसकी अन्य सहेलियाँ हैं और लड़कियाँ हैं, उन्हें ऐसा क्यों नहीं होता है?

घंटे की आवाज़ से मेहरमाह चौंक पड़ी। बिलक़ीस ख़ानम, उसकी होमसाइंस की टीचर, क्लास से बाहर निकलीं। एक सरसरी नज़र उन्होंने मेहरमाह पर डाली। कुछ कहने के लिए होंठ हिले, पैर ठिठके, पर दूसरे पल वे सैंडिल की टख-टख के साथ कॉरीडोर में गुम हो गईं। मेहरमाह की आँखें डबडबा आईं। यह पल मेहरमाह के लिए जानलेवा था। बिलक़ीस ख़ानम भी उसे नहीं समझ पाती हैं। वह तो होमसाइंस की टीचर हैं, सदा सफ़ाई की बातें करती हैं। उसने बरबस आँखों में जमा हो आए पानी को पिया और अंदर क्लास में घुसी। लड़कियाँ कॉपी-किताबें समेटने में व्यस्त थीं। वह ख़ामोशी से चलती हुई अपने डेस्क के समीप खड़ी हो गई।

"कैसी हो, माह?" रुख़साना ने पूछा।

"ठीक हूँ, तुम कैसी हो?" मेहरमाह ने अपनी प्रिय सहेली को देखा।

"मैं एकदम ठीक हूँ। लो—यह रहा होमवर्क, इसे उतार लो।" रुख़साना ने कॉपी डेस्क पर रखी।

"शुक्रिया रुख़साना।" मेहर ने भरसक मुसकराने की कोशिश की। आँखों में दुनिया-भर का अहसान सिमट आया था।

□

"मेहरमाह को समझा दो कि किसी प्रकार की सियासत में हिस्सा न ले।" अमजद आग़ा ने कोट हैंगर पर टाँगते हुए कहा।

"यह तो बहुत मुश्किल काम है....। लड़कियाँ बेचारी क्या जानें सियासत का अलिफ़-बे, यह तो प्रिंसिपल का हुक्म होता है कि लड़कियाँ जुलूस में जाएँ।" सुहेला ख़ानम ने सलाद की प्लेट मेज़ पर रखते हुए कहा।

"फिर भी....।" अमजद आग़ा ने हाथ धोते हुए कहा।

"कह दूँगी, समझा भी दूँगी, मगर जब नंबर कटने का सवाल हुआ तो यह समझ लो लड़की फेल होगी। उस समय कुछ मत कहना।" सुहेला ख़ानम ने पति की प्लेट में

चावल निकाले।

"तुम तो हर बात पहले से तय कर लेती हो।" अमजद ने प्याज़ चबाते हुए कहा।

"हक़ीक़त कह रही हूँ, कामरान और समीना के साथ यही हुआ है।" सालन निकालते हुए सुहेला ख़ानम बोली।

"कितने की हो गई मेहरमाह?"

"चश्मे बद्दूर, पूरे तेरह की हो गई है। अगले हफ़्ते सालगिरह होगी।"

"मैं चारों तरफ़ की ख़बरें सुन-सुनकर इस नतीजे पर पहुँचा हूँ कि मेहरमाह की शादी कर दूँ। इसी में हमारी मुक्ति है वरना लड़की का मामला है। कुछ हो गया तो दुःख अलग, जग-हँसाई अलग।"

"मुझे तो बीस से पहले मेहरमाह का विवाह करना नहीं है।"

"तुम्हारा हो गया है दिमाग़ ख़राब—उस रात को हमारे पड़ोसी के घर से सारा सामान पासदार उठाकर ले गए, कुछ कर पाए वे या हम पड़ोसी? कल हमारी लड़की के साथ कुछ हो गया तो हम किसका दरवाज़ा खटखटाने जाएँगे? कौन खोलेगा हमारे लिए अपना दरवाज़ा? कहाँ और किससे माँगोगी न्याय जाकर? न्यायाधीश तो ख़ुद चोर से कहते हैं चोरी करो, शाह से कहते हैं जागते रहो।" अमजद आग़ा अपनी भावना पर काबू पाना चाह रहे थे, मगर क्रोध से काँपते हाथों पर बस नहीं रह गया था।

"कम बोलो अमजद। दीवारों के भी कान होते हैं।" सुहेला ख़ानम ने घबराते हुए कहा।

"ज़रा-सी बात पर डर भी जाती हो।"

तभी दरवाज़े की घंटी बजी।

"मेहरमाह आ गई," सुहेला ने कहा।

"आज बड़ी देर करके लौटी?" अमजद ने कहा।

"शायद बस ख़राब हो गई होगी या फिर···" कहती हुई सुहेला उठी।

"आप? आइए, तशरीफ लाइए!" सुहेला ख़ानम ने किसी का उत्साह से स्वागत किया। अमजद आग़ा के कान खड़े हुए।

"कौन है, सुहेला जान?"

"नादिरा ख़ानम, मेहरमाह की भूगोल की टीचर।"

"अभी हाज़िर हुआ," खाना बीच में छोड़कर अमजद आग़ा कुछ घबराए-से उठ गए।

"परेशानी की कोई बात नहीं है, ख़ानम। सब शाम तक लौट आएँगे—" नादिरा ख़ानम की आवाज़ काँप रही थी।

"क्या हुआ?" अमजद आग़ा ने कमरे में दाख़िल होते हुए पूछा।

"पूछताछ के लिए पासदार लड़कियों को कमेटी ले गए हैं।" सुहेला ख़ानम ने

घबराए हुए लहजे में कहा।

"क्या—? ग़ज़ब हो गया।" अमजद आग़ा धम्म से सोफ़े पर बैठ गए।

"सब्र से काम लें। लगभग हज़ार लड़कियाँ हैं। साथ में कुछ टीचर्स हैं। सब लौट आएँगी।" नादिरा ख़ानम ने बदहवास लहजे में कहा।

"वहाँ से कौन लौटता है, कौन रह जाता है, उनकी मरज़ी पर निर्भर है।" अमजद आग़ा ने सिर पकड़ लिया।

"मैं चलती हूँ।" नादिरा ख़ानम खड़ी हो गईं।

"सुहेला, हम लुट गए, हम रुसवा हो गए—आह!" अमजद आग़ा ने सिर सोफ़े पर पटका।

"आप मर्द हैं, दिल कड़ा करें, यदि आप धीरज खोएँगे तो सुहेला ख़ानम का क्या होगा?" नादिरा ख़ानम ने दिलासा दिया।

"औरत और मर्द में फ़र्क़ होता है। औरत परेशान होकर परेशानी मर्द को सौंप देती है। मर्द तो मर्द है, वह अपना दुःख-कष्ट किसके कंधों पर डाले?" इतना कहकर अमजद आग़ा कमरे में व्याकुलता से टहलने लगे।

रात से सुबह हुई, सुबह से रात, फिर दिन से हफ़्ता गुज़र गया, मगर मेहरमाह लौटकर नहीं आई। कहाँ, किस जेलख़ाने, किस कमेटी में क़ैद है यह भी उन्हें पता न चल पाया। कौन किसे दिलासा देता, दोनों के दिल जले फफोलों से भरे हुए थे।

□

अमजद और सुहेला को रोते, जागते, परेशान होते हुए ज़माना बीत गया था। आँखों से नींद कब की रूठ चुकी थी। रात ढल रही थी। दोनों की खुली आँखों के सामने मेहरमाह का चाँद-सा चेहरा घूम रहा था।

फ़ोन की घंटी बज उठी।

"खुदा ख़ैर करे," अमजद आग़ा पलँग पर उछलकर बैठ गए। फ़ोन की घंटी की ट्रिन-ट्रिन को वह बदहवासी में सुनते रहे। जैसे यकीन करना चाह रहे हों। आख़िर कुछ सोचकर उन्होंने हाथ बढ़ाया और रिसीवर कान से लगाया।

"हैलो।"

"हैलो, यह घर अमजद आग़ा का है?" उधर से किसी ज़नानी आवाज़ ने पूछा।

"हाँ, मैं अमजद बोल रहा हूँ।"

"जी, आपके लिए मेहरमाह का एक पैग़ाम है।"

"कहाँ है मेहरमाह? मेरे लख़्ते जिगर से आप कब मिली थीं? कैसी है वह···?"

"आप कुछ बताने तो दें।"

"माफ़ करिएगा, कैसी है मेरी बेटी?"

"ठीक है, उसने कहलाया है कि उसे जल्द ही आज़ाद करा लें।"

"मगर वह है कहाँ··· ?"

"ऐविन जेल में।"

"आप उससे फिर··· ।"

फ़ोन दूसरी तरफ से खटाक-से रख दिया गया। अमजद आग़ा रिसीवर रखकर, दोनों हाथों में मुँह छिपाकर रोने लगे। सुहेला ख़ानम सिज़दे में गिर गईं, "अल्लाह तेरा शुक्र···लाख-लाख शुक्र, तू बड़ा रहीम है—बेटी का पता तो चला।"

□

मास-भर गुजर गया, मगर मेहरमाह का पता न लग सका। सुबह से दोनों खाना-पीना लेकर ऐविन जेल के सामने जाकर बैठ जाते थे। इस कमेटी से उस कमेटी, इस इसलामिक कोर्ट से उस इस्लामिक कोर्ट तक, हर जगह जाकर ख़ाक छान चुके थे मगर मेहरमाह उन्हें नहीं मिल पाई थी। दोनों कभी सोते तो सपने में उन्हें मेहरमाह ज़ख़्मी हालत में रोती-कराहती नज़र आती और वे सपने में 'मेहरमाह—मेहरमाह' कहते हुए जाग उठते थे।

अब रोज़ इसी आशा में ऐविन जेल के सामने, सड़क के उस पार आकर बैठ जाते थे कि कभी-न-कभी किसी पत्थर-दिल पासदार का दिल पसीज ही जाएगा। सुहेला ख़ानम एक मास में घुलकर आधी रह गई थीं। सारे दिन ऐविन के सामने दूसरे माँ-बाप जो इसी इंतज़ार में होते, उनसे बातचीत करके वक़्त कट जाता था। मगर रात? अकेला घर, ख़ामोश दीवारें, जिनमें मेहरमाह की याद पेवस्त थी।

"सुहेला तुम फिर से नमाज़ पढ़ने लगो, मन को शांति मिलेगी।" अमजद आग़ा जो कभी नमाज़ नहीं पढ़ते थे, जानमाज़ तह करते हुए बोले।

"यदि खुदा अंतर्यामी है तो खुद सब कुछ समझ जाएगा। वह बड़ा रहीम है। सब पर करम करनेवाला है। जहाँ इतना ज़ुल्म हो रहा हो बेकसों पर, वहाँ खुदा का वजूद किस काम का? मेरा विश्वास धर्म और खुदा से उठ गया है।"

"कुफ्र मत बको सुहेला···। खुदा रहीम है उसकी बारगाह से नाउम्मीद होना मोमिनों का काम नहीं है।"

"सारी ज़िंदगी इबादत करी तो उसका सिला यह मिला, अब तुम मेरी जगह आबिद बन गए हो, देखती हूँ इसका बदला क्या मिलता है।"

"तुम नाउम्मीदी में ऐसी बेतुकी बातें कर रही हो वरना···"

"नाउम्मीदी अगर खुदा के बंदे में आती है तो उसका ज़िम्मेदार कौन है? तीन वर्ष का लंबा समय गुज़र गया। क्या हमारी नहीं किसी और की बेटी बंदीगृह में ज़ुल्म सह रही है? फिर भी हम खुदा पर ईमान रखें? कौन-सा धर्म, कौन-सा इसलाम?"

"खुदा के ग़ज़ब से डरो, सुहेला।"

"मेरी मासूम बेटी ने क्या किया था? वह तो स्वयं मानसिक रोग का शिकार है।

वसवास के वहम ने तो यूँ ही उसे अधमरा कर रखा था। जवाब दो? उस मासूम ने क्या गुनाह किया था?"

"ख़ुदा उन्हीं का इम्तिहान लेता है जो उसके क़ाबिल होते हैं। हमारी सहन-शक्ति का वह····"

"बस अमजद, बस करो अपनी ये भोली बातें—मेरी सहन-शक्ति जवाब दे रही है। मेरा मन मुझे बग़ावत पर आमादा कर रहा है। किसी गुनहगार को यह सज़ा मिलती तो मैं समझती कि उसके यहाँ इनसाफ़ है, मगर अफ़सोस····"

"मैं तो ख़ुदा की रहमत पर यकीन रखता हूँ····। उससे बेटी सही सालिम वापस लेकर रहूँगा।"

रोज़ रात को सोने से पहले थकन से चूर बदन के साथ एसी ही बातें होतीं। झुँझलाहट और थकन को आँसुओं की शक्ल में बहाकर सुहेला ख़ानम ख़ुदा से मन-ही-मन मेहरमाह की सलामती की दुआ माँगती थीं।

□

टेलीफ़ोन की घंटी बार-बार बजकर रुक जाती थी। सुहेला ख़ानम नींद में डूबी परेशान पलँग पर बैठी थीं। अमजद आग़ा रिसीवर बार-बार उठाकर 'हैलो-हैलो' कहते थे। थककर चूर थे, ऊपर से फ़ोन ठीक काम नहीं कर रहा था। सुबह के समीप फोन की घंटी फिर घनघना उठी।

"हैलो" वहशतज़दा से अमजद आग़ा रिसीवर में चीखे।

"बाबा····।"

"कौन?"

"बाबा, मैं मेहर····।"

"महरू····। मेरी जिगर—मेरी नूरे नज़र, मेरी ख़ुशी तुम····"

"बाबा, मुझे इस जहन्नुम से निकाल लो बाबा, वरना मैं—मैं····"

"रोओ नहीं—बात करो—कहाँ हो तुम?

"मुझे नहीं पता बाबा मैं कहाँ हूँ?"

"कहाँ से फ़ोन कर रही हो, बेटी?"

"आज रात एक कमरे में बंद हुई थी, वहीं पर यह फ़ोन रखा है।"

"अच्छा, उसका नंबर क्या है?"

"बाबा, मामान कैसी हैं?"

"ठीक है, लो उनसे बातें करो।"

"हैलो, मामान। मुझे यहाँ से आज़ाद करा लो मामान, मुझे अपने पास बुला लो। मैं यहाँ घुटकर मर जाऊँगी।"

"हाँ····।"

सुहेला ख़ानम बेहोश हो गईं। अमजद आग़ा ने उन्हें बिस्तर पर लिटाकर फ़ोन उठाया, "हैलो मेहर—फ़ोन का नंबर बताना···हैलो-हैलो···"

उधर से कोई जवाब न मिला। फ़ोन कट गया था। पानी लाकर सुहेला ख़ानम के मुँह पर छींटे मारे। होश में आकर सुहेला ख़ानम ने दहाड़ें मार-मारकर रोना आरंभ कर दिया था। घर की छत लरज़ रही थी। अमजद आग़ा घबराकर उन्हें झिंझोड़ रहे थे।

दरवाज़े की घंटी बज उठी 'क्रिन-क्रिन'। अमजद आग़ा चौंक पड़े। इस समय कौन हो सकता है, कोई पड़ोसी ?

घंटी फिर बजी। वह घबराकर बाहर भागे। इधर सुहेला ख़ानम उत्तेजना में अपना सिर दीवार पर मारने लगीं।

"कहिए ?" सामने पासदार को खड़ा देखकर अमजद आग़ा डर गए।

"शोर कैसा है ?" पासदार ने राइफ़ल कंधे से उतारते हुए पूछा।

"मेरी पत्नी पर शायद दौरा पड़ा है।"

"तुमने तो कुछ नहीं किया है ? हटो, देखने दो।"

"देखिए, हमारी लड़की जेल में है। अभी उसका फ़ोन आया था। उसी से बात करके वह उस हालत को पहुँची हैं। मेहरबानी करके आप हमारी परेशानी न बढ़ाएँ। वे अभी शांत हो जाएँगी।"

"ओह, तो यह बात है ? आपकी लडकी का जुर्म क्या था ? मुजाहिद थी ? फिदाई थी ? बदकिरदार— ?"

"बस-बस, वह तो सिर्फ़ एक मासूम बच्ची थी। गेहूँ के साथ घुन भी पिसता है। मेरी बेटी बेगुनाह थी।"

"घुन गेहूँ को खोखला तो करता है, ऐसा मासूम और बेगुनाह तो वह भी नहीं होता कि उनके पिसने का शोक मनाया जाए। बहरहाल, इस मकान पर नज़र रखनी पड़ेगी।" इतना कहकर गरदन हिलाता हुआ पासदार अपने दूसरे साथी के साथ सीढ़ी उतरता हुआ फ़ुटपाथ पर हो लिया।

अमजद आग़ा उसे पल-भर देखते रहे। फिर अंदर आकर बेहोश सुहेला पर पानी के छींटे डालने लगे। माथे से ख़ून बह रहा था। दाँत-पर-दाँत जमे थे। दूर-दूर न कोई हामी था, न मददगार। किसे बुलाएँ, किसे पुकारें ? जो था वह केवल शक और अंकुश था।

□

छः मास गुज़र गए। जवान बेटी के जवान माँ-बाप तीस-पैंतीस वर्ष की आयु में साठ-पैंसठ के लगने लगे थे। पैसा, ताकत जो भी उनकी सीमा में था उनके किसी काम न आया। किसी ने बताया, रिश्वत से काम हो सकता है; मगर दें किसे ? रिश्वत पकड़े जाने का भी डर था ? मेहरमाह का फ़ोन आए हुए भी तीन मास गुज़र चुके थे।

उसके शब्द रात-दिन उनके कानों में गूँजते रहते थे। कभी-कभी उनको दूसरी बातें सुनाई ही नहीं पड़ती थीं। कानों में उन्हीं शब्दों की भनभनाहट, 'बाबा, मुझे इस जहन्नुम से निकाल लो वरना मैं घुटकर मर जाऊँगी।'

आह! क्या करें वह? जान कोई माँगता तो वह देने को तैयार थे। मगर माँगने-वाले व्यापारी का पता भी तो चले?

ऐविन जेल जाने की जगह वह अब कभी-कभी राशन की पंक्ति में बैठे आधा किलो गोश्त और एक किलो चावल का इंतज़ार करते थे। पेट, दिल, भूख, प्रेम अजीब दुःखदायी मिलावट थी उनकी तक़दीर की लकीरों में।

□

शाम ढल रही थी। सुहेला ख़ानम ख़ामोश घर में बैठी आँसू बहा रही थीं तभी अमजद आग़ा ने आकर बताया।

"सुहेला, कल एक लड़की जेल से छूटकर आई है, ज़ीनत ख़ानम बता रही थीं।"

"फिर?"

"चलते हैं, चलकर मालूम करते हैं।"

"रौशन की दादी कह रही थीं कि वही लोग छोड़े जा रहे हैं जो सरकार के आदमी बन जाते हैं। फिर वहाँ जाने से क्या फ़ायदा?"

"तो हम कौन से सरकार के शत्रु हैं?"

"लड़की का पता चले तो हम...."

"चलो चलते हैं, ये सब बाद की बातें हैं।"

दोनों जब ज़ीनत ख़ानम के घर पहुँचे तो वहाँ पर औरतों की काफी भीड़ जमा थी। ज़ीनत ख़ानम आयतउल्लाह रहमानी की बड़ी क़रीबी जाननेवाली थीं। औरतें अपना दुःख-दर्द उनसे कहने जाती थीं। सुहेला ख़ानम काली चादर से बदन लपेटे अंदर के कमरे में एक कोने में जाकर बैठ गईं। अमजद आग़ा बाहर दरवाज़े पर रुक गए थे।

"कहो क्या तकलीफ़ है, बहन?" पास बैठी औरत ने सुहेला ख़ानम से पूछा।

"लड़की का पता नहीं, बहन।"

"कैसे?"

"स्कूल से कमेटी ले जाई गई थी, फिर पता न चला।"

"वह परवीन ऐतेसामी स्कूल कांड?"

"हाँ....हाँ...."

"हाँ, उसकी काफ़ी लड़कियाँ लौट आई थीं। कुछ अब आई हैं।"

"उम्मीद तो हमें भी है, वैसे काफ़ी लंबा अरसा गुज़र गया है।"

"उफ! क्या उम्र थी बेचारी की?"

"मेहरमाह पंद्रह के ऊपर होगी अब।"

"अरे···शबाना···बेटी तुम्हारे साथ वह अजीबोग़रीब लड़की कौन थी जिसकी आदतों का ज़िक्र तुम करती थीं?"

"क्यों, मामान?"

"इनकी बेटी थी शायद?"

"कैसी थी शक्ल उसकी?" सुहेला ने बेसब्री से पूछा।

"सफ़ेद रंग, गाल पर काला तिल था—आँखें और बाल अखरोटी रंग के थे, गरदन पर लहसन का लाल निशान था।"

"हाँ-हाँ, एकदम मेरी मेहरमाह—कैसी थी वह, बीमार तो नहीं थी?"

"पहले ठीक थी, फिर खाना न खाने के कारण बीमार रहने लगी थी। उस पर पवित्र-अपवित्र होने का भूत सवार रहता था। जेल में वह 'दीवानी' मशहूर थी। रात-भर रोती थी।"

"आह—!"

"आप ज़ीनत ख़ानम से बात करें। खुदा ने चाहा तो लड़की जल्द ही वापस मिल जाएगी।"

"करती हूँ बातें उनसे," कहकर सुहेला ख़ानम ज़ीनत ख़ानम के समीप जाकर बैठ गईं जो एक औरत का दर्दे-दिल सुन रही थीं।

"मगर ज़ीनत ख़ानम इसमें मेरी क्या ख़ता?" बारह-तेरह साल की उम्र की लड़कियाँ, हमेशा से जाती रही हैं।" वह औरत सफ़ाई देते हुए बोली।

"लड़की मरी कब?" ज़ीनत ख़ानम फुसफुसाई।

"एक महीना हो रहा है, गुंचा दहन थी—यह बात मैं कैसे समझाऊँ; यह तो स्वयं समझ जाने की बात है। लड़की कमसिन भी थी और कमज़ोर भी।" औरत ने सख़्त लहजे से कहा।

"हुआ क्या था?" बेचैनी से ज़ीनत ख़ानम ने पूछा।

"होना क्या था! जो सबके साथ होता है वही उसके साथ हुआ। जुर्म संगीन था। मारपीट से तो बाग़ी लड़कियाँ डरती नहीं हैं। यही एक ख़ौफ कारगर होता है जिससे अधिकतर लड़कियाँ भयभीत होकर घुटने टेक देती हैं। इन्हीं बेहया लड़कियों में वह भी थी। बला की ज़िद्दी···। खाने को हाथ लगाना तो गुनाह समझती थी। हर चीज़ गंदी नापाक थी उसकी नज़रों में—उस रात सज़ा पानेवाली लड़कियों में वह भी थी—जिस रात यह सब हुआ उसी रात रक्तस्राव आरंभ हुआ। रुकने का नाम ही न लिया। गुंचा दहन तो थी ही, ज़ोर-ज़बरदस्ती में दहन के दोनों पट चिर गए···" वह औरत किटकिंटाती-सी बोली।

"ओह—औरत का भाग्य···। उसका परवंदा है तुम्हारे पास?" ज़ीनत ख़ानम ने ठंडी साँस भरी।

"यह रहा।" उस औरत ने जेब से काग़ज़ निकाला।

'नाम—मेहरमाह, जुर्म— बग़ावत, उम्र— बारह वर्ष। इसका मतलब है अब पंद्रह के ऊपर हो गई थी।' ज़ीनत ख़ानम बड़बड़ाईं।

"सब की एक ही रट है कि मुझे वहाँ से हटाकर दूसरी जगह भेजा जाए। मैं नहीं चाहती हूँ ज़ीनत ख़ानम—मेहरमाह सचमुच गुंजा दहन थी, कमसिन थी—आगे से मैं यह नातजर्बाकारी नहीं करूँगी लड़की भेजने में—पुख़्ता लड़कियाँ भेजो तो जवाब आता है कि 'चूज़ों' का गोश्त ज़्यादा लज़ीज़ होता है। ग़लती सारी की सारी मेरी नहीं है।" वह औरत ढीठ स्वर में बोली।

"मेहरमाह मरी कितने दिन बाद।" ज़ीनत ख़ानम ने कुछ सोचते हुए पूछा।

"दो दिन बाद।" झट-से वह औरत बोली।

"हाज आग़ा को तुमसे शिकवा क्या है?" ज़ीनत ने भवें ऊँची कर देखा।

"लड़की से पूरी लज़्ज़तयाबी नहीं उठा पाए थे कि वह मुर्दे की तरह बेहोश हो, अकड़ गई थी।" नफ़रत से भीगे लहजे से वह औरत बोली।

"ठीक है। यह परवंदा रखो।" काग़ज़ उनके हाथ से नीचे सुहेला ख़ानम की गोद में गिर गया जो इनकी बातें ख़ामोशी से सुन रही थीं। तसवीर पर नज़र पड़ी तो पागल हो उठीं। यह उन्हीं की बेटी मेहरमाह की बात हो रही थी—"नहीं-नहीं, ऐसी नहीं हो सकता है।"

"क्या बात है?" वह औरत ताज्जुब से बोली।

"इस लड़की को वसवास था?" सुहेला ख़ानम ने उसे झिंझोड़ा।

"हाँ, हाँ, उसे शक की बीमारी थी, मगर आप कैसे जानती हैं?" वह औरत चकित हो सुहेला को घूरने लगी।

"यह मेरी ही बेटी, मेहरमाह है। ख़ानम जान की बद्दुआओं का फल। फूटी क़िस्मत का उपहार—आह!" सुहेला ख़ानम ग़म से निढाल ज़ख़्मों से चूर हो बोलीं। "अरे, ये तो बेहोश हो गईं।" वह औरत सिटपटाई-सी चीख़ी।

"पानी लाओ," ज़ीनत ख़ानम ने कहा और सुहेला ख़ानम का सिर सहलाने लगीं।

"इनके साथ पता नहीं कोई है भी या नहीं?" वह औरत बोली।

"पता नहीं, अकेले ही अंदर आती दिखी थीं।" किसी ने कहा।

"होश आ गया?" ज़ीनत ख़ानम ने धीरे-से कहा।

"कैसी तबीयत है?" वह औरत शर्मिंदा थी।

"ठीक हूँ।" इतना कहकर सुहेला ख़ानम उठीं। परवंदा हाथ में मजबूती से दबाकर बाहर निकलीं।

"इसे कहाँ ले जा रही हो?" एकदम से वही औरत चीख़ी, चेहरे पर गुस्सा था।

बाहर अमजद आग़ा खड़े थे, उनके पास ले जाकर सुहेला ख़ानम ने परवंदा उनके

सामने खोला, "क्या इसीलिए मुझे यहाँ लाए थे ?"

"यह क्या है ?" अमजद ने पूछा।

"तुम्हारी इबादत का इनाम, और क्या ?" पागलों की तरह बोलीं सुहेला।

दरवाज़े से चादर में लिपटी औरतें झाँक रही थीं, जहाँ पर सुहेला ख़ानम और अमजद खड़े थे।

"यह तो—यह तो मौत का—" अमजद का ख़ून निचुड़ गया।

"हाँ—तुमने वादा किया था न, मुझे मेरी लड़की वापस दिलाओगे, लाओ मेरी लड़की मुझे वापस दो।" दोनों हाथों से सुहेला ख़ानम अमजद आग़ा को झिंझोड़ रही थीं। औरतें घबराईं, वहशतज़दा-सी, दोनों को देखकर असली बात समझने की कोशिश कर रही थीं।

"मुझे मेरी लड़की चाहिए, सुन रहे हो ?" चीख़ी सुहेला।

"सुहेला, होश में आओ।" घबराए-से अमजद आग़ा बोले।

"कहाँ है तुम्हारा ख़ुदा, उसे पुकारो, कहो कि मेरी लड़की वापस करे।"

"सुहेला अपने को सँभालो।"

"तुम अभी तक ख़ामोश खड़े हो—पुकारो अपने रहीम को, वह तो सबका पालनहार है···।"

"सुहेला···!"

"पूछो धर्म के ठेकेदारों से क्या नाबालिग़ लड़कियाँ गुंचा दहन नहीं होती हैं ? उनकी अपनी लड़कियाँ क्या होती हैं ? मुझे जवाब दो।"

'कुफ़्र की बातें हैं' कुछ आवाज़ें उभरीं। कुछ औरतों की आँखें भर आईं। सड़क पर पहरा देते पासदार शोर और चीख़-पुकार की आवाज़ें सुनकर अंदर आए।

"ये आ गए धर्म के पहरेदार! पूछो इनसे किस दीन-धर्म ने कहा है कि कली की तरह नाज़ुक अंगवाली लड़कियों को हलाल कर दो अपनी हवस की छुरी से, पूछो न ?"

"बात क्या है ?" पासदार ने पूछा।

पासदार को इशारे से ज़ीनत ख़ानम ने बुलाया। उन्होंने उसके कान में कुछ कहा।

"मामला गड़बड़ हो सकता है, फिर क्या किया जाए ?" पासदार सब कुछ सुनकर बोला। ज़ीनत ख़ानम ने पासदार के कान में फिर कुछ कहा और अंदर फ़ोन करने ख़ामोशी से आहिस्ता-आहिस्ता बढ़ीं।

"बोलो, मुझे जवाब दो," पूरी ताक़त से सुहेला ख़ानम अपना सिर अमजद आग़ा के सीने पर मार रही थीं। अमज़द आग़ा सुहेला ख़ानम को पकड़ने की नाकाम कोशिश कर रहे थे, मगर वे बिफरी उफनती नदी हो रही थीं जो उनके क़ाबू के बाहर थीं।

हॉर्न की तेज आवाज़ें गूँजीं। बूटों की आवाज़ से गली भर गई। ज़ीनत ख़ानम के हाते में बंदूकधारी पासदार शहद की मक्खियों की तरह छा गए। उन्हें देखकर अमजद

आग़ा बुरी तरह भयभीत हो गए। औरतों के दिल उनके कानों में धड़कने लगे। ज़ीनत ख़ानम और वह औरत पीछे के दरवाज़े से निकल गई थीं।

"क्या बात है, क्यों हंगामा मचा रखा है?" ऊँचे क़द का बंदूकधारी गरजा।

"मुझे मेरी बेटी वापस कर दो," सुहेला ख़ानम ने रोते हुए कहा। अब उन पर दूसरा दौरा पड़ा था।

"क्या हुआ लड़की को?" उस आदमी ने अकड़ते हुए मगर ज़रा नर्म स्वर में पूछा।

"मर गई," किसी ने कहा।

"नहीं-नहीं, उसे जान-बूझकर मारा गया है। वह बेगुनाह थी।" सुहेला तड़पकर बोली।

"यदि बेगुनाह थी तो समझो जन्नत गई, यदि गुनाह करके उसने सज़ा पाई है तो भी समझो गुनाह से मुक्त होकर जन्नत गई। इसमें इतना चीख़ने-चिल्लाने, रोने-कलपने की क्या बात है?" आदमी ने हँसकर मज़ाकिया अंदाज़ से भीड़ को देखा।

"तुम कौन होते हो उसे जन्नत भेजनेवाले, ज़ालिम?" सुहेला ख़ानम उसकी तरफ़ लपकीं।

"ज़बान सँभालकर, ख़ानम।" डपटा उस अफसर ने, और इशारा किया।

"माँगो वापस मेरी लड़की को अपने खुदा से? कैसा धर्म है, कैसा इनसाफ है?" सुहेला ख़ानम ज़मीन पर बैठकर धूल-ख़ाक सिर और मुँह पर डालने लगीं। लंबे नाख़ूनों से मुँह नोच लिया था। ख़राशों से ख़ून छलक रहा था। छतों और खिड़कियों से लोग झाँकने लगे थे। पासदारों की दशा देखते बन रही थी। तभी दरवाज़े पर दूसरी जीप आकर रुकी।

"कहाँ है उस मुनाफ़ीक़ीन की माँ?" दोनों तरफ़ कमर में लटकती पिस्तौल के साथ कमेटी का इंचार्ज दाख़िल हुआ। भीड़ ने रास्ता दिया।

"क्या देख रहे हो तुम सब, दोनों को पकड़ो और ख़त्म करो यह तमाशा। इन मुजाहिद अवसरवादियों ने नाक में दम कर रखा है। इन्हें तो बहाना मिलना चाहिए सरकार को बदनाम करने का।" कहकर उसने इशारा किया। झुंड आगे बढ़ा। कई दर्जन हाथों ने सुहेला ख़ानम और अमजद आग़ा को पकड़ लिया। जिस तरह मछुआरा मछलियों को पकड़ता है, वही अकड़ लिये जाल में फँसे माँ-बाप को जीप में डाल, वह अफसर चला गया। गली में पल-भर ख़ामोशी छाई रही जैसे अभी-अभी मय्यत गाड़कर लोग अपने-अपने घरों को लौटे हों। फिर सब कुछ पहले की तरह चलने लगा। □

दिल की किताब

वह गुलाबी जाड़े की सुबह थी। घर से निकलनेवाले अपने अंदर एक अनजानी खुशी महसूस कर रहे थे। ओस से मुँह धोकर पेड़ों की पत्तियाँ भी सूरज की किरणों के सामने मचलती हवा के संग खिलखिला रही थीं। ऐसी दिलकश सुबह कभी-कभी ही अँधेरे के गर्भ से फूटती है। तानिया ने सड़क पार की और किताबों की दुकानों की तरफ़ ताका जहाँ ख़रीदार इक्का-दुक्का ही नज़र आ रहे थे। दुकानदार किताबें सजाने में व्यस्त थे। तिरछी-सी मुलायम धूप चिनार के दरख़्तों से छन-छनकर चेहरों पर पड़ रही थी, जो उनके चेहरे पर फैली लाली को एक सुनहरापन बख़्श रही थी। तानिया ने पटरी पर फैली किताबें देखनी शुरू कर दीं। नूरा उसे दूर से देखकर लपकी और पास आकर खड़ी हो गई। तानिया ने आँखें उठाईं। दोनों मुसकराईं।

नूरा बोली, "तुम इतनी जल्दी पहुँच गईं?"

"हाँ," बेवकूफ़ी से भरे उसके सवाल पर तानिया हँस पड़ी।

"कुछ ख़रीदा?" नूरा व्याकुल-सी बोली।

"नहीं, अभी तो सिर्फ़ देखना शुरू किया है।" तानिया ने इस बार सहज स्वर में जवाब दिया।

"मेरी समझ में तो यही नहीं आ रहा है कि कौन-सी किताब ख़रीदूँ और⋯" नूरा ने आँखें नचाईं।

"मेरे पास लिस्ट है," उलझकर तानिया बोली।

"मोहसिन ने दी?" चहकी नूरा।

"हाँ⋯अब चुपचाप किताबें देखो," स्वर में हलकी झिड़की भरकर तानिया बोली।

"सामने किताबों की दुकान ख़ाली है और फुटपाथ पर किताबों के ढेर पर इतनी भीड़⋯?" कमर पर हाथ रखकर पटरी और दुकानों के बीच सिर नचाते हुए नूरा बोली।

"तुम बहुत बक-बक करती हो," झुँझलाकर तानिया किताब रखकर आगे बढ़ी।

"गुस्सा हो गईं?" नूरा पीछे भागी।

"नहीं," तानिया ने मुड़कर खूँख़ार नज़रों से उसे घूरा।

"अच्छा, अब चुप रहूँगी।" नूरा सहमकर बोली।

तानिया उसी तरह फुटपाथ पर झुकी, फैली किताबों में डूबी रही। उसने नूरा की तरफ़ देखा तक नहीं। नूरा कुछ देर कमर पर हाथ रखे पुलिस की तरह इधर-उधर ताकती

रही, फिर कैसेट की दुकान पर जाकर खड़ी हो गई। चौड़ा फुटपाथ, भीड़ के लगातार बढ़ने से अब तंग नज़र आने लगा था। चलनेवालों को ख़ासी परेशानी का सामना करना पड़ रहा था, मगर किताब ख़रीदने और देखने की हवस उन्हें पागल बनाए हुए थी। बरसों के भूखे दिमाग़ किताबों पर बेक़ाबू-से टूटे पड़ रहे थे। यह कोई आज की बात नहीं थी। पिछले दो महीनों से, जब से साम्यवादी विचारधारा की पुस्तकों पर से सेंसर हटा था, यह समाँ बँधा हुआ था। उसी पटरी के सामने बनी बरसों पुरानी किताबों की दुकानें सूनी पड़ी थीं, क्योंकि वहाँ यह साहित्य उपलब्ध नहीं था। सो वे दुकानदार खुद इस भीड़ में टहलते नज़र आ रहे थे।

"तुम वहीं खड़ी रहोगी या इधर आओगी," कुछ दूर से तानिया चीख़ी।

"आती हूँ," हड़बड़ाकर नूरा भीड़ को चीरती चंद दुकानें आगे बढ़ी।

"यह पैकेट तुम पकड़ो और वह मैं उठाती हूँ," तानिया पर्स से रुपए निकालती हुई बोली।

"शाम को बहस-ए-आज़ाद में जाओगी?" नूरा ने चापलूसाना अंदाज़ में पूछा।

"ज़रूर, वरना इन किताबों को पढ़ना-ख़रीदना बेकार होगा," तानिया लहककर बोली।

"मैं तो निकल नहीं पाऊँगी," नूरा ने धीरे-से कहा।

"तुम जाने कब बड़ी होओगी, नूरा!" प्यार से झिड़का तानिया ने।

"मेरा दिल इन बातों में नहीं लगता। मामान शाम को अपने लिए ख़रीदारी करने निकलेंगी, मैं उन्हीं के साथ जाऊँगी," नूरा ने सच उगल दिया।

"फिर बेकार के कपड़े ख़रीदकर पैसे बरबाद करोगी," पटरी से उतरकर तानिया सड़क के किनारे खड़ी हो गई।

"लो टैक्सी आ रही है।" नूरा बच्ची की तरह उचकी।

रास्ते-भर दोनों ख़ामोश रहीं। साथ में दूसरी सवारियाँ भी थीं। सभी ख़ामोश थीं। अलबत्ता वे बड़े ग़ौर से किताबों के बंडल को देख रही थीं। तानिया मन-ही-मन सोच रही थी कि खुले-आम किताब ख़रीदना, वह भी ढेर-की-ढेर, इस शहर के लोगों के लिए कितनी अजीब बात है! अभी तक हाथों में कपड़ों, मेवों, फल-फूलों के थैले पकड़े देखने की आदत हम औरतों और लड़कियों को ही नहीं, इस मुल्क के मर्दों को भी थी जो सिर्फ़ सुबह का अख़बार ख़रीदना ही बड़ी बात समझते रहे हैं।

"अच्छा तानिया," टैक्सी के दरवाज़े पर हाथ रखकर नूरा ने तानिया के गाल का चुंबन लिया।

"फिर मिलेंगे, नूरा," कहकर तानिया ने उसके हाथ का पैकेट पकड़ा।

अपने स्टॉप पर नूरा उतर गई। तानिया ने किताबों का बंडल एक के ऊपर दूसरा रखा और सँभलकर बैठ गई। लगातार नई सवारियाँ उठाती, पुरानी सवारियाँ उतारती

टैक्सी भागी जा रही थी। तानिया को तो काफ़ी दूर जाना था। दोपहर की धूप सीधी होकर शहर को गरमा रही थी।

□

शाम हो गई थी। समावर में कुल-कुलकर पानी उबल रहा था। सामने बैठी तानिया सेब छील रही थी। माँ कंद से भरा प्याला उठाए कमरे में दाख़िल हुईं और समावर के सामने बैठ, चाय दम कर, केतली उठा समावर के सर पर रख फिनज़ान सजाने लगीं। एक-एक करके घर के सभी लोग समावर को चारों तरफ़ से घेरकर बैठ गए। सबके बाद तस्बीह घुमाते सबीहा के बाप दाख़िल हुए और धीरे-से बोले, "आज शाम वक़्त से कुछ पहले हो गई ?"

"बाबा, जाड़े की आमद है," तानिया हँसी।

"शाम आपको आजकल ज़्यादा ही अँधेरी लगने लगी है, बाबा !" मोहसिन ने माँ के भरे फिनज़ान को बाप की तरफ़ बढ़ाया।

"हाँ, शायद उम्र हो गई है अँधेरे से दोस्ती करने की," उन्होंने लंबी साँस खींची। पत्नी ने उन्हें गहरी नज़रों से देखकर सिर झुका लिया।

"आप कुछ ज़्यादा ही फ़लसफ़ा ज़िंदगी में घोलने लगे हैं," धीरे-से छोटे बेटे रहीम ने कहा।

"पता नहीं मैं इसका ज़िम्मेदार हूँ या बदलता माहौल····" कहकर वह चाय का घूँट भरने लगे।

"बाबा, वह बाग़ जो हमारे ज़हन में आबाद था, शायद उसकी तलाश हमें थका रही हो ?" तानिया ने बाप के कंधे पर हाथ रखकर उनकी आँखों में झाँका।

"हाँ, शायद वह तलाश ही अब थका रही है, क्योंकि अब हम हाथ-पैर चला सकते हैं तो रास्ता भूल बैठे हैं। पहले रास्ता साफ़ नज़र आता था तो ज़बान और हाथ-पैर बँधे थे," बाप ने बेटी को प्यार से देखते हुए कहा।

"आपके लिए मैं ढेरों किताबें ख़रीद लाई हूँ," तानिया ने बाप का ख़ाली फिनज़ान उठाकर माँ की तरफ सरकाया।

"आह, ज़िंदगी का सही मज़ा अब आया है। पढ़ने की आज़ादी, बोलने की आज़ादी, आने-जाने, मिलने-जुलने की आज़ादी····यकीन नहीं आता इसलाम के झंडे के नीचे साम्यवादी साहित्य का यह खुलापन ?" बाप हलके-से मुसकराए।

"ऊपर से हर शाम हर मोहल्ले में 'स्वतंत्र वार्त्तालाप' की इज़ाज़त देकर जवानों को एक-दूसरे के विचार समझने-बोलने की जो आज़ादी दी है, वह वास्तव में पूरी तारीख़ में कभी नहीं रही। अजीब मिलावट है, निष्ठा एवं भौतिकवाद की !" कहकर ज़ोर से हँसा मोहसिन और उसी के साथ बाक़ी लोग भी खुलकर हँसे।

घर का माहौल एकाएक खुशी से भर उठा। हँसी-मज़ाक और भविष्य के सपने में

सब खो गए। तानिया की लाई किताबें बँट गईं। खाने के बाद सभी लैंप के नीचे किताबें खोलकर बैठे थे। उनकी इस गहरी डूब को अजीब नज़रों से तानिया की माँ कभी-कभी सिलाई के बीच में सिर उठाकर देखतीं, फिर सिर झुका लेतीं। उनके दिल में कई तरह की उलझनें थीं। वे किसी से कह नहीं सकती थीं, जैसे नूरा इस घर में आकर खुश रहेगी? किताबों से दोस्ती इस घर की पुरानी रीति रही है, मगर यह पागलपन? चैन से खाना-पीना, हँसना-बोलना, घूमना-फिरना भूल गए हैं ये लोग, पता नहीं क्या-क्या बातें करते हैं। नूरा दूसरे मिज़ाज की लड़की है। मोहसिन ने कभी उसे नापसंद तो नहीं किया, मगर कभी उसकी तरफ़ कोई विशेष रुचि भी नहीं दिखाई। बस, एक ठंडा बरताव जैसे माँ की पसंद, ख़ाला की बेटी, ठीक है।

बेचैन हो उठी तानिया की माँ और उठकर सामान समेटने-रखने लगी। उठा-धरी के हलके शोर से सबने उनकी तरफ़ एक साथ देखा, मगर वे अपने ख़याल में डूबी काम में व्यस्त रहीं। तानिया के बाप हलके-से मुसकराए और बोले, "अल्लाह की बंदी, कभी चैन से बैठकर दो लफ़्ज़ किताबों के भी पढ़ लिया करो।"

"वह आपको ही मुबारक हो। मोहल्ले की बातें इन्हें मालूम नहीं, मगर कोसों दूर की ख़बर पढ़ने के लिए सफ़े-के-सफ़े पलटे जाएँगे।" चिढ़कर वे बोलीं और कमरे से बाहर निकल पड़ीं। सबने पहलू बदले, एक-दूसरे को ताका और किताबों में डूब गए।

□

दबी-छिपी पांडुलिपियाँ जाने किन गुफाओं से निकलकर छापेख़ाने में तेजी से पहुँच रही थीं। लेखकों एवं बुद्धिजीवियों का उत्साह सातवें आसमान पर पहुँच चुका था। इसी बीच लेखक-संघ की बुनियाद पड़ी और खुशी का गीत गानेवाले ये परिंदे रोज़ वहीं पहुँचने लगे थे। खुली दिशाएँ उन्हें चारों तरफ़ से ताज़ा हवा बख़्श रही थीं। अपनी ज़मीन पर जमे खड़े रहने की लालसा अब जड़ पकड़ने लगी थी। एक अजीब तेवर लेकर क़लमकार चलते नज़र आते थे। भूमिगत संस्थाएँ चेहरों से नक़ाब हटाकर समाचार-पत्रों में अपने गुज़रे कारनामों का बयान करने लगी थीं। अख़बार बेचनेवाले एक साथ धार्मिक एवं प्रगतिशील समाचार-पत्रों को बेचते और ख़रीदनेवाले बड़े आराम से अपनी पसंद का पत्र उठाकर चलते बनते।

एक अजीब दृश्य था शहरों की सड़कों पर, चलनेवाले या तो अख़बार पढ़ते गुज़रते नज़र आते थे या बग़ल में दबी रोटी की जगह किताब दबाए भागते नज़र आते थे। सालगिरह और शादी-ब्याह के अवसरों पर पुस्तकें भेंट दी जाने लगीं और घर किताबों से भर उठे। पढ़ने में रुचि न रखनेवाले भी वातावरण पर छाए इस जुनून के डर से किताबें हाथ में ज़रूर पकड़े रहते और पूछने पर कि किताब कैसी है, फ़ौरन गंभीर मुखौटा लगाकर कहते, "बस अभी ख़रीदी है, पढ़कर बता सकता हूँ।"

इन सारे बहावों में नूरा उलटी तरफ़ जानेवाले रास्ते पर खड़ी थी। उसके शौक़

अलग थे। घर-गृहस्थी, शौहर और बच्चों को हासिल कर उन्हीं के साथ अपने को बदलना, अपनी इच्छाओं के मुताबिक़ उन्हें ढालना यही उसकी आरज़ू थी, जो मोहसिन को लुभावनी नहीं लगती थी। इसलिए जब वे कभी अकेले बैठते तब भी उनमें झिझक की एक दीवार खड़ी रहती, जिसमें नूरा की ओर से आदर था और मोहसिन के बरताव में एक सच जो उसने कुबूल कर लिया था। नूरा अपना दिल न उस घर से काट सकती थी न मोहसिन को नज़र अंदाज़ करने का उसमें साहस था। अपने को वह बहुत बेचैन और व्याकुल-सा महसूस करती। जब कभी तानिया, मोहसिन और रहीम की हँसती निगाहें उस पर पड़तीं तो उसके विश्वास की दीवारें हिल जाती थीं। उसे महसूस होता जैसे वह अनपढ़ है। उसे अक्षरों और शब्दों में छिपे अर्थों को पढ़ने की अक्ल नहीं है।

इन सारे समीकरणों के साथ ज़िंदगी उछलती-कूदती गुज़र रही थी। दोनों बहनें जल्द-से-जल्द मोहसिन और नूरा की शादी कर देना चाहती थीं। इसलिए दोनों तरफ़ से तैयारियाँ शुरू हो गई थीं। नूरा ने अपनी ज़िंदगी के नक़्शे में मोहसिन की किताबों को भी सजाना शुरू कर दिया था। उधर मोहसिन ने समझौता करना शुरू कर दिया था कि कोई ज़रूरी तो नहीं कि बौद्धिक बातें पत्नी से की जाएँ? घर, बच्चों और शौहर की ज़िम्मेदारियों के बाद चौथी इच्छा भी उस औरत से करना उस पर अत्याचार करने जैसा है। इसलिए नूरा जैसी है अपनी ही है। शादी के दिन जैसे-जैसे क़रीब आ रहे थे, मोहसिन अपनी पुस्तकों की अलमारी को बड़े जतन से सहेज रहा था।

□

शादी को कई सप्ताह बीत चुके थे। ज़िंदगी ठीक-ठाक गुज़र रही थी। इस समय भी दोनों इस तरह एक-दूसरे के सामने बैठे थे जैसे सलीब पर टँगे हों। मोहसिन किताब उठाने के लिए बेचैन था, मगर माँ को दिया वचन याद कर रुक जाता था कि वह महीने-भर तक नूरा की देखभाल हर तरह से करेगा ताकि उसकी भावनाओं को ठेस न पहुँचे।

"चलो, बाहर घूमने चलते हैं। तुम्हें कुछ ख़रीदना हो तो ख़रीद लेना," मोहसिन ने कमरे में फैली बोरियत को कम करने की ग़रज़ से कहा।

"चलो," चहककर नूरा बोली।

"मैं चलता हूँ, तुम तैयार होकर आओ," कहता हुआ मोहसिन घर से बाहर निकलकर कार में बैठ गया। उसके मन में इच्छा उभरने लगी थी कि कुछ नई किताबें ख़रीदी जाएँ, मगर कैसे? पहले नूरा को जी-भरकर खुश होने दूँगा, फिर···

"चलो," नूरा कार का दरवाज़ा खोलकर बैठ गई।

"हाँ, चलना कहाँ है···फ़िल्म, खाना, शॉपिंग···" मोहसिन ने बड़े रोमांटिक अंदाज़ में कहा।

"क्या··· ?" नूरा को जैसे गहरा सदमा लगा। उसने आँखें फाड़कर देखा।

"इस तरह मुझे क्यों देख रही हो ?" मोहसिन हँस पड़ा।

"आप फ़िल्म देखेंगे ? कपड़े की दुकान···" नूरा हकलाई।

"जो दिल में तमन्ना है, पूरी कर लो," बीच में मोहसिन बोल उठा।

"ठीक है···फ़िल्म फिर कभी, शॉपिंग···सब-कुछ तो है···अच्छा पहले पार्क में टहलेंगे, फिर चुलूकबाब खाएँगे, तब आगे की सोचेंगे।" कुछ खुशी-से बौखलाई नूरा बोली।

"ठीक···" मोहसिन ने कार दाहिनी तरफ़ मोड़ दी।

जाड़े का मौसम था। बर्फ़ अभी गिरी नहीं थी। चमकीली धूप आँखों को चुँधिया रही थी। मोहसिन और नूरा का खिला चेहरा देखकर कोई भी कह सकता था कि इस समय वे दोनों ज़िंदगी के बेहतरीन लम्हे जी रहे हैं। कुछ दूर जाकर उन्होंने देखा कि सड़क पर भगदड़ मची हुई है। मोहसिन ने कार तेज़ की। आगे जाकर देखा कि फुटपाथ पर फैली किताबें एकाएक सिमटकर थैलों में समा गई थीं। किताब ख़रीदनेवाले भौंचक खड़े थे। जो ख़रीद चुके थे, वे किताबें छुपाकर भागने की ताक में थे।

ऊँचे क़द के आदमी के हाथ में मशीनगन थी। उसके इशारे पर सड़क के किनारे खड़ी वैनों में थैले रखे जा रहे थे। दुकानदार हारे जुआरी की तरह पटरी पर खड़े थे। मोहसिन यह दृश्य देखकर पागल हो उठा। उसने नूरा की तरफ़ देखा, "तुम घर जाओ, मैं ज़रा हालात का पता लगाकर आता हूँ।"

"ठीक है," नूरा ने कहा और ड्राइवरवाली सीट पर बैठ गई।

नूरा ने कार स्टार्ट करते हुए देखा कि मोहसिन मशीनगनवाले सिपाही की तरफ़ बढ़ रहा है। उसने कार तेज़ की और फ़र्राटे भरती घर पहुँची। घर पहुँचकर नूरा सीधी तहख़ाने में उतर गई।

□

शाम को जब मोहसिन घर में दाख़िल हुआ तो बिलकुल टूट चुका था। सब समावर के पास बैठे थे। नूरा ने एक ख़ास अदा से मुसकराकर मोहसिन का स्वागत किया। उसमें बला का आत्मविश्वास था। उसके चेहरे पर बिलकुल अलग आभा थी, जिसे देखकर मोहसिन का मन आक्रोश से भर उठा, 'यह जाहिल औरत इस बात से खुश हो रही है कि किताबों का वजूद मिट गया, अब···किसी दिन घरों में भी छापे पड़ेंगे तब यह सुकून से जी सकेगी।'

"कहाँ चले मोहसिन ? चाय लो, बेटा !" माँ ने पुकारा।

"अभी आया," मोहसिन तड़पकर अपने कमरे में भागा जिसकी दीवारें किताबों की अलमारियाँ थीं। इस समय वह नूरा को नहीं देख सकता था। वह उसकी हार की तसवीर बनी हुई थी।

"जाने दो, अभी उसका दिल ठीक नहीं, नज़ाकत समझा करो," तानिया के बाप ने पत्नी को समझाया।

"नूरा··· !" एक ख़राशज़दा चीख़ से सारा घर सहम उठा।

"क्या हुआ ?" नूरा उछल पड़ी। गिरती-पड़ती भागी। घर के बाक़ी लोग जड़-से हो गए। उन्हें ग़म था कि एक बार फिर अक्षरों और शब्दों को आग के हवाले कर दिया गया है। इसका अच्छा प्रभाव मोहसिन पर नहीं पड़ेगा।

"अरे ज़ालिम ! तूने छापा तो पढ़ने दिया होता··· ! आख़िर इतनी बेसब्री क्यों थी जो पलक झपकते ही इन अलमारियों की भरी गोदें किताबों से ख़ाली कर दीं ?" मोहसिन पागलों की तरह अपने चारो तरफ ख़ाली अलमारियों को देख चीख़ा फिर बड़ी बेबसी से ख़ाली रैकों पर हाथ फेरा !

"मोहसिन··· !" बाप ने कमरे में दाखिल होते हुए उसे पुकारा।

"बाबा ! किताबों की इस दुश्मन ने तो उन जाहिलों को भी मात कर दिया जिन्होंने बग़दाद के किताबख़ानों में आग लगाई थी," उसने माँ के पीछे खड़ी नूरा को खा जानेवाली नज़रों से घूरा।

"कुछ कहने से पहले कुछ पूछा होता···नूरा के हाथ देखे होते," बाप ने आगे बढ़कर कहा।

"तो क्या लेडी मैकबेथ के हाथों का मुझे बोसा लेना चाहिए था ? उन्हें आँखों पर लगाकर गुनाह के सामने माथा टेकना चाहिए था ?" मोहसिन ने झल्लाकर कहा। उसका बस चलता तो वह नूरा के टुकड़े-टुकड़े कर डालता मगर मामान-बाबा का लिहाज़ था।

बेटे की आँखों में नफ़रत के उबाल देख माँ के चेहरे पर नागवारी की परछाईं फैली। उन्होंने प्रताड़ित नज़रों से बेटे को देखा और कमरे से निकल गईं। उन्हीं के पीछे आहत-सी नूरा भी, बाप के चेहरे पर अजीब बेचारगी उतर आई, तभी तानिया कमरे में दाख़िल हुई और भाई के पास जा बड़े अर्थपूर्ण स्वर में बोली "तुम आज जल्दी ही फैसले पर पहुँच गए हो ? आओ मेरे साथ !"

"यह मज़ाक का वक़्त नहीं है तानी !" मोहसिन ने उसका हाथ झटका।

"तुम मेरे साथ आओ तो," तानिया का लहज़ा तीखा हो उठा और उसने भाई का हाथ कसके पकड़कर अपनी तरफ़ खींचा और कहा "मैंने तो सिर्फ़ ऊपर से नीचे किताबें ही पहुँचाई थीं मगर नूरा ने तो किसी मज़दूर की तरह गढ़ा खोदने के लिए फावड़ा चलाया था। उसमें प्लास्टिक में लिपटी किताबें उतारी थीं, और तुम सारे दिन में केवल एक सूचना लेकर रात को लौटे हो और शान बघार रहे हो।"

दोनों तहख़ाने की सीढ़ियाँ उतरकर जब नीचे पहुँचे तो नूरा घुटने के बल बैठी चीजें सलीक़े-से रख रही थी। उसके चेहरे पर तनाव था।

"हिसाब निबटा लो, मैं तो चली," भाई का हाथ धीरे-से दबा तानिया हँसती हुई ऊपर भाग गई !

नूरा ने पीछे मुड़कर देखा और एकाएक ताव में तनकर सीधी खड़ी हो गई; जैसे बिल्ली कुत्ते को देखकर चौकस हो उठती है ! मोहसिन ने पहली बार नूरा का यह रूप

देखा था। उसके माथे पर पड़ी तेवरी उसे लुभावनी लगी। ज़मीन में किताबों को सुरक्षित क़ब्रों के हवाले कर नूरा ने उस पर अचार-चटनी के मरतबान, गेहूँ, चावल के बोरे, मेवे, साबुन के डिब्बे इत्यादि इस तरह रख दिये थे जैसे गृहस्थी की चीज़ें भंडार में हर घर में रखी रहती हैं। मोहसिन को महसूस हुआ कि किताब को पढ़ना और उसे हिफ़ाज़त से रखना इल्म से मोहब्बत की दो अलग अभिव्यक्तियाँ हैं। उसकी आँखों का ख़ून जाने किस पानी से धुल गया। उसने धीरे-से पुकारा, "नूरा!"

नूरा ने ऊपर जाने के लिए अपने क़दम उठाए थे कि मोहसिन ने हाथ बढ़ाकर उसका रास्ता रोका और बड़ी बेताबी से उसे अपनी बाँहों के घेरे में दबाया जैसे किसी अच्छी किताब को पढ़ने के बाद वह उसे सीने पर रख आँखें बंद कर दिमाग़ की खिड़कियाँ खोल देता था! आज पहली बार वह नूरा के कितने क़रीब अपने को महसूस कर रहा था। दिल का दरवाज़ा खुलने से बीच में खड़ी दीवार ढेर हो गई थी। इस समय दुनिया के सारे ख़ूबसूरत लिखित शब्द मोहसिन के दिल व दिमाग़ में उभर रहे थे जो सिर्फ़ नूरा के लिए थे। जिसकी गुनगुनाहट सुनकर नूरा के चेहरे की तमतमाहट में एक पीला चाँद अपनी ठंडी चाँदनी के संग उतर आया था। □

यहूदी सरगर्दान

शराबख़ाने में मेरी मेज़ के ठीक सामने वह बैठा था। मुझे यहाँ बैठे लगभग चार घंटे हो रहे थे और इस बीच मैं उसे सिर्फ मयख़ोरी करते देख रहा था। अपने में डूबा जाने किन वादियों का सफ़र तय कर रहा था। बड़ी देर से दबी ख़्वाहिश को अब ज़्यादा देर न दबा सका। बैरे को बुलाकर मैंने कार्ड पर उसके लिए पैग़ाम लिखा और बैरे को थमा दिया।

बैरे के हाथ से लेकर उसने पैग़ाम पढ़ा। देर तक उस पर नज़र गड़ाए रहा। फिर उसने मेरी तरफ देखा और बहुत शालीनता के साथ अपनी कुरसी से खड़ा हो गया। मैं अपनी जगह से उठा और उसकी तरफ बढ़ा। उसने अपना हाथ आगे बढ़ाया।

"डॉक्टर प्रताप।"

"डॉक्टर बोरहान।"

"बड़ी खुशी हुई आपसे मिलकर⋯"

"मुझे भी। ख़ासकर यह जानकर कि आप भी डॉक्टर हैं।"

"इत्तफाक़ है।"

"तशरीफ़ रखें।"

"आपका वतन⋯।"

"मेरा कोई वतन नहीं है, मैं यहूदी सरगर्दान हूँ। सारे जहां को अपना घर समझ रहा हूँ।"

"फिर भी⋯" डॉक्टर प्रताप ने दिलासे के अंदाज़ से कहा मगर उस पर इस मरहम का कोई असर न हुआ। वह सिर झुकाए ख़ामोश अपने में डूबने लगा। डॉक्टर प्रताप ने चुप्पी तोड़ी।

"मैं हिंदुस्तान से हूँ। पंद्रह दिन के लिए एक कॉनफ्रेंस के सिलसिले में आया हूँ। अभी चंद दिन और रहूँगा।"

डॉक्टर बोरहान हलके से मुसकराए, फिर लंबी साँस भरी। हलकी-सी खँखार के साथ बोले, "क़ायदे की बात तो यह है कि मैं भी आपको बताऊँ कि पेरिस में कब तक रहूँगा⋯मगर जब मुझे खुद पता हो तब न? कब तक मुझे रुकना पड़ेगा और फिर यहाँ से कहाँ जाना पड़ेगा⋯? आपके लिए पेग मँगाता हूँ⋯बैरा⋯!" फिर ख़ामोशी छा गई। पेग के आ जाने पर उसने बोतल उठाई और मेरे लिए जाम बनाया।

"मैं कब तक गज-भर वतन के लिए दर-ब-दर फिरता रहूँगा। उसे ढूँढ़ता रहूँगा,

हाथ कुछ भी नहीं लगेगा।" इतना कहकर उसने ख़ाली मुट्ठी खोली, बंद की, फिर अपनी हथेली को डॉक्टर प्रताप के सामने खोलकर रखा।

"देखिए! चंद लकीरें सपाट हथेली पर उभरी हैं। इन लकीरों की दिशा और ज़बान अनजान है और मैं अज्ञानी नहीं जानता कि ईरानी क़ौम की यह सरगर्दानी कब समाप्त होगी?"

डांस के लिए म्यूज़िक आरंभ हो गया था। जोड़े खड़े होने लगे थे। डॉ. प्रताप फैली आँखों से काले-सफ़ेद, जवान-अधेड़ जोड़ों को जाते हुए देखने लगे। एकदम से एक महीन सुरीली आवाज़ सुन वह चौंक पड़े। एक औरत! उसे बेहद हसीन कहा जा सकता था। मेज़ के समीप खड़ी थी। डॉ. बोरहान अपना सारा खोयापन भूलकर उससे बड़ी गरमजोशी से हाथ मिला रहे थे। डॉ. प्रताप से क्षमा-याचना करते उसकी कमर में हाथ डालकर डांसिंग-फ्लोर की तरफ ले गए। डॉ. प्रताप दो पल स्तंभित हुए, फिर संकोच से मुसकरा पड़े।

लाल, पीली, नीली रोशनी के बनते-बिगड़ते हॉल में डॉ. प्रताप की नज़रें उन दोनों को ढूँढ़ रही थीं। वे दोनों नाचते बदन के बीच छिपते फिर नज़र आने लगते थे। वह बहुत अच्छा नाच रहा था और इतना ज़्यादा पीने के बाद वह मदहोश न था। मैं अकेले उँगलियों से मेज़ पर ताल देता अपना अकेलापन दूर करता रहा। हफ़्ते-भर में ऐसा अवसर मुझे एक बार भी प्राप्त नहीं हो पाया था। दिन-भर काम में व्यस्त रहता, मगर शाम काटने दौड़ती थी। शाम से गई रात तक पत्नी और बच्चे बेहद याद आते थे।

वे दोनों मेरी ही मेज़ पर आ गए। डॉ. बोरहान ने मेरा परिचय कराया, "मारिया, मेरी मित्र, बहुत बढ़िया चित्रकार हैं। संवेदनाओं की पत्तियों पर फैली नसों के समान चेहरे पर बड़ी सूक्ष्मता से ब्रश द्वारा उभारती हैं। चेहरे की हर चीज़ आपसे बात करने लगती है!"

"बड़ी खुशी हुई आपसे मिलकर!" सचमुच डॉक्टर प्रताप को उस औरत से मिलकर खुशी हुई थी। हफ़्ते-भर में यह पहली शाम थी जो ख़ाली नहीं थी और दिलचस्प लोगों के साथ गुज़र रही थी।

बातों-बातों में पता चला कि वह बहुत अच्छा हार्ट-स्पेशलिस्ट है। किसी पिकनिक स्पॉट पर वह मारिया से मिला था। दो-तीन मुलाक़ातों में ही दोनों बड़े अच्छे दोस्त बन गए थे। खाने के बाद मारिया को वह उसकी कार तक छोड़ने के लिए बाहर निकला। मैंने खाने का बिल मँगवाया। मालूम हुआ, उसने बाहर जाते हुए पे कर दिया है। मुझे अजीब फुरतीला आदमी लगा। थोड़ा बुरा भी लगा। कुछ देर बाद वह तेज़ क़दमों से मेरे समीप आया और बोला, "माफ़ करिएगा, मैंने आपको तन्हा छोड़ा। यदि आप थके न हों तो बाग़ में टहलते हैं। मैं पास ही होटल बेलफास्ट में ठहरा हूँ।"

"चलिए!" कहकर मैं खड़ा हो गया। संयोग से मैं भी उसी होटल में ठहरा हुआ था।

सड़क पर टहलते हुए मुझे एहसास हुआ कि वह मुझसे काफी लंबा है। पेड़ों के साये के साथ उसकी छाया मेरे ऊपर पड़ रही थी।

"मारिया से जब भी मिलता हूँ, ईरान बड़ी शिद्दत से याद आने लगता है—उसके बदन से, बातों से, उसके पूरे वजूद से ईरान की खुशबू की लपटों को मैं महसूस करता हूँ, उसका स्पर्श करता हूँ। मारिया पाँच साल ईरान में रही है। पूरा ईरान घूमी है। मेरे ग़म को ख़ूब पहचानती है।"

"आप कभी हिंदुस्तान गए हैं?"

"गया था, लगभग दस वर्ष पहले।"

"ईरान आने का प्रोग्राम मेरा भी बना था मगर एकदम से प्रोग्राम टल गया। तेहरान में ग़ज़ब की गड़बड़ शुरू हो गई थी।"

"हाँ, तब मैं अमेरिका में था। ईरान लौटा तो सारे देश का नक़्शा ही बदला हुआ था। धर्म की जोंक हम ज़रदुश्तियों का ख़ून पीने के लिए ईरान के जिस्म पर चिपक गई थीं।"

"धर्म में आख़िर बुराई क्या है, डॉ. बोरहान?" डॉ. प्रताप ने आश्चर्य से पूछा।

"कौन-सी बुराई नहीं है, डॉ. प्रताप?" ऊँची आवाज़ से अँधेरे को फाड़ता हुआ उसका क़हक़हा दरख़्तों पर सोती चिड़ियों के दिल दहला गया।

"मन और आत्मा को सुकून···।" डॉ. प्रताप की बात बीच में ही कट गई।

"हमारा सुकून, हमारी सभ्यता, संस्कृति को अरब इस इसलाम-रूपी धर्म के बुलडोज़र से उखाड़ फेंकना चाहते हैं···। तीन सौ वर्षों की अथाह कोशिशों के बाद भी वे यह काम अंजाम नहीं दे पाए। हाफ़िज़ और फिरदौसी जैसे शायरों ने उन्हें मुँहतोड़ जवाब दिया था। अब ईरान पर दोबारा अरब आक्रमण हुआ है। उसकी सत्ता को ईरानी मन से क़बूल नहीं करेंगे। गोली का ख़ौफ़ समय की ज़बान पर चाहे ताले डाल दे।"

डॉ. प्रताप ख़ामोशी से चलते रहे। वह जब तक आधा घंटा सुबह पूजा नहीं कर लेते थे, मन अनमना-सा रहता था। बचपन से अब तक यही आदत पड़ी थी उन्हें! क्या कहते बोरहान की इन बेतुकी बातों पर?

"डॉ. प्रताप, यदि आपके मुल्क हिंदुस्तान पर किसी विदेशी सत्ता का आक्रमण हो जाए तो आप ख़ुश होंगे?"

"बिलकुल नहीं, इसमें ख़ुशी की क्या बात है?"

"तो फिर मेरे घाव पर नमक न छिड़कें।" ख़ामोश रहकर, "कहिए कि वास्तव में ईरान पर ज़ुल्म हुआ है, ईरानी बेघर-बार हुआ है। आपसे यदि आपके रीति-रिवाज़ छीन लिये जाएँ तो आप पर क्या गुज़रेगी?

"पागल होकर मर जाऊँगा।" डॉक्टर प्रताप ने फौरन जवाब दिया।

"हम ईरानी पहले मरना पसंद करते थे। उस समय हमारे ईरान में शहीद होने का

चलन आम नहीं हुआ था। हमारे कूचे और बाज़ार, सड़क और फुटपाथ जब से लाशों से पटने लगे हैं हम मौत नहीं, संग्राम चाहते हैं जिसमें दिवानावार इन विदेशियों की जड़ें, जड़ से उखाड़ फेंकें।"

होटल सामने नज़र आ रहा था। दोनों के क़दम आगे बढ़ गए। डॉक्टर प्रताप को ख़ामोश रहने से डर लगने लगा था कि कहीं डॉक्टर बोरहान फिर ख़फ़ा न हो जाएँ।

"आपका क्रोध अपने स्थान पर उचित है। धर्म आपका शत्रु नहीं है बल्कि वह व्यक्ति जो उस धर्म को अपनी सत्ता के लिए प्रयोग करे, वह बुरा है!" डॉक्टर प्रताप ने धीमे-से कहा।

"आपका विचार और नज़रिया एकदम सही है, मगर इसलाम ने हमें दिया ही क्या है, केवल इस भावना के कि धर्म का अर्थ कोड़े और ज़ंजीरें हैं? जुल्म और सितम है? जिस धर्म की अभिव्यक्ति पिछले चौदह सौ वर्षों से ख़ून-ख़राबा, क़त्ल-ग़ारतगरी रही हो उससे आपकी आशा तो बँध सकती है मगर मुझ ज़रदुश्ती की नहीं···! मेरा नाम हुसैन था। जब होश आया तो महसूस हुआ मेरा नाम ईरानी नहीं, विदेशी है। आख़िर क्यों? माँ-बाप से जी भरकर लड़ा और अपना नाम कुरुश रखा···! नाम बंदलवाने में दाँतों पसीना आया। मान लें आपका नाम डॉक्टर ब्राउन होता और आप हिंदू होते। तब मुझे हक़ था कि मैं आपके दोग़लेपन पर आश्चर्य करता। क्या आप स्वयं अपने पर करते?"

"ज़रूर करता, डॉ. बोरहान! आपकी बातें—क्षमा करें, मेरी मालूमात बहुत कम है और ये गूढ़ बातें समझने के लिए मुझे ईरान के अतीत और वर्तमान को समझना पड़ेगा। हम तो सिर्फ इतना ही जानते हैं कि शाह एक अच्छा शासक था। उसने ईरान की मान-मर्यादा को चार चाँद लगाकर उसे संसार में एक ऊँचा स्थान दिलवाया था और बस!"

"शाह की ग़लतियाँ ही तो थीं जो हमने यह दिन देखा। उस पर दूसरा देश सवार था। अमेरिका से ईरान फैशन और करप्शन में केवल अस्सी घंटे पीछे था। सब कुछ घुन खाया, दीमक लगा, खोखला था। ख़ैर, छोड़िए···कुछ पिएँगे?" डॉ. बोरहान ने हँसते हुए कहा।

"कुछ ठंडा···सॉफ्ट ड्रिंक···!" डॉ. प्रताप ने कहा।

"बच्चोंवाली बात···गोल्ड स्पॉट, कोकाकोला, पाइनएपिल···यह तो बच्चे पीते हैं।" डॉक्टर बोरहान के क़हक़हे की आवाज़ लॉबी की छत फाड़ने लगी। आस-पास के लोग चौंककर देखने लगे। डॉ. प्रताप भी उनकी मासूमाना खुशी पर अपनी हँसी दबा नहीं पाए।

लॉबी में भीड़ काफी थी। एक तरफ पड़ा सोफ़ा ख़ाली देखकर वह उधर जाकर बैठ गए। बैरे को ऑर्डर देकर डॉ. बोरहान ने अपनी आँखें छत पर गाड़ दीं, फिर थोड़ा झुककर डॉ० प्रताप की तरफ मुड़े और कहने लगे—

"बड़ी उम्मीदें लेकर हिंदुस्तान गया था। उस धरती को ढूँढ़ने जहाँ पर पंचतंत्र जैसी आबे-हयात, खाने-पीने से बेगाना आबिद, हिमालय की चोटी पर ध्यानमग्न रहते हैं, मगर नाउम्मीदी हुई। वहाँ मुझे वह सब कुछ न मिला जो मैंने टैगोर की कविताओं, नेहरू और गांधी की जीवनी में पढ़ा था। आगरा जाकर उन ईरानी कारीगरों के लिए रो पड़ा जिन्होंने ताजमहल जैसा शाहकार बनाकर अपने हाथ कटवा लिये—फ़न की ऊँचाई फ़नकार को क्या देती है—अपंगता? यह पहली बार हिंदुस्तान ने मुझे समझाया।" डॉ. बोरहान ने पेग में शराब उँड़ेलते हुए कहा। डॉ. प्रताप ख़ामोश रहे। नींद उनकी मांसपेशियों पर हावी होकर उन्हें शिथिल बना रही थी। रात के दो बज रहे थे। दस बजे दूध का एक गिलास पीकर सो जानेवाले डॉक्टर प्रताप बहुत विचलित-से हो रहे थे। जूते और पैंट में कसे उनके पैर ढीली-ढाली तहमत के लिए तड़पने लगे थे।

"आपको नींद आ रही है?" डॉ. बोरहान ने अपना तीसरा पेग एक के बाद एक ख़ाली करते हुए डॉ. प्रताप के पहले पेग को देखते हुए पूछा।

"जी! जी नहीं—। यूँ ही आँखें झपक गई थीं।" डॉक्टर प्रताप ने जेब से रूमाल निकालकर मुँह पोंछते हुए कहा। पीछे के दाँत न होने के कारण सोते में राल बहती हुई गालों पर आ जाती है।

"आपने कभी इश्क़ किया है, डॉक्टर प्रताप?" डॉ. बोरहान ने बुझी लकड़ी पर फूँक मारी।

"इश्क़? मैंने?" बुझी लकड़ी चिनगारी पकड़ने लगी।

"जी, आपने जनाब?" पैने लहजे ने चिनगारी को हवा दी।

"जवान होने से पहले ही शादी हो गई। इश्क़ कह लें या जो भी—वह मैंने अपनी पत्नी सावित्री से किया है।" लकड़ी ने आग पकड़ ली।

"इश्क़ पत्नी से नहीं, महबूबा से होता है।" लकड़ी पर तेल छिड़का।

"जी?" लकड़ी दिवानावार लपकते शोलों से भर गई।

"हाँ। मैं दस वर्ष पहले आशिक़ हुआ था। उस समय मेरी शादी को नौ साल गुज़र गए थे और···।

"शादी के बाद आपने···?" डॉ. प्रताप की नींद उनकी आँखों से कोसों दूर भाग गई थी। उनकी हालत ग़ैर हो चुकी थी, इस ख़याल से कि ऐसा अनर्थ और पाप करनेवाला उनके समीप बैठा उनके साथ मयख़ोरी कर रहा है।

"इसमें हैरत की क्या बात है? इश्क़ तो कभी भी हो सकता है। आशिक़ होने की कोई उम्र नहीं है। जब तक दिल जवान है, एहसास की कोंपलें फूटती हैं, आप इश्क़ कर सकते हैं। जब मैं दुबारा आशिक़ हुआ था तब मेरी उम्र तीस वर्ष की थी। पहली बार जब मैं अपनी वर्तमान पत्नी पर आशिक़ हुआ था उस समय केवल उन्नीस वर्ष का था। उसे मैंने अपने चचा के बाग़ में ऊपर छत से एकदम नंगी अवस्था में देखा था। वह

कपड़े उतारकर हौज़ में तैर रही थी, मगर मैं अपना ईमान खोकर खुदकुशी पर आमादा हो गया और घरवालों को धमकी देकर बताया कि शादी उसी से करूँगा वरना नहीं। मजबूरन उसे मेरी मोहब्बत को तसलीम करना पड़ा। उसकी मँगनी हो चुकी थी। मेरे पास अब उसी से चार बच्चे हैं। पत्नी और बच्चे ईरान में मेरी प्रतीक्षा कर रहे हैं। उन्हें रोज़ मेरे ख़त का इंतज़ार रहता होगा कि कब मैं उनके लिए टिकट भेजूँ। मैं पूरी कोशिश में हूँ कि वे किसी प्रकार वहाँ से निकल आएँ···· । ख़ैर····हाँ तो, मैं अपने दूसरे इश्क़ का ज़िक्र कर रहा था। तीस साल, मर्द की भरपूर जवानी का जाम छलकने की उम्र होती है और तीस वर्ष औरत की काम-वासना की पराकाष्ठा का समय होता है। सहर तीस वर्ष की भरपूर औरत थी। इश्क़ और जवानी की दिवानगी हमारे बीच पाँच साल तक चली। शहद और शराब के नशे में हम मदहोश थे—डॉ. प्रताप, आपने सेब से भरा दरख़्त देखा है? ऐसी ही जवानी और हुस्न सहर में था जो आपको फ़ौरन तोड़कर अपने को खाने के लिए मजबूर करता है। जाने कैसे उसके पति को हम पर शक हो गया। मैं उसका जीवन ख़राब नहीं करता चाहता था। इसलिए ख़ामोशी से अमेरिका चला आया, इस ख़्याल से कि फसाद स्वयं दब जाएगा। मैं उसे दिलोजान से चाहता था।"

"मारिया···· ?" डॉ. प्रताप को बेचैनी थी कि डॉ. बोरहान उन्हें अब बता दें कि मारिया से उन्हें चालीस साल की उम्र में फिर तीसरी बार इश्क़ हो गया है।

"मारिया की मैं बहुत इज़्ज़त करता हूँ। मारिया मेरे वतन को प्यार करती है। मैं मारिया के व्यक्तित्व के आईने में ईरान की छवि देखता हूँ। वह आईना···· । उसे मैं तोड़ नहीं सकता हूँ। हम दोनों बड़े अच्छे दोस्त हैं, और बस।" डॉ. बोरहान ने डॉ. प्रताप की उत्तेजना पर ठंडे पानी के छींटे मारे।

"सहर से आपकी मुलाकात फिर नहीं हुई?" डॉ. प्रताप ने उत्तेजना से भरे धुएँ से उबरते हुए पूछा।

"हुई थी। वह मुझे भूल नहीं पाई थी। उसने शौहर के सामने इक़रारे-जुर्म कर लिया था। विश्वास से भरी तब तलाक़नामा लेकर वह मेरे पास पहुँची तो उसे मालूम हुआ कि मैं ईरान छोड़कर लंबे अरसे के लिए विदेश चला गया हूँ। कहाँ? पता नहीं। वर्ष-भर बाद जब मैं लोटा तो वह ग़म से निढाल सूखे दरख़्त में तब्दील हो चुकी थी। उसके पति की मौत भी कार-दुर्घटना में हो गई थी। हर तरफ से लुटी-उजड़ी वह स्वयं धरती छोड़ने लगी थी। जब मैं उससे मिला तो वह मेरी बाँहों में किसी खोखले पेड़ की तरह गिर गई। इन्हीं बाँहों के बीच, इसी सीने पर उसने दम तोड़ दिया। मैंने उसे अमृतपान कराना चाहा था। उसकी ज़िन्दगी में खुशियाँ भरना चाही थीं और हुआ उसका उलटा···· ।" डॉ. बोरहान के कंधे झुक गए। आवाज़ में पानी की नमी का गीलापन था। घड़ी की सुई तीन बजा रही थी। मगर डॉ. प्रताप की आँखों से नींद काफ़ूर की तरह उड़ चुकी थी।

"आज उसे गुज़रे पूरे छः वर्ष हो गए हैं। बुध की रात थी जब मैं उससे मिलने गया था। जब उसने मेरे दिल पर दम तोड़ा था तब वह जुमेरात की सुबह थी। यानी रात के तीन बजे····।" बोरहान ने शराब की पूरी बोतल गिलास में उलट ली।

"उस दिन से आज तक मेरे लिए कोई····"

"आपका कॉल है, सर!" बैरा ने बोरहान से कहा।

"अच्छा! डॉ. प्रताप, मैं अभी हाज़िर होता हूँ।" कहकर बोरहान नपे-तुले क़दमों से टेलीफ़ोन की तरफ़ बढ़ने लगा।

इसी बीच डॉ. प्रताप ने अपना सिर सोफ़े पर पीछे टिकाया, पैर फैलाए और आँखें बंद कर लीं। इससे पहले कि डॉ. बोरहान लौटते, वे गहरी नींद में डूब चुके थे।

□

दो दिन तक डॉ. प्रताप, डॉ. बोरहान की ख़बर लेने के लिए बेचैन रहे, फिर थककर शाम को अकेले ही घूमने जाने लगे। सुबह और रात को कब डॉ. बोरहान आते और जाते हैं, होटलवालों को भी इसकी कोई विशेष जानकारी नहीं थी।

तन्हाई से डॉ. प्रताप थक चुके हैं। हिंदुस्तान लौटने में अभी दो दिन बाक़ी हैं। बच्चों और सावित्री के लिए थोड़ा-बहुत सामान ख़रीद लिया है। फिर भी किसी नई, सस्ती, अच्छी चीज़ की आशा में बाज़ार की ओर निकल गए। हिंदुस्तान से वह अकेले हैं। अधिकतर लोग मध्य-पूर्वी देशों से हैं। उनके साथ दोस्ती केवल मीटिंग तक रहती है। फिर वह शाम होते ही कैबरे और महँगी तफ़रीह की तरफ़ चल पड़ते हैं। एक-दो बार तो वे भी पिगाल की ओर घूम आए हैं। सेक्स-शॉप को भी घबराहट में देख आए हैं, मगर उन्हें यह सब कुछ भाया नहीं। एक-दो साथी जो फ्रेंच थे, उन्होंने एक बार सबको डिनर पर बुलाकर अपना कर्तव्य पूरा कर लिया। इसीलिए विदेश अकेले जाते हुए डॉक्टर प्रताप घबराते हैं। मीट खा नहीं पाते हैं। शराबनोशी भी पिछले पाँच वर्षों से शुरू की है। ज़िंदगी के चालीस वर्ष शुद्ध शाकाहारी भोजन और नशे से दूर रहकर गुज़ार चुके हैं।

बाज़ार से लौटते हुए डॉक्टर प्रताप ने सोचा कि डॉक्टर बोरहान हार्ट स्पेशलिस्ट हैं। उनसे एक बार अपना चेकअप करा लेना बुरा नहीं है। दो वर्ष पहले हलका-सा हार्ट-अटैक उन्हें हुआ था। कमरे में सामान रखकर वह लेट गए। डॉ. बोरहान का जुमला याद आने लगा। आशिक़ होने की कोई विशेष उम्र नहीं होती है। अजीब आदमी है। उनके वजूद का लक्कड़ पछतावे की आग में धू-धू करके जल उठा। सारी जवानी सावित्री के काले बालों की छाँव में गुज़ार दी है। सुनहरे अखरोटी भूरे रंग के मुलायम गुच्छेदार बालों को अब तक उन्होंने केवल रेशम की लच्छियों से अधिक महत्त्व नहीं दिया था। नीली आँखें, सफ़ेद रंग उन्हें कभी प्रभावित नहीं कर पाए थे। मगर आज—? मर्यादा और लज्जा की सारी दीवारें गिरा देने के लिए मन मचल रहा है। सावित्री को

क्या पता चलेगा—मैं यहाँ सात समंदर पार क्या कर रहा हूँ।

डॉ. प्रताप ने करवट बदली। तकिए को बाँहों से भरा। उस दिन शाम को डॉक्टर बोरहान की किस्मत पर वह ठगे-से रह गए थे। भूरे बालों और शहद की रंगतवाली आँखोंवाली लड़की के साथ वह रेस्तराँ के बाहर पड़ी कुरसियों पर बैठे बड़ी उन्मुक्त हँसी हँसते शराब पी रहे थे। उस समय डॉ. प्रताप बस में बैठे शांज़ालिजा से गुज़र रहे थे।

डॉ. बोरहान को देखकर कोई कह सकता था कि वह दुखी हैं? उनके मन को कोई दर्द मथ रहा है? शराब के हर जाम को उठाते हुए धीरे-से कहते थे, खुमैनी की मौत पर—सलामती—। कहकर हलकी शीशे की आवाज़ जाम टकराने से उठती थी।

चियर्स की जगह डॉ. प्रताप भी सलामती कहने लगे थे। मगर इस प्रश्न का उत्तर उन्हें न मिल पाया कि किसी के मन में प्यार और घृणा के भाव एक साथ कैसे खौल सकते हैं? डॉ. प्रताप की आँखें थकान से मुँदने लगीं। बोझिल नींद से डूबते दिमाग़ पर मारिया की छवि उभरने लगी। मारिया के साथ वह सोमनाथ की सीढ़ियाँ चढ़ रहे हैं। उसके नाज़ुक पैर पर उनकी—बाँहों का तकिया पैरों के पास आ गया।

उनके खर्राटे कमरे की सफ़ेद दीवारों से सिर टकराने लगे। सपने में डूबी लक्कड़ देह दावाग्नि की लपट में झुलस रही थी।

□

रात को डॉ. प्रताप की उड़ान थी। सारा सामान बँध गया था। तभी दरवाज़े पर दस्तक हुई। दरवाज़ा खोला तो सामने डॉ. बोरहान को खड़ा पाया। चहकते हुए डॉ. प्रताप बोले, "कहाँ थे, डॉक्टर बोरहान? मैं आपके लिए काफ़ी परेशान था। सोच रहा था, जाने से पहले मुलाक़ात होती भी है या नहीं? आइए!" डॉक्टर प्रताप ने उन्हें कमरे में आने की दावत दी।

"मैं कुछ कामों में मशग़ूल हो गया था। आपका ख़याल मुझे बराबर आता रहा। आपके जाने की तारीख़ मुझे याद थी। आज रात आपकी फ़्लाईट है न?" डॉ. बोरहान ने हँसते हुए कहा।

"जी, रात के बारह बजे? यह रहा मेरा कार्ड। कभी हिंदुस्तान आना हुआ तो मेरे गरीबख़ाने पर तशरीफ़ ज़रूर लाइएगा।" बड़ा विनम्र अनुरोध किया डॉ. प्रताप ने।

"जाने से पहले एक-एक पेग हो जाए, अभी तो काफ़ी समय है।" डॉ. बोरहान ने कार्ड को माथे से लगाकर उसे जेब में रखते हुए कहा।

"चलिए! दावत मेरी तरफ़ से होगी।" डॉ. प्रताप ने पैन और रूमाल सूट की जेब में सजाते हुए कहा।

"आपकी ख़्वाहिश हमारे सिर-आँखों पर, डॉ. प्रताप।" डॉ. बोरहान ने गद्‌गद भाव से कहा।

होटल का बार लोगों से भर रहा था। वे दोनों एक कोने में बैठ गए, जहाँ से शहर

की गगनचुंबी इमारतें रोशनी के दीए बदन पर सजाए खड़ी हुई थीं। पेग बनाकर दोनों ने सलामती कहा और सिप लिया।

"मैंने आपको जब पहली बार देखा तो ग़लतफ़हमी में पड़ गया था कि आप हिंदुस्तानी हैं। साँवला रँग, काले बाल, काली आँखें। ईरानी अधिकतर गोरे और भूरे बालोंवाले होते हैं।" डॉ. प्रताप ने हँसते हुए कहा।

"मैं शिराज़ शहर से हूँ। वहाँ का साँवलापन पूरे ईरान में अपने नमक और लावण्य के लिए प्रसिद्ध है।" हँसते हुए डॉ. बोरहान बोले।

"अच्छा !"

"खुमैनी की मौत के बाद तशरीफ़ लाएँ, शिराज़ में हमारे पुश्तैनी मकान में ठहरें। आपको ईरान का असली चेहरा दिखाऊँगा।" डॉ. बोरहान ने उत्साह से कहा।

"सर, आपकी कॉल है।" बैरा ने इत्तला दी।

"अभी आया। मेरे घर से फ़ोन होगा।" कहकर बोरहान चले गए।

लगभग आधा घंटा बाद डॉ. बोरहान लौटे—लड़खड़ाते। मेज़, दीवार, कुरसी का सहारा लेते हुए, पकड़ते हुए। उन्हें देखकर डॉ. प्रताप आश्चर्य में पड़ गए। आज पिए बिना डगमगा रहे हैं। उनके चेहरे पर शरारत-भरी मुसकराहट उभरी। डॉ. बोरहान के समीप जाने पर वह कोई मज़े का जुमला कसना चाह रहे थे, मगर उनके चेहरे पर नज़र पड़ते ही डॉ. प्रताप की हँसी और शरारत ग़ायब हो गई थी। डॉ. बोरहान का चेहरा पसीने में डूबा था। डॉ. प्रताप घबरा गए। अपने स्थान से उठकर आगे बढ़े।

"क्या बात है, डॉक्टर बोरहान ?" डॉ. प्रताप ने उनके चेहरे और आँखों से उबलते पानी को देखकर व्याकुलता से पूछा।

"कुछ ख़ास नहीं, मेरे दोस्त !" कहकर वे टूटे-से कुरसी पर बैठ गए। उनकी आँखों में जमा पानी गालों पर बह निकला।

"फ़ोन तो तेहरान से था न ? सब ख़ैरियत है न ?" डॉ. प्रताप ने रूमाल से उनका चेहरा खुश्क करते हुए पूछा।

"मुझ जैसे यहूदी सरगर्दान की ख़ैरियत पूछते हो ?" डॉ. बोरहान ने आँखें कसकर बंद करते हुए कहा। पानी का वेग आँखों से निचुड़कर गालों पर पछाड़ें खाने लगा।

"चाहें तो कुछ बताएँ—मन हलका होगा, डॉ. बोरहान।" डॉ. प्रताप ने उनके हाथों पर अपना हाथ रखा।

"यह देखो।" डॉ. बोरहान ने यह कहकर जेब से पाँच टिकट निकालकर मेज़ पर रखे।

"भेजनेवाले थे इन्हें तेहरान··· ?" डॉ. प्रताप ने कुछ न समझते हुए पूछा।

"हाँ, मगर···। वे पाँचों शिराज़ की सरज़मीन छोड़कर ऊपर आसमान में विलीन हो गए हैं।"

"आपका मतलब क्या है इन बातों से ?" डॉ. प्रताप व्याकुल हो उठे।

"हैलो, डॉक्टर बोरहान !" सामने मारिया आसमानी लिबास पहने खड़ी थी। बोरहान उसे देखकर भी वैसा ही लुटा-लुटा बैठा रहा। हाथ मिलाना भी भूल चुका था।

"क्या बात है, डॉक्टर ?" मारिया ने घबराकर पूछा।

"मेरा घर··· शिराज़ में मेरा ख़ानदान··· सब कुछ समाप्त हो गया है। सब कुछ धर्म की ज्वाला में जलकर राख हो गया है।" डॉ. बोरहान ने अपने को सँभालते हुए कहा।

"घर से तार मिला या ख़त ?" मारिया ने काँपते हुए पूछा।

"फ़ोन आया था। कल शाम बम के विस्फोट में पाँचों उड़ गए।" डॉ. बोरहान ने धीरे-से कहा।

मारिया और डॉ. प्रताप पत्थर की तरह ख़ामोश हो गए।

"कल तक वतन न था, आज अपना कोई न रहा।" डॉ. बोरहान ने कहा और तीन पेग बनाने लगे।

डॉ. बोरहान जितना अपने को सँभालने की कोशिश कर रहे थे, उतना ही उनका चेहरा उनके दुःख का आईना हो रहा था। घड़ी की सुई नौ पर पहुँच गई थी। मेरा रिपोर्टिंग टाइम दस बजे था। मैंने इज़ाज़त ली और कमरे की तरफ चल पड़ा। सामान नीचे रखवाकर मैंने टैक्सी के लिए कहा। सामने बार में भीड़ लगी हुई थी। मैंने काउंटर पर चाबी दी। बिल अदा किया।

"हार्ट-अटैक हुआ है।" बैरा कहता हुआ लपका और फ़ोन घुमाने लगा। मैं चलने से पहले डॉ. बोरहान से मिलना चाह रहा था। टैक्सी के लिए कहकर आगे बढ़ा। हमारी मेज़ के चारों तरफ भीड़ जमा थी। क्या बात है ? डॉ. बोरहान यहीं किसी का मुआयना तो नहीं करने लगे हैं ? मारिया— ? हाँ, ठीक तो है, डॉ. बोरहान मारिया का भी इलाज कर रहे थे। कहीं उसे हार्ट-अटैक न हो गया हो ? औरतें नाज़ुक दिल होती हैं। फिर ठहरी चित्रकार, संवेदनाओं से जुड़ी। भीड़ हटाकर मैं आगे बढ़ा। सुई नौ से आगे भाग रही थी।

कंधों, हाथों के बीच से जैसे ही मैं आगे बढ़ा, सामने का दृश्य मेरे लिए किसी सदमे से कम न था। मारिया की गोद में डॉ. बोरहान का सिर था और उसकी आँखों से आँसू गिर रहे थे। पास में डॉक्टर अपना बैग उठाकर ख़ामोश खड़ा था।

लाश उठाने के लिए इंतज़ाम हो गया था। मारिया के कंधों पर डॉ. प्रताप ने धीरे-से हाथ रखे। उसने उनकी तरफ़ देखा। वहाँ मैं ही तो था अकेला जो डॉ. बोरहान और उसका जान-पहचान का था, जिससे वह अपना दुःख व्यक्त कर सकती थी।

एयरपोर्ट की ओर जाते हुए डॉ. प्रताप का मन भारी था। ईरान का अतीत और वर्तमान उनके सामने खुला पड़ा था और उस खुली किताब के हर पन्ने पर डॉ. बोरहान

और उनके ख़ानदानवालों की लाशें थीं।

जहाज़ पर बैठकर डॉ. प्रताप ने खिड़की से नीचे देखा। गगनचुंबी इमारतें सिरों पर जलती कंदीलें उठाए खड़ी थीं। इन्हीं गगनचुंबी इमारतों के बीच भटकता यहूदी सरगर्दान याद आया—अपने वतन की गज-भर ज़मीन ढूँढ़ता हुआ। □

ज़रा-सी बात

आसमान धुएँ से इस तरह छिप गया था कि तारे भी नज़र नहीं आ रहे थे। रात के इस पहर में मुँह खोले आसमान किसी अंधे कुएँ की तरह सिर पर लटक रहा था। शहर भी अँधेरे में डूबा हुआ था। इस अँधेरे में चिनगारी बिखेरता फ़ौजी तीर शहर की हिफ़ाज़त के लिए किसी अनार की तरह कभी-कभी फूटता, जिसे रोज़ रात को छत पर लेटे-लेटे देखना, शहराम का मशग़ला बन गया था। अकसर वह उदास हो सोचती, 'अब चाँद नहीं निकलता। उसकी चाँदनी भी आहिस्ता से उस घाटी और दर्रे पर उतरकर नहीं बैठती, जहाँ पेड़ों के साए-तले घास पर गरमी के मौसम में लेटती थी। अब सिर्फ़ तारे टूटते हैं, वह भी बारूदी⋯'

"शहराम, आकर खाना खा लो," सख़्त लहजा गूँजा।

"आई, मामान !" मीठा स्वर उभरा।

"अंजीर का मुरब्बा लो न, दही के साथ⋯ तुम्हें तो पसंद है न ?" दादी ने टोका।

"सब कुछ लेती हूँ, दादी !" शहराम जल्दी से बोली।

"ऊपर ज़्यादा मत जाया करो, बेटी !" दादी ने उसकी माथे की लट पीछे कर सिर पर हाथ फेर धीरे-से कहा।

"ख़ानम ठीक कह रही हैं।" माँ ने फ़ैसला सुनाया।

"जी !" शहराम मिनमिनाई।

"आख़िर तुम सोचती क्या रहती हो ?" दादी ने चिंता-भरी आँखें शहराम पर गाड़ दीं।

"ख़ानम को जवाब दो अब।" माँ ने झट-से कहा।

"मामान !" शहराम प्रतिरोध-भरे स्वर में केवल इतना कह सकी।

"ठुनको मत ! दादी को जवाब देना होगा, मुझे तो तुम कुछ समझती ही नहीं हो।" माँ ने उस पर रोब जमाते हुए कहा।

"कैसी बातें कर रही हो, मामान ?" शहराम ने उलझकर कहा।

"अब रूठो मत, चुपचाप खाना खा लो।" माँ ने झिड़की दी।

माँ और दादी के बीच फँसी शहराम रोनी सूरत बनाकर कौर निगलने लगी। वह मन-ही-मन में कह रही थी, 'सारे दिन ये लोग मेरे पीछे लगी रहती हैं। यह न करो, वह न करो, यहाँ न जाओ, वहाँ न जाओ, इधर बैठो, आख़िर इस घर के अलावा तो मैं कहीं जाती नहीं हूँ जो अपने घर में भी यह पहरेदारी सहूँ ? जाने स्कूल कब खुलेगा ?'

"शहराम…" बाप की प्यार-भरी आवाज़ गूँजी।

"आई, बाबा…" चेहरे पर खुशी की चमक ले भागी शहराम।

"एक की चार लगाएगी बाप के पास जाकर।" माँ ने तिरछी चितवन बेटी पर डाली।

"बुरा क्यों मानती हो तुम? आख़िर वह उसका बाप ठहरा।" दादी हँसी।

"बाप वह है तो मैं माँ नहीं?" चिढ़कर माँ ने कहा।

"किसने इनकार किया भला?" खुलकर दादी हँस पड़ीं।

शहराम सास-बहू को बढ़ती बहस के भँवर में फँसा छोड़कर दूसरे कमरे की तरफ़ बढ़ी, जहाँ बाबा कुरसी पर बैठे सुबह का अख़बार पढ़ रहे थे। वह पास जाकर खड़ी हो गई। बाप ने अख़बार पर नज़र जमाए-जमाए उसके हाथ पर प्यार से अपना हाथ फेरा, फिर ख़बर समाप्त कर अख़बार को दूसरी तरफ़ फेंका और शहराम को अपनी गोद की तरफ़ खींचा, मगर शहराम उसी तरह खड़ी रही। बाप ने चश्मा उतारते हुए उसके चेहरे को ग़ौर से देखा और पूछा, "रूठी हो?"

"नहीं।" मुसकराई शहराम।

"फिर?" बाप ने हँसकर बेटी को दुलार से देखा।

"कुछ नहीं, बाबा!" नाज़ से भरकर शहराम बोली।

"इधर आओ!" बाप ने बेटी को प्यार से बुलाया।

"बस यहीं ठीक हूँ।" शहराम हँसकर बोली। बाप कुछ देर चुपचाप बेटी को ताकते रहे, मगर पास आने के बजाय शहराम सामने बिस्तर पर बैठ गई और बाप की तरफ़ उदास आँखें उठाईं। बाप ने बेटी को देखा। प्यार से उसकी गरदन में दोनों बाँहें लपेटकर उसके माथे पर प्यार किया। सिर पर हाथ रखकर उसके गालों का बोसा लिया और उसे सीने से लगाया।

"बाबा!" इतना कहकर शहराम ने गाल को साफ़ किया जैसे वहाँ बाप का प्यार करना उसे अखरा हो। यह बात कुछ दिनों से शहराम के बाबा महसूस कर रहे थे कि वह गाल पर उनके होंठों का स्पर्श पसंद नहीं करती है। शायद बड़ी हो रही है। उन्हें आइंदा ख़याल रखना चाहिए। उन्होंने बेटी को सीने से अलग किया और ग़ौर से देखते हुए कहा, "मेरी बेटी अब बड़ी हो गई है।"

"मगर बाबा, यह बात मामान नहीं समझती हैं।" चिढ़कर बोली शहराम।

"क्यों?" बाप को मज़ा आया।

"हरदम बच्चों की तरह मुझे हुक्म देती रहती हैं," उसी चिड़चिड़े स्वर में शहराम ने शिकायत की।

"मैं उन्हें समझाऊँगा, बेटी! मगर एक बात तुमसे भी कहता हूँ, माँ-बाप के लिए बच्चे कभी बड़े नहीं होते हैं।" गंभीर स्वर में वे बोले।

"शहराम, खाना ठंडा हो रहा है।" माँ की सख़्त आवाज़ गूँजी।

"खाना बीच में छोड़कर आई थीं?" बाप ने बेटी को ताका।

"जी, बाबा!" चोर-सी हो शहराम ने इस तरह बाप की ओर देखा जैसे अभी डाँट पड़ेगी।

"जाओ जल्दी और खाना ख़त्म कर मामान के पास थोड़ी देर बैठना।" दुलार से बाप ने कहा।

"जी, बाबा!" कहती हुई शहराम कमरे से बाहर आई और खाना खाने लगी।

"क्या-क्या बाबा के कान में फुसफुसा आई?" माँ ने तनिक कड़वाहट से पूछा।

"कैसी बातें कर रही हो, मामान?" शहराम का चेहरा तमतमा उठा।

"अब रूठो मत, चुपचाप खाना खा लो।" माँ ने तेज़ लहजे में घुड़का।

"इसे न खाने में दिलचस्पी रह गई है, न खेलने-कूदने में, लड़कियोंवाली कोई बात ही नहीं रह गई है। बस सोचना और सोचना···" दादी ने आह भरी।

दादी की बड़बड़ाहट शुरू हो गई। शहराम रोनी सूरत बनाकर कौर निगलने लगी। वह दिल-ही-दिल में सोच रही थी कि इन्हें क्या बताऊँ। माँ और दादी आपस में बोलकर दिल हलका कर लेती हैं, मगर मैं···मैं कैसे कहूँ कि मुझे वह सब-कुछ याद आता है जो खो गया है—अपना स्कूल जाना, पिकनिक में पहाड़ पर चढ़ना, सड़क पर हँसते-मुसकराते आइसक्रीम खाना और पास से गुज़रते अकेले लड़के को छेड़ने के लिए सहेलियों के पूरे झुंड का उस पर फ़िक़रा कसना और पार्क में बैंच पर बैठ बीजों को फोड़ते हुए गप्पें मारना। उसका कौर गले में फँसने लगा।

"अब खाओ न!" माँ ने उसे टहोका दिया।

"खा तो रही हूँ।" शहराम रुआँसी होकर बोली।

"बेटी, पेट भरकर खाओ, हँसो, उछलो, कूदो और फिर···"

"किसके साथ और कहाँ पर उछलूँ-कूदूँ?" चीख़ी शहराम।

"हाँ, ये स्कूल-कॉलेज बंद हो गए हैं, मगर···सच पड़ोसवाली लड़कियाँ भी जाने कहाँ चली गईं।" दादी शर्मिंदा-सी बोलीं।

"दादी, वे अमेरिका चली गई हैं।" चिड़चिड़ाती-सी शहराम बोली।

"तुम्हारे बाप से कहकर तुम्हें भी बाहर भिजवाती हूँ।" माँ ने तीखे स्वर से कहा।

"अब तो दादी, बाबा लाख कोशिश करें तो भी मुझे बाहर नहीं भेज सकते, नया क़ानून ही ऐसा बन गया है।" शहराम ने माँ की बात अनसुनी कर दादी को जवाब दिया।

"हमें तो हर बात का ख़याल देर में आता है।" दुखी-सी दादी बोलीं।

"जब आँख खुले, तभी सवेरा समझो," माँ उसी स्वर में बोलीं।

कुछ गुस्से-भरी नज़रों से शहराम ने माँ को घूरा, जैसे कहना चाह रही हो कि आज

अपनी ग़लती महसूस कर रही हैं, तब तो मेरी शादी का बहाना बनाकर मुझे रोके रखा। पढ़-लिखकर भी तो मेरी शादी हो सकती थी, मगर अब न पढ़ाई हो रही है न शादी···।

"सोचा था कि बाहर जाएगी तो जाने कब लौटे, मगर अब लगता है कि यूँ सारे दिन बेकार मक्खी तो न मारती।" माँ का सुस्त स्वर उभरा।

"रास्ता खुलेगा, तुम दिल छोटा मत करो," दादी ने कुछ इस तरह कहा जैसे जंग की बढ़ती संभावना पर विराम लगा रही हों।

शहराम माँ-बाप की इकलौती बेटी है। हाई स्कूल के बाद इनक़लाब की गहमागहमी बढ़ी। बढ़ती सियासत ने लड़के-लड़कियों को क्लास की जगह जुलूसों में बदल दिया। धीरे-धीरे स्कूल-कॉलेज बंद हो गए।

शहराम खाना खा चुकी थी। बरतन उठाकर वह अंदर रसोई में गई, जहाँ माँ बरतन धो रही थीं। उसने बिखरा सामान क़रीने से लगाना शुरू कर दिया। बेटी के इस तरह हाथ बटाने से माँ का दिल नरम पड़ा और उसमें अजीब दर्द करवटें बदलने लगा।

पास-पड़ोस के घरों से टी.वी. और बच्चों का शोर ख़ामोश हो गया। अँधेरे में फैलता ख़ौफ़ उसे निगलने के लिए आतुर नज़र आने लगा था। बिस्तर में अकेली पड़ी थी। दादी नमाज़ पढ़कर कब की सो चुकी थीं। उस डूबते अँधेरे में यादों के कई गलियारे उभरने लगे। कई हँसते चेहरे उसके साथ घूमते, पढ़ते, बोलते उसकी आँखों के सामने से गुज़रने लगे। एकाएक उसके ज़हन में ख़ाली कुरसी उभरी, जिसकी मेज़ पर खुली कॉपी की जगह सिर्फ़ फूल की शाख़ रखी हुई थी। उसके पास अपनी किताब खोलकर बैठना शहराम को कितना मुश्किल लगा था! ख़ाली आसमान की तरह उस दिन ऐसा ही खोखला अँधेरा उसके सामने आ खड़ा हुआ था जिसके आगे जाने का रास्ता खो गया था।

'फरज़ाना···समीना···शहराम, सूसन···।' टीचर हाज़िरी लेते हुए कहती गईं, मगर फिर ख़याल आया कि उसकी डेस्क पर फूल की शाख़ रखी है। वह अब कभी नहीं आएगी। उन्होंने रजिस्टर बंद किया और अनमने ढंग से पूरी कक्षा को देखा। कई लड़कियों के चेहरे उदास थे। कुछ की आँखों में आँसू थे, मगर शहराम दूर कहीं देख रही थी जहाँ सूसन उसके गले में बाँहें डालकर उसके गाल को चूम रही थी।

शहराम को अभी तक यक़ीन ही नहीं आता कि सूसन मर गई। उसे लगता है, सूसन ज़िंदा है। आख़िर वह उसकी बचपन की सहेली थी। मगर उसे कहाँ ढूँढ़े? आसमान पर चाँद नहीं, ज़मीन पर चाँदनी नहीं, जो है वह धुआँ, अँधेरा और गली का सन्नाटा···रात की ख़ामोशी में करवट बदलते-बदलते जब वह तंग आ गई तो उसने चाहा उठकर पानी पिए। पानी पीने के लिए जाते हुए उसने देखा कि मामान के कमरे की बत्ती जल रही थी।

माँ-बाप शहराम के बदलते व्यवहार को लेकर चिंतित थे। इस समय बिस्तर पर अधलेटे-से दोनों कुछ सोच रहे थे, तभी शहराम की माँ बोली, "कहीं इसे शादी की जल्दी

तो नहीं है ? आख़िर अकेले रहते-रहते यह सब भी तो सोचती होगी ?"

"कमाल है, तुम हमेशा···अभी उसकी उम्र क्या है ?"

"नौ साल की लड़की बालिग़ होती है।"

"ये बेकार की बातें हैं, मगर···"

"मगर क्या ?"

"बड़ी तो वह हो रही है। इसका अहसास मुझे कई बार हुआ जब मैंने उसके गालों को चूमा।"

"क्या मतलब ?"

"मतलब तो किसी बात का बताया नहीं, समझा जाता है।"

"पहेली बुझाते रहो, मुझे नींद आ रही है।"

"सो जाओ, तुम्हारे साथ यही तो मुश्किल है ! जब बात की शुरुआत होती है तो तुम्हें नींद आने लगती है, मगर याद रखो लड़की सयानी हो रही है।"

बाबा के आख़िरी शब्द जाने कैसे कमरे से निकल तैरते हुए उसके कानों में उतर गए थे। वह वहीं दो दरवाज़ों के बीच खड़ी रह गई। फिर धीरे-से उसने बाएँ गाल का हिस्सा छुआ, फिर एकाएक सीने में उमड़ती हुई रुलाई को रोकती बिस्तर पर जा गिरी। रोते हुए बार-बार एक बात पर उसे गुस्सा आ रहा था कि माँ-दादी तो समझती ही नहीं थीं, ऊपर से बाबा भी···इस घर में कोई भी इतनी ज़रा-सी बात नहीं समझ सकता है कि सूसन ने मुझे आख़िरी बार इसी गाल पर प्यार किया था ! □

उड़ान की शर्त

"सचमुच तुम मेरे भाई हो, तो इतने दिनों से थे कहाँ?" फौज़िया ने अपने सामने खड़े अली से पूछा जो चमकीली आँखों से उसे देख रहा था।

"मामान के साथ...." अली ने फौज़िया के क़रीब जाकर उसके सुनहरे बालों की लट शरारत से खींचकर जवाब दिया और फिर पूछा, "अगर तुम मेरी बहन थीं तो मुझसे दूर क्यों रहीं?"

"यहाँ अपने बाबा के पास जो थी," फौज़िया अली का हाथ अपने हाथों में लेकर उसे खींचती हुए बिखरे खिलौनों की तरफ़ ले गई।

"तो हमारे साथ क्यों नहीं रहती थीं?" अली ने पूछा।

"बाबा कह रहे थे कि अब हम सब साथ रहेंगे," फौज़िया ने गरदन हिलाई।

दोनों बच्चों को यूँ घुल-मिलकर खेलता देखकर तालिब के चेहरे पर इतमीनान की लहर फैल गई। उसने मुसकराकर महशी की तरफ़ देखा। मगर उसके चेहरे पर खुशी की जगह तनाव देखकर वह चौंक पड़ा। अपने को सहज बनाकर उसने महशी से कहा, "मुझे सोचती औरतें बहुत ख़ूबसूरत लगती हैं, मगर तेवर पर पड़े बल के साथ नहीं," तालिब को झटका लगा कि जिस जुमले से महशी की आँखें सदा खुशी से चमक उठती थीं, आज वहाँ तालिब के लिए शिकवा-भरी उदासी थी।

"क्या बात है?" एकाएक तालिब अपनी जगह से उठकर महशी के पास बैठ गया।

"कुछ नहीं...." फीकी हँसी हँस पड़ी महशी और सिगरेट के लंबे-लंबे कश लेती रही। उसकी इस ख़ामोशी से तालिब भी सुस्त पड़ गया।

चंद लम्हे गुज़र गए जो तालिब पर सदियों जैसे भारी पड़े। महशी ने अपने नाख़ूनों के पास की नाजुक खाल को नोचना शुरू कर दिया, जिसे देखकर तालिब बेचैन हो उठा। खुद महशी ने उसे बताया था कि जब वह बहुत परेशान और दुखी होती है तो अनजाने में नाख़ूनों के आस-पास की जगह ज़ख्मी कर लेती है।

"यही मेरा घर, यही मेरी ज़िंदगी, सीधी-सपाट, मगर मेरी ये किताबें, टाइपराइटर तूफ़ानों से भरे हुए हैं। इन्हें जैसे सँभालना और सँवारना चाहो तुम्हारी मरज़ी। अब यह ज़िंदगी हमारी अपनी है।"

"हूँ...." लंबी साँस खींचकर महशी ने दूसरी सिगरेट होंठों से लगाई और उदास आँखों से कमरे का जायज़ा लिया।

"मैं चलता हूँ, कुछ ज़रूरत का सामान बाज़ार से ले आऊँ। तुम्हें कुछ ख़ास चाहिए हो तो बताओ?" कहता हुआ तालिब उठा और जवाब न पाकर बाहर निकल गया।

'कितनी अलग है इस घर की सजावट!' महशी ने दिल-ही-दिल में सोचा और सोफ़े से उठकर तालिब की मेज़ के पास जाकर खड़ी हो गई। ऐसी किताबों से भरी अलमारी, काग़ज़ों से भरी मेज़ का ख़्वाब उसने बचपन से देखा था। उसे अपने महबूब की शक्ल भी बिखरे बालों और लापरवाह चेहरेवाले कवि की नज़र आती थी। तालिब में सारी ख़ूबियाँ थीं, मगर उसका चेहरा लापरवाह और उलझे बालोंवाला नहीं था, बल्कि सलीक़े से बाल सँवरे रहते। उसके चेहरे पर एक ऐसी आभा थी जो साफ़ बताती थी कि इससे कुछ भी छिपा नहीं है।

महशी को याद आया, जब बाबा ने तालिब को देखा था तो बहुत प्रभावित हुए थे और बातें करके बेहद खुश, मगर माँ ने डरी आवाज़ में कहा था कि यह शिया है ज़रूर, मगर है तो अरब, नाते-रिश्तेदार क्या कहेंगे? इसी के साथ भाई फ़रीद की आँखों में तिरस्कार उभरा था। तालिब के जाने के बाद उसने बेहद कड़वे लहजे से थोड़ी ऊँची आवाज़ से कहा था कि यह सिर्फ़ अरब नहीं है जिसने हमारे आतिशकदे ठंडे किए थे, बल्कि यह कम्युनिस्ट भी है जिनकी नज़र हमारे मुल्क पर गड़ी हुई है।

यह सुनकर माँ के चेहरे पर पीलापन छा गया था। अभी भी उन्होंने नीचे तहख़ाने में शाह की तसवीर छिपाकर रखी हुई थी। उनका ख़ानदान दो पुश्तों से दरबारी बना हुआ था, जिसका सबसे बड़ा दुश्मन उसका नास्तिक पड़ोसी देश था, जिसने इन धार्मिक सत्ताधारियों का साथ दिया था। तालिब के जाने के बाद घर में तनाव था। तनाव की कई पर्तें थीं; उसमें महशी के ससुरालवाले, उसके मरे शौहर की करोड़ों की जायदाद और उसका बेटा अली थे। महशी सब-कुछ तालिब के नाम पर छोड़ने के लिए तैयार थी, सिवा बेटे के। मगर माँ-बाप कुछ दूर की बात सोच रहे थे। वे नहीं चाहते थे कि महशी करोड़ों की जायदाद एक अरब कम्युनिस्ट के लिए छोड़े और इस शादी के चलते उनकी बेटी पराए देश जाकर बसे। बहरहाल तनातनी के बावजूद बड़ी ख़ामोशी से महशी और तालिब का निकाह हो गया, क्योंकि घरवाले महशी की इच्छा का पूरी तरह विरोध भी नहीं करना चाहते थे। घर की इस तल्ख़ टकराहट की थोड़ी-बहुत भनक-सी तालिब के कान तक पहुँची थी और बाक़ी चीज़ें उसने खुद समझ ली थीं कि इस परंपरागत समाज में उसको खुलकर क़बूल करना कितना मुश्किल काम था।

तालिब को महशी का डरा-सहमा, मुलायम बोलने का अंदाज़ बहुत भाया था। ख़ासकर उसकी सोच में डूबी आँखें जिसमें हलकी-सी उदासी भी शामिल थी। अब शादी के बाद तालिब बड़े अरमान से महशी को अपने देश सीरिया लाया था। जब दो नस्लें, दो विभिन्न ज़बानें मोहब्बत के सेतु पर खड़े होकर ऐतिहासिक घृणा, द्वेष और प्रतिस्पर्धा सब कुछ नकार दें उस समय उनका रंग कुछ और होता है। इसलिए तालिब ने

बड़े खुले मन से महशी से कहा था कि वह सीरिया में न रहना चाहे तो उसको संसार के किसी भी देश में बसने की आज़ादी है—पोलैंड, सोवियत संघ और··· मगर महशी तो यहाँ आकर पहले दिन ही बुझ गई थी। उसको देखकर तालिब की समझ में नहीं आ रहा था कि आखिर महशी को ऐसी क्या बात उदास बनाए हुए है? पहली ज़िंदगी की याद? शौहर के घरवालों से भय? अली को कुछ हो जाने की शंका? आखिर ऐसा नया क्या घटा है जो वह इस तरह तनावग्रस्त है?

□

महशी की खुशी आसमान से टपकी बूँद की तरह क्षणिक थी। उसके सुख को भय ने सोख लिया था। यहाँ सीरिया में भी उसे महसूस होता जैसे कोई उसे देख रहा है। उसकी गतिविधि की ख़बर रखता है और सब बातों की इत्तिला उसकी ससुराल पहुँच जाएगी। वह सजती तो बीच में ठहर जाती, वह तो विधवा है, फिर यह पैरों को ख़ूबसूरत, चिकना किसलिए बना रही है? हाथ में पकड़ी रील और दाँतों में पकड़ा तागा ढीला पड़ जाता और टाँग पर झुका उसका सिर सीधा हो जाता··· ।

'तालिब···हाँ, तालिब के लिए मुझे सजना है, आख़िर वह मेरा शौहर है···' महशी तर्क देती और आईना उठाकर उसमें अपनी भवें देखती, आँखों और पलकों को सँवारने की कोशिश करती, मगर बेकार···इस भय के बीच फौज़िया का वजूद एक नई कड़वाहट के साथ उसे तालिब से दूर ले जाता। फौज़िया की माँ की कोई तसवीर उस घर में नहीं थी; मगर महशी को लगता, एक और औरत इस घर में लगातार उसके साथ साँस ले रही है, उसे प्रताड़ित नज़रों से घूर रही है।

महशी का दिल चाहा था कि वह फौज़िया की माँ के बारे में तालिब से पूछे कि वह कहाँ है, उसे तलाक़ दिए कितना अरसा गुज़र गया, मगर फिर महशी की ग़ैरत ने उसे इज़ाज़त नहीं दी। जब तालिब ने अपनी ज़िंदगी के उस अध्याय को उससे छिपाकर रखा है तो पूछने पर क्या वह सच बताएगा? महशी अपने ग़म के बनाए जाले में फँस जाती।

□

दुःख में डूबी महशी एक महीना दमिश्क़ में रही, मगर उस शहर से अपना कोई रिश्ता न बना सकी, न उस घर को जी सकी।

फौज़िया, अली और तालिब छोटे-से बग़ीचे में खेल में मस्त थे। उस समय एकाएक महशी ने कमरे से निकलते हुए कहा, "मैं वापस जाना चाहती हूँ।"

"क्या?" तालिब को झटका लगा।

"हाँ, फ़रीद का फ़ोन था। लड़ाई शुरू हो गई है और माँ-बाबा मेरे लिए बहुत बेचैन हैं।" बेचैन-सी महशी कह उठी।

"जंग तो हर जगह छिड़ी है मेरी जान, इतना घबरा क्यों रही हो? चलेंगे आराम से। अभी तुमने सीरिया देखा कहाँ है और उस पर लिखा क्या है?" तालिब ने बड़े

आराम से कहते हुए महशी के कंधे पर हाथ रखा।

"फिर कभी, अभी मुझे वापस जाना है।" महशी का लहजा जज़्बात से ख़ाली था।

"अच्छा !" तालिब इतना कहकर बच्चों के लिए कुछ खाने का सामान फ्रिज से निकालने लगा।

"मेरे बाबा आइसक्रीम बहुत अच्छी बनाते हैं।" फौज़िया कमरे में दाख़िल होती हुई बोली।

"और मेरी मामान, जेली।" अली ने कहा और फौज़िया के बाल खींचे।

"यह मेरे और मेरी क्या है ? हम-तुम दोनों के बाबा और मामान हैं," तालिब ने समझाते हुए कहा और बच्चों को खाने में व्यस्त देख दूसरे कमरे में जाकर कुछ काग़ज़ात उलटने-पलटने लगा।

"बाबा··· !" फौज़िया चहकी।

तालिब ने सवालिया नज़रें उठाईं और दौड़कर आती बेटी को गोद में उठाकर प्यार करने लगा। तभी अली आकर उसके पैरों से लिपटकर खड़ा हो गया।

"अब बाबा की जान की बारी है।" कहकर तालिब ने फौज़िया को गोद से उतारा और अली को सीने से लगाया। गालों पर प्यार कर उसे अपने टाइपराइटर के पास मेज़ पर बिठा अपना काम शुरू किया। इसी बीच महशी भी हाथ में काग़ज़-कलम उठाए कमरे में दाख़िल हुई और कोने के सोफ़े पर बैठ गई।

"मामान··· !" फौज़िया ने बगीचे से लाल फूलों का गुच्छा लाकर महशी को दिया।

"उधर रख दो," महशी का सपाट लहजा कमरे की गरमी को चीर गया। चौंककर तालिब ने पहले महशी और फिर बेटी के चेहरे की तरफ़ देखा और ख़ामोशी से सिर झुकाकर टाइप करने लगा।

फौज़िया ने आहत होकर पहले महशी को ताका, फिर तालिब को। बाप को व्यस्त देखकर उसने मेज़ पर फूल रखे और तालिब की कुरसी के पीछे जाकर खड़ी हो गई और वहाँ से वह डरी-सहमी नज़रों से महशी को देखने लगी। उसकी आँखों में पानी तैरने लगा था।

□

साल-भर पहले तालिब एक सेमिनार के सिलसिले में ईरान गया था। कई अन्य देशों से भी लोग आए थे। वहीं पर उसकी मुलाक़ात महशी से हुई थी। सबने अपनी-अपनी रचना अपनी-अपनी ज़बान में सुनाई थी। उसी में तालिब ने अपनी नज़्में और महशी ने एक लेख पढ़ा था। तीन दिन तक लगातार होती मुलाक़ातों में तालिब और महशी के बीच कुछ ऐसा घटा कि तालिब दोबारा ईरान जाने पर मजबूर हो गया।

इस मुलाक़ात में महशी ने अपनी ज़िंदगी उसके सामने खोलकर रख दी। उसका

विवाह छः वर्ष पहले एक अमीर घराने में हुआ था। चूँकि शादी लड़के की पसंद से हुई थी, इसलिए हमीद के माँ-बाप ने उसको कभी वह प्यार नहीं दिया और न वह इज़्ज़त जो बहू का हक़ थी। उन्हें महशी निम्न-मध्यवर्ग की एक ऐसी लड़की लगी थी जो अपनी ग़रीबी से घबराई हमेशा अमीर घर के लड़कों पर नज़र रखती है। हमीद को पता था। इसलिए जब कार-दुर्घटना में मौत उसके क़रीब पहुँच गई तो उसने अपनी सारी जायदाद बेटे के नाम लिखकर महशी को उसका वारिस बना दिया। माँ ने मरते बेटे की बात रखी, मगर एक शर्त लगा दी कि यदि महशी दूसरा विवाह करती है तो फिर लड़का और जायदाद दादा-दादी को मिलेंगे। हमीद को मौत ले गई और महशी एक साल के अली के साथ उस घर में चालीस दिन तक काँटों के बिस्तर पर सोई।

□

पाँच साल उसने अपने मायके में गुज़ारे। माँ-बाप, भाई-बहन, सभी अली और महशी का दिल हाथों पर रखते और इस मोहब्बत के बदले में महशी उन सबकी ज़रूरतें और इच्छाएँ पूरी करती थी, मगर तालिब ने एकाएक आकर उसकी पुरसुकून ज़िंदगी में हलचल मचा दी। शादी के बाद महशी ने यह इरादा ज़ाहिर किया था कि वह तीन मास सीरिया में रहकर ईरान लौटेगी और कुछ ज़रूरी कार्यवाही के बाद लंबे अरसे के लिए वह ईरान छोड़ देगी। उसकी मांसपेशियाँ भी ससुरालवालों के भय और देश में फैलते रूढ़िवादी आतंक से फटने की हद तक तन चुकी थीं। कहीं पर यह हठ भी थी कि वह न शौहर की जायदाद से अपना अधिकार खोएगी और न दूसरे विवाह के सुख को दुःख में बदलेगी।

हवाई जहाज़ से घर का रास्ता महशी के लिए खुशियों से भरा था। आँखों की उदासी ग़ायब थी। वहाँ रंग बिखरे थे। चेहरा खुशी से दमक रहा था। घर का ताला खोलकर जब तीनों अंदर दाख़िल हुए थे तो छोटा-सा घर महशी को बहुत प्यारा लगा था। शाम को भाई के घर जाकर जब वे लौटे तो महशी बिलकुल बदल चुकी थी। तालिब की माँ ने महशी का जिस तरह स्वागत किया था, उसमें सच-ही-सच था। तालिब ने चहककर कहा था, "देखो, मैंने कहा था न तुम्हारे लिए एक फ़रिश्ता ले आऊँगा, मगर तुम्हारी परियों से शादी नहीं करूँगा··· ले आया न?" तालिब की बात सुनकर माँ का चेहरा खिल उठा था।

लौटते हुए फौज़िया उनके साथ थी, जो बार-बार महशी के चेहरे को देख रही थी। उसकी मासूम आँखों में एक अजीब-सा सपना तैर रहा था। महशी ने चार साल की उस बेटी को प्यार ज़रूर किया, उसकी तरफ़ देखा भी, मगर वह गरमी वहाँ नहीं थी जिसका तालिब और फौज़िया को इंतज़ार था। तालिब को थोड़ा अटपटा लगा था कि यह तना-कसा बरताव क्यों? मगर उसकी समझ में कोई कारण नहीं आया और न टोकने के लिए ऐसा कुछ था जिसका ज़िक्र वह महशी से कर पाता।

जब-जब उसने अपनी ज़िंदगी के बारे में महशी को बताना चाहा, मौक़ा हाथ नहीं आया। जब एक शाम महशी ने जज़्बाती होकर कहा था कि मैं तुम्हारे बच्चे की माँ कभी नहीं बन पाऊंगी, कैसी मजबूरी है मेरी···एक बेटी की माँ बनने की बड़ी इच्छा थी मगर··· तालिब ने उसे दिलासा देते हुए दिल-ही-दिल में तय किया था कि वह महशी से अब कुछ नहीं कहेगा और बेटी का अनमोल तोहफ़ा वह सीधा सीरिया पहुँचकर देगा।

□

महशी फौज़िया को ईरान ले जाने पर किसी तरह राज़ी नहीं हुई। खुद अकेली जाने की ज़िद की, मगर तालिब इस बात पर राज़ी नहीं हुआ।

"फिर हम अलग-अलग फ़्लाइट से जाएँगे," महशी ने फ़ैसला सुनाया।

"मगर क्यों ? घर में सबको पता है, फिर ?" तालिब ने ताज्जुब से पूछा।

"वह तो है, मगर इत्तफ़ाक़ से··· किसी रिश्तेदार की नज़र पड़ गई तो ?"

"ठीक है," तालिब ने इतना कहकर महशी की वापसी की तैयारी करनी शुरू कर दी। बेटी को दादी के पास जब छोड़ा तो उसका रोना देखा नहीं जा रहा था और अली बार-बार महशी से कह रहा था कि उसकी बहन आख़िर उसके साथ क्यों नहीं जा रही है ? तालिब सोच रहा था कि क्या ज़िंदगी इतनी सूझ-बूझ से जीने में जज़्बात से ख़ाली नहीं हो जाती है ? भले ही वह मेरे बच्चे की माँ न बने मगर··· ? महशी अली के साथ चली गई, पीछे ढेरों सवाल छोड़कर कि उसका अतीत उसके लिए महत्त्वपूर्ण है या वर्तमान का यह सच ?

□

तेहरान पहुँचकर अली सख़्त बीमार पड़ गया। बुख़ार की तेज़ी में वह बार-बार फौज़िया का नाम ले रहा था।

माँ के पूछने पर महशी को बताना पड़ा कि फौज़िया तालिब की बेटी है, जिसका ज़िक्र तालिब ने पहले नहीं किया था।

"देखती जाओ, यह अरब और क्या-क्या गुल खिलाता है !" फ़रीद ने तल्ख़ी से कहा।

रात को जब तालिब सीरिया से ईरान पहुँचा तो उसने महशी के व्यवहार में वही ठंडक पाई। अपना बिस्तर महशी के भाई फ़रीद के कमरे में देखकर तो वह ताज्जुब में पड़ गया और महशी से बोला, "जिस समय मेरी ज़रूरत सबसे ज़्यादा अली को है तो तुम उसे मुझसे अलग कर रही हो ?"

"मामान को डर लग रहा है।" भयभीत-सी महशी बोली।

"क्यों ?" तालिब चौंका।

"पूरा मुल्क अरब-विरोधी हो रहा है, जगह-जगह जंग-विरोधी जुलूस निकल रहे हैं। ऐसी हालत में वह आपकी हिफ़ाज़त के लिए परेशान हैं।"

"कमाल है !" तालिब हँस पड़ा।

"आप जितनी जल्दी हो, लौट जाएँ।"

"तुम अपना सारा काम तो ख़त्म कर लो।"

"मैं करती रहूँगी।"

"मतलब ?"

"मैं अभी आपके साथ न लौट सकूँगी। मुझसे ज़्यादा सवाल न करें। मैं मजबूर और परेशान हूँ।" महशी ने रोते हुए कहा।

"अच्छा-अच्छा···तुम परेशान न हो···डॉक्टर ने कहा है अली सुबह तक ठीक हो जाएगा। मैं कमरे के बाहर बैठा हूँ। ज़रूरत पड़े तो बुला लेना।" कहता हुआ तालिब बाहर आकर ड्राइंग रूम में बैठ गया और यूँ ही एक किताब के पन्ने पलटने लगा।

"काफ़ी देर हो गई है। रोशनी देखकर पासदार कहीं दरवाज़ा न खटखटा दे।" फ़रीद ने थोड़ी देर बाद आकर कहा।

"ठीक है, मैं बत्ती बुझा देता हूँ।" कहकर तालिब अँधेरे में बैठ गया।

रात गुज़र रही थी। तालिब को याद आ रहा था, जब डर के मारे महशी ने उससे कहा था कि निकाहनामे पर उसका नाम 'ज़ुलैख़ा' लिखवाया जाए, शादी नाम बदलकर हो जिससे अगर ससुरालवालों को कभी भनक भी मिलती है तो उसका सबूत उनके हाथ नहीं पड़ना चाहिए। इस बात पर तालिब राज़ी हो गया, आख़िर नाम में क्या रखा है ?

अली को एक मर्द की मोहब्बत चाहिए थी, जो बाप जैसा प्यार दे। इसलिए घर आए हर मर्द से वह दोस्ती कर लेता था। उसके जाने के बाद बुरी तरह रोता था। तालिब पहला मर्द था, जिसने उसे जी भरकर प्यार किया, उसके साथ-साथ रहा और उसे बाहर की दुनिया दिखाई, वरना नाना और मामू के अलावा तीसरे किसी के पास उसे न टिकने दिया जाता, न बाहर बच्चों के साथ खेलने दिया जाता। एक महीना फौज़िया के साथ बिताकर उसे भूल नहीं पा रहा है। घर में आते ही वही पुरानी रोक-टोक और सुरक्षा-चौकसी का बंधन उसे सीरिया के खुले माहौल की याद दिलाता, जहाँ रोज़ फौज़िया के साथ वह बड़े पार्क में दूसरे बच्चों के संग शाम को खेलता था। तालिब के कंधों पर उचकता था।

□

युद्ध भीषण रूप धर रहा था। जनाज़ों की झड़ी लग गई थी। क़ब्रों की पंक्तियाँ खुद गई थीं। महशी का मन उचटा-उचटा रहता। एक दिन तालिब ने कमरे में उसे अकेला पाकर बाँहों में भरना चाहा तो वह दूर छिटक गई !

'नहीं, मेरा मन बिलकुल नहीं है।' उसके चेहरे पर यह भाव पढ़कर तालिब कमरे से निकल आया और जाने किस मूड में लौटने की तैयारी करने लगा। अली को उससे दूर रखा जाता, महशी से मिल नहीं पाता, घर से बाहर निकल नहीं पाता, आख़िर वह यहाँ किसलिए टिका है ? वहाँ फौज़िया अकेली है।

□

हवाई अड्डे पर पहुँचकर फ़रीद ने तालिब से कहा कि वह महशी को भूल जाए। अब उसका मन न सीरिया जाने का है और न ही इस शादी को बनाए रखने का है। हर इनसान की मजबूरी होती है। हर समाज, हर देश का अपना मिज़ाज होता है। उसको बदला नहीं जा सकता।

"मगर महशी ने तो ऐसा कुछ नहीं कहा ?" तालिब ने चिढ़कर कहा।

"कैसे कहती ? आपने उसके सोचने-समझने की सारी ताक़त ख़त्म कर दी है।" फ़रीद ने तल्ख़ जवाब दिया।

"मैं सीरिया से उसे ख़त लिखूँगा। हमारी बातें हैं, हम ही हल करना पसंद करेंगे।" तालिब ने फ़रीद के बढ़ते हौसले पस्त कर दिए।

□

ख़त, मुलाक़ात, फ़ोन सब कुछ सपना-सा बन गया। जंग ने सहज जीवन की धार तहस-नहस कर दी। तालिब के ख़त महशी को नहीं मिले और महशी के ख़त तालिब को। एक लंबा ख़ामोश ज़माना दोनों के बीच फैलता चला गया। सियासत का ज़हर ख़ून की गरमी को सर्द करने लगा। उसकी जगह एक कड़वा उबाल दिमाग़ों में खौलने लगा जिसने इनसानों के अहसास को सुलाकर रख दिया।

□

तालिब की शादी राबिया से छः साल पहले हुई थी। राबिया उसकी चचाज़ाद बहन थी। बचपन से वे एक-दूसरे की आदतों से वाकिफ़ थे, सो गृहस्थी सुख-चैन की थी। मगर क़िस्मत को क्या कहिए ! फौज़िया की पैदाइश में वह मौत के आग़ोश में चली गई। पूरे चार साल तालिब ने बेटी को बड़ा करने में लगा दिए। उसी के साथ उसका लिखना-पढ़ना भी चलता रहा। दो काम एक-साथ करना बहुत मुश्किल था, मगर उसने इस कार्य को बख़ूबी इसलिए निभाया कि वह जुदाई का ग़म जीना चाहता था। इसलिए राबिया की यादें कुछ इस तरह से चार वर्ष के ग़मग़ीन पैमाने में जमा हुईं जैसे कोई अच्छी नज़्म हज़ार दर्द के दरीचों से निकलकर शेरों में ढलती है।

महशी को देखकर एक नई कविता उसके ख़ाली ज़हन में कुलबुलाने लगी थी, जिसका रदीफ़ काफ़िया बिलकुल आज़ाद 'बहर' जैसा था, पुरानी बंदिश से जुदागाना। ऐसा नहीं था कि वह राबिया को भूल गया था, मगर उसकी यादें अतीत थीं और महशी वर्तमान थी। अब वर्तमान भी जिस तरह उसके लिए अतीत बन रहा था, उससे तालिब परेशान था। काम कुछ इस तरह फैल चुका था कि वह ईरान न जा सका और शायद जाना भी नहीं चाहता था। वास्तव में उसे महशी के पैग़ाम का इंतज़ार था।

अरसे बाद जब तालिब महशी को लगभग भुलाने में कामयाब हो गया, तब महशी का एक ख़त उसे मिला कि वह सीरिया आना चाहती है। इस नरक में उसका जीना

मुश्किल है। तालिब ने कई बार ख़त पढ़ा। हर बार वह सोचता कि आख़िर इस ख़त का क्या जवाब दे? कितनी मुश्किल से फौज़िया को सँभाला है जो अली के इस तरह जाने का तर्क नहीं समझ सकती थी। फिर वही-कुछ दोहराना, ख़ासकर तब जब महशी के घराने में न सिर्फ़ अरब बल्कि साम्यवादी विचारधारा से नफ़रत की जड़ें बहुत गहरी हों, वहाँ यह संबंध कब तक चलेगा? ऐसे ख़ानदान से जिनका सारा सरोकार साम्राज्यवाद के इर्द-गिर्द बुना हुआ हो, वहाँ पर स्वयं वह कितने दिन ठहर पाएगा?

सप्ताह-भर बाद महशी का दूसरा पत्र आ पहुँचा कि वह उसका शौहर है, उसकी मदद करना उसका फ़र्ज़ है। तालिब इस पत्र को पढ़कर हँसा। फ़र्ज़ निभाना सिर्फ़ उसी का काम रह गया है? साल-भर पहले विवाह की इत्तिला सामाजिक रूप से दे भी नहीं पाया था कि महशी ने वापस जाने के लिए सामान बाँध लिया था और अब दोबारा वह किस मुँह से अपने इस घर का दरवाज़ा खोले? माँ को फिर समझाना पड़ेगा। पार्टी में भी उसको लेकर कई तरह की बातें उठी थीं। तब वह कोई संतोषजनक जवाब नहीं दे पाया था। अब दोबारा महशी के आने का अर्थ है कि वह इस विवाह के बारे में बताए जो न टूटा था, न जुड़ा था। बहुत-से आरोप भी उस पर प्रश्नचिह्न की तरह अंकित हो सकते हैं जो उसे मंज़ूर नहीं होंगे।

तीसरा ख़त मिलने पर उसे खोलने से पहले फ़ैसला ले लिया कि वह महशी को एक मौक़ा दे सकता है, मगर जब ख़त खोला तो वह फ़रीद का था—उलाहनों से भरा हुआ। तालिब ख़ून का घूँट पीकर रह गया। चूँकि वह फ़ैसला कर चुका था, इसलिए उसने दावतनामा महशी को भेजा। बेटी को बहन के घर छोड़ा जो दूसरे शहर में रहती थी। खुद को पूरी तरह तैयार कर लिया कि वह महशी से खुलकर बातें करेगा।

□

महशी को जब तालिब ने हवाई अड्डे पर देखा तो पहचान न सका—दुबली, पीली और परेशान हाल। अली उसे भूल चुका था। वह चमक उसकी आँखों से ग़ायब थी, जो तालिब को देखकर आती थी। फ़रीद भी साथ था। उसको देखकर तालिब का माथा ठनका।

पहला दिन आराम से गुज़रा। महशी सहमी-सहमी-सी थी। अली थका और फ़रीद शहर, घर और माहौल को सूँघता हुआ। महशी ने तालिब से फौज़िया के बारे में कोई सवाल नहीं पूछा। शायद वह उसके ज़हन से साफ़ हो चुकी थी।

□

तीसरे दिन फ़रीद ने बातों का सिलसिला शुरू किया, जिससे तालिब को लगा कि ये दोनों भाई-बहन अमेरिका जाने का कार्यक्रम बना रहे हैं, उससे मदद चाहते हैं। सब कुछ जानकर भी तालिब अनजान बना रहा। आख़िर फ़रीद ने खुलकर तालिब से कहा कि वह उन्हें अमेरिका का वीज़ा दिलाने में मदद करे।

तालिब ने बहुत साफ़ शब्दों में जवाब दिया, "जिस व्यवस्था को मैं सिरे से नकारता हूँ वहाँ जाने का वीज़ा कैसे दिलवा सकता हूँ भला ?"

"यहाँ हम रह नहीं सकते और ईरान में महशी का दम घुटता है।" फ़रीद ने जवाब दिया।

"अपने मुल्क में दम घुटता है तो फिर महशी को यहीं रुकना चाहिए अपने शौहर के घर।" फ़रीद को बड़ा सपाट-सा जवाब दिया तालिब ने।

"यह तो वह जाने और आप, मगर बच्चे की तालीम अमेरिका में ही बेहतर हो सकती है।" फ़रीद ने कहा।

"हाँ, हम सबके बाप-दादा वहीं से पढ़कर आते रहे हैं जैसे।" तालिब हँसा।

"मज़ाक की बात नहीं है। वे जाहिल रहकर भी इज़्ज़त कमा लेते थे, मगर आज पढ़ा-लिखा भी तभी इज़्ज़त पाता है जब उसकी तालीम कहीं अच्छी जगह हो।" फ़रीद ने जवाब दिया।

"बात आपकी मुनासिब है। मैं अली का एडमिशन कराने की कोशिश करूँगा। हॉस्टल में जगह भी मिल जाएगी। महशी और आपको अमेरिका, इंग्लैंड या फ्रांस जाने की ज़रूरत नहीं पड़ेगी। इस हालत में तो मैं आप दोनों को यही राय दूँगा कि आप ईरान अपने बूढ़े माँ-बाप के पास लौट जाएँ। महशी मेरे पास रहेगी और हमारा बेटा विदेश में। जब महशी चाहेगी, छुट्टियों में उसे सीरिया बुला लेगी या फिर हम बाहर हो आएँगे।" तालिब ने बहुत आराम से अपनी बात कही और महशी के चेहरे को देखा जिस पर इतमीनान की रेखा खिंच गई थी, मगर फ़रीद का चेहरा अपमान से उन्नाबी हो गया था।

□

रात को तालिब पढ़ाई की मेज़ के पासवाले लंबे सोफ़े पर सोया। उसे महशी का ईरानवाला बरताव याद था। वह नहीं चाहता था कि महशी उसके घर में रहने की मजबूरी से उसके साथ एक कमरे में रहे। महशी को अपना फ़ैसला लेने की हिम्मत खुद पैदा करनी चाहिए। आख़िर दूसरे की उधार ली शक्ति कब तक उसका साथ देगी ?

महशी इतने तनाव में थी कि वह इस नुकते पर सोच भी नहीं पा रही थी कि तालिब उसके पास है या अकेला बाहर सो रहा है। उसे तो अपनी ज़िंदगी इतनी उलझी नज़र आ रही थी कि तालिब के प्यार की दीवानगी भी जैसे काफ़ूर बनकर उड़ चुकी थी। अब तो सिर्फ़ रिश्तों को उनके सही मुक़ाम पर बिठाना था। यदि वह तालिब को पूरी तरह अपनाती है तो उसे अपना बेटा, मायका और दौलत से हाथ धोना पड़ेगा। क्या वह बेटे के बिना रह सकती है ? मायका··· ? तालिब से न निभी तो वापसी का रास्ता क्या होगा ? तालिब ने उसको विश्वास कब दिया ? अपनी शादी और बेटी के बारे में कुछ भी

नहीं बताया था। ऊपर से अरब-पारसी तारीख़ी दुश्मनी एक बार फिर सीना तानकर अपने को दोहराने खड़ी हो गई है। उसको नकारना भी तो कठिन है। यह पैसा न होता तो वह कितनी सुखी होती···· ! घरवाले, ससुरालवाले उसे एक इनसान की तरह देखते और जो यह सियासत न होती, नस्लवाद न होता तो उसकी और तालिब की ज़िंदगी कितनी बेहतर होती। अगर यह सब होता और हमीद ज़िंदा होता तो ? हमीद नहीं है तभी तो उसे तालिब की ज़रूरत पड़ी और ज़िंदगी इन सवालों से घिर गई, जिसके हर जवाब में एक सूना रेगिस्तान उसका इंतज़ार कर रहा है।

सोफ़े पर लेटा तालिब सोच रहा था, लखपती कहलानेवाली इस औरत पर उसने एक साल में पानी की तरह पैसा बहाया है। मालूम नहीं वह धन है कहाँ और कितना है जो पूरा ख़ानदान उसके चारों तरफ भिनभिनाता रहता है। एक जज़्बाती लगज़िश ने उसको कैसा बिखेरा है ! लिखना-पढ़ना छूटा, कर्ज़ का बोझ बढ़ा और मिला क्या सिवा एक अधकच्चे संबंध के ? इस ज़माने में जब चारों तरफ़ युद्ध, अकाल, सैलाब, भूकंप से इनसान पीड़ित है, वह इनसानी सोच के दायरे से निकलकर एक बेकार ज़िंदगी को शक्ल देना चाहता है ? मर्द-औरत की ज़िंदगी के बोसीदगी पर समय बरबाद कर रहा है ? रेत का घरौंदा बनाना चाहता है ! उफ़, इस निजी परेशानी से उसे बाहर निकल आना चाहिए, वरना इन बेबुनियाद सोचवालों के साथ, जो आत्म-केंद्रित और स्वार्थी हैं, वह भी भटक जाएगा।

□

सुबह नाश्ते पर फ़रीद ने बताया कि वह महशी के साथ वीज़ा के लिए जाएगा। उसकी बात सुनकर तालिब ख़ामोश रहा, फिर उसने महशी की तरफ देखा कि वह क्या चाहती है। महशी चुपचाप सिर झुकाए अली को नाश्ता कराती रही।

"आप लोग क्या अमेरिका जाने-भर के लिए मुझे इस्तेमाल करना चाहते थे ?" तालिब के कान लाल हो गए।

"आप चाहें तो आप भी चल सकते हैं।" फ़रीद ने कहा, फिर धीरे-से बोला, "क़ानूनी तौर से तो आपको अमेरिका का ख़र्च भी उठाना चाहिए और अली की पढ़ाई का ख़र्चा भी देना चाहिए।"

"अच्छा !" कहकर तालिब उठा और अपनी पढ़ाई की मेज़ पर कुछ ढूँढ़ने लगा।

"चलें फिर।" फ़रीद ने कहा।

"सामान आपने पैक कर लिया है ?" तालिब ने ठहरे लहजे में कहा।

"क्यों ?" फ़रीद के तेवर चढ़े।

"मुझे एक सेमिनार में दूसरे शहर जाना है। मेरे पीछे आप लोगों को यहाँ तकलीफ़ होगी। बेहतर है आपका इंतज़ाम होटल में करा दूँ। मुझे लौटने में दो दिन लग जाएँगे।" तालिब ने कहा।

"तो फिर महशी को तलाक़ और मेहर देकर जाएँ।" तेज़-तल्ख़ आवाज़ में फ़रीद ने कहा।

"महशी को तलाक़? उससे मैंने विवाह कब किया?" तालिब तल्ख़ी से बोला।

"तालिब…!" चौंककर महशी ने तालिब को देखा।

"हाँ, निकाहनामे में तो 'ज़ुलैख़ा' का नाम दर्ज है।" तालिब ने दुःख से महशी को देखा।

"आपकी पार्टी के अध्यक्ष को मैं फ़ोन करता हूँ।" फ़रीद काँप उठा।

"किस हक़ से?" तालिब के तेवर चढ़ गए।

"आप मेरी बहन को जज़्बाती तौर से ब्लैकमेल कर रहे हैं।" फ़रीद चीख़ा।

"यह कहिए कि आप मुझे जज़्बाती तौर से ब्लैकमेल नहीं कर पा रहे हैं। इसलिए आपको उसका दुःख है।" तालिब हँसा।

"दुःख? सच पूछें तो हमें आपसे डर लगता है। जाने कितनी मासूम औरतों को आप बेवकूफ़ बना चुके हैं।" फ़रीद ने हिक़ारत से कहा।

"बेवकूफ़ तो फ़िलहाल आप लोग मुझे बना रहे हैं। डरना तो मुझे आप लोगों से चाहिए कि आख़िर क्या जुर्म करके आप अपने मुल्क से भागना चाहते हैं?" तालिब भूल गया कि फ़रीद महशी का भाई है और उसे इतनी तल्ख़ ज़बान का प्रयोग नहीं करना चाहिए।

"फ़ौज़िया आपकी बेटी है और आपने…" फ़रीद ने कटाक्ष किया।

"फ़ौज़िया हमारे और महशी के बीच का मामला है, उसी तरह जैसे अली। मेहरबानी करके उसको आप ज़बान पर मत लाएँ।" तालिब के चेहरे पर क्रोध-मिश्रित दुःख उभरा।

"तलाक़ दीजिए, साथ ही मेहर, वह भी नक़द।" फरीद अपनी पूरी ज़लालत पर उतर आया।

"फ़रीद…" काँपती आवाज़ में महशी चीख़ी।

"तुम चुप रहो! तुम्हारी एक ग़लती ने हमारा सिर एक अरब के सामने झुकाया है।" फ़रीद ने बहन को डपटा।

महशी सोचने लगी कि फौज़िया को उसके घरवालों ने कैसा राई का पहाड़ बना लिया था! इसका अंदाज़ा महशी को आज हुआ। माँ, बाप, भाई, सास-ससुर सभी उसे नए-नए अंदाज़ से जकड़ते, डराते, धमकाते हैं और वह…वह अपना अधिकार क्यों नहीं लेती? कहीं वह ख़ुद अपने समर्थन में की गई वकालत में कमज़ोर तो नहीं है? क्या उसे ख़ुद पता है कि उसे वास्तव में क्या चाहिए?

'मैंने ज़रूर कोई ग़लती की होगी जो दोबारा घर बसकर उजड़ा, बहरहाल तलाक़, वह भी फौज़िया की माँ को? मेरे लिए मुश्किल काम है। दुनिया में विश्वास के नाम पर

कुछ तो बचा रहना चाहिए, वरना···' तालिब दिल-ही-दिल में जैसे अपने से कह रहा हो। उसका चेहरा बदल गया था। महशी के बरताव से वह सदमे में था। महशी ने नाम बदलकर विवाह क्या इसीलिए किया था कि एक दिन वह दूध की मक्खी की तरह उसे निकाल फेंकेगी? औरत क्या इस हद तक खुदग़र्ज़ हो सकती है?

"तलाक़···" फ़रीद चीख़ा।

"मुझे तलाक़ देने का शौक़ नहीं है। आप चाहें तो अपनी तरफ़ से तलाक़नामा भिजवा दें। कम-से-कम उसमें मेरा नाम तो सही लिखा होगा।" तालिब ने क्रोध-भरे लहजे में कहा।

महशी वहीं सोफ़े पर बैठ गई। उसकी ज़िंदगी का फ़ैसला हो रहा है और वह चुप है। हमीद की तरह उसकी आँखों के सामने तालिब भी उससे दूर जा रहा है। क्या उसका काम सिर्फ़ अली की देखभाल है या उस धन को सँभालना भी है जिसको गिनने तक का सपना उसके मायकेवालों ने कभी नहीं देखा था? धन की किसे ज़रूरत है, उसे या उसके घरवालों को?

"यदि आप पसंद करें तो हमें कुछ लम्हे तन्हा रहने दें, बक़ौल आपके कि मुझे पति के फ़र्ज़ निभाने चाहिए।" तालिब ने कुछ इस तरह कहा कि फ़रीद को अली के साथ बाहर जाना पड़ा।

कमरे में ख़ामोशी छा गई। महशी का ज़हन ख़ाली था। दिल में सिर्फ़ दहशत थी। फ़ैसले की ज़ंजीर टूटी पड़ी थी। तालिब ने अपने को सँभाला, फिर महशी के सामने आ बैठा।

"महशी, तुम ज़हीन हो, बातें समझती हो, यही तुम्हारी ख़ूबसूरती है। तुम जानती हो कि मैं चाहूँ तो तुम्हें ज़बरदस्ती रोक सकता हूँ और फ़रीद को उसकी गुस्ताख़ी की सज़ा भी दे सकता हूँ, मगर मैं ऐसा नहीं कर सकता, क्योंकि फ़रीद से बड़ा दुश्मन हमारे सामने है। उससे लड़ने के लिए खड़ा होना है। क्या पता फ़रीद को भी शरीक होना पड़े। वह दिन दूर नहीं जब पूरे एशिया को एकता में बँधना पड़ेगा और···"

"फ़रीद नादान है। मुझे खुश देखना चाहता है, इसलिए···" थकी आवाज़ में महशी ने कहा।

"रंगों को मिलाओ नहीं महशी! वह तुम्हारा भाई है, यह हक़ीक़त है। वह नादान नहीं, शातिर है। ऐसे लोगों की भी एक सीमा होती है। ख़ैर··· मुझे पता है तुम्हारी अपनी बेबसी, अपनी मजबूरी थी, इसलिए तुमसे कोई शिकायत नहीं कर रहा हूँ। सिर्फ़ उस हालात को देख रहा हूँ जो दो इनसानों के बीच में सियासत का सियाह समंदर कैसे फैला देता है। दिल और जज़्बात भी ख़ालिस नहीं रह पाते। उन पर भी काले डैने पसर पड़ते हैं···"

तालिब को बीच में रोककर महशी ने कहा, "उन्हीं सियासी पार्टियों में से एक के मेंबर तुम भी हो तालिब, जो दिलों को काटती, ज़मीन को बाँटती, तारीख़ को तहख़ानों में बंद करती है।"

"नहीं महशी, मैं सत्ताधारी नहीं हूँ, न सत्ता के लिए सियासत करता हूँ, बल्कि सत्ता का विरोधी हूँ। इनसान के पक्ष और विपक्ष, विरोध और समर्थन में की गई सियासत का फ़र्क़ समझो। मुझे यक़ीन है कि तुम सब कुछ समझती हो, बस इक़रार करने से घबराती हो। मुझे जानती हो कि मैं दुनिया में अमन लानेवाली, इनसानों को दुःख-दर्द से नजात दिलानेवाली विचारधारा से जुड़ा हूँ। हमारी पार्टी इनसानों को गुलाम बनाने में रुचि नहीं रखती है, बल्कि उन्हें मुक्त कराना उसका लक्ष्य है। इसलिए मेरी दोस्त, चीज़ों को गड़बड़ाने की आदत मत डालो। माना कि हम पति-पत्नी की तरह नहीं रह सकते, मगर दो क़लमकार, दो रचनाकार, दो इनसानों की तरह तो आपस में व्यवहार कर सकते हैं।" तालिब ने कहा।

"तालिब! मैं बहुत बदक़िस्मत हूँ। मुझे यूँ ज़लील मत करो।" महशी सिर्फ़ इतना कह पाई। उसके ज़हन में तालिब का क़द घरवालों के बनाए क़द से बहुत ऊँचा हो गया था। उसकी आँखें ज़रूर छलक पड़ी थीं, मगर दिल व दिमाग़ दुःख-दर्द से निकलकर एक अजीब सुकून में पहुँच गया था।

"तुम बहुत खुशक़िस्मत हो महशी! खुदा ने तुम्हें अक़्ल दी है, उसका इस्तेमाल करो····हाँ, यह तुम्हारा वापसी का टिकट है। यह मेरी ज़िम्मेदारी है। रहा मुल्क-मुल्क भटकने का शौक़, वह पूरा कर सकती हो, मगर तुम्हें सुकून वहीं मिलेगा जहाँ तुम आम इनसान के दुःख-दर्द से जुड़ सकोगी। अपने मुल्क लौट जाओ जहाँ अपनी बात कह और उनकी बात सुन सकोगी····" तालिब ने हलके-से महशी के सिर पर थपकी दी।

"मुझे माफ़ करना तालिब, मैंने तुमको बहुत दुःख पहुँचाया।" महशी ने काँपती आवाज़ में कहा। मगर उसका दिल चाह रहा था कि वह तालिब से कहे कि वह अपने पूरे अधिकार से उसे रोककर इस घर में हमेशा के लिए क़ैद कर ले।

"मुझसे ज़्यादा तुम अपने को दुःख दे रही हो। अपने से माफ़ी माँगो। मैं तो तुम्हारी इज़्ज़त करता हूँ। बस, इतना मेरे लिए काफ़ी है।" तालिब ने एक अजीब सम्मोहन-भरी गंभीरता से कहा, "मैं तुम्हें आज़ाद करता हूँ ताकि तुम ऊँची उड़ान भर सको, दुनिया देख सको, मगर एक बात याद रखना—अतीत के नाम पर वर्तमान को सियाह करना उड़ान की शर्त नहीं है।"

महशी ने तालिब को देखा। सूरज उसके बिलकुल करीब था। कितना ऊँचा उड़ी? अभी वह पंख खोलकर गरमी भरना ही चाहती थी कि दरवाज़ा खुलने की आवाज़ आई। फ़रीद और अली आ गए थे। महशी के सारे शब्द हलक़ से चिपक गए। उसने हिम्मत का सिरा थामे रखा ताकि डूबती ज़िंदगी को बचा ले, मगर फ़रीद ने ऊँची आवाज़ में कहा, "महशी, मैंने सारा सामान रख लिया है टैक्सी में····"

सूरज गहरी बदली में छिप गया और अँधेरा छा गया। ज़िंदगी को तलाश करती चिड़िया एकाएक फड़फड़ाई और बहेलिया के फैलाए जाल में फिर आन फँसी। □

भूख

बाज़ार में ग़ज़ब की भीड़ थी। दुकानों में सामान भरा था। महँगा था, मगर लोग ख़रीद रहे थे। बेकारी थी, मगर लोग खा-पी रहे थे। यह सब सोचता रिज़वान शरबत की दुकान पर खड़ा, किसी ऐसे शख़्स की तलाश में था जो रोज़ी तो कमाता हो, मगर दुकान का मालिक न हो। एकाएक उसकी नज़र एक आदमी पर पड़ी जो गठरी उठाए सामने से चला आ रहा था। रिज़वान लपककर उसके समीप पहुँचा और बिना दुआ-सलाम के, उसके कंधे पर हाथ रखकर सवाल जड़ बैठा। "तुम्हारा नाम ?"

"क़ासिम।" गठरीवाला अधेड़ आदमी थोड़ा-सा सहमकर खड़ा हो गया।

"पेशा ?"

"पुराने कपड़े बेचना।"

"आदमनी ?"

"पाँच सौ रुपए महीना।"

"गुज़ारा चल जाता है ?"

"हाँ।"

"रहते कहाँ हो ?"

"तुमसे मतलब ?"

"गुस्सा क्यों हो रहे हो चाचा ? बस यही तो पूछा है, कहाँ रहते हो ?"

"जहाँ साया मिल जाए।"

"परिवार, बाल-बच्चे ?"

"गाँव में⋯"

"खेती है वहाँ ?"

"नहीं।"

"पता है, सरकार किसानों की मदद कर रही है ?"

"नहीं⋯मगर तुम हो कौन ? पासदार या फिर⋯ ?"

"पत्रकार⋯चाचा, मुझसे डर रहे हो क्या ?"

"नहीं⋯मगर यहाँ कुछ पता भी तो नहीं चलता कि⋯"

"खेती करना चाहते हो ?"

"नहीं।"

"आख़िर क्यों ?"

"यही हमारा पेशा है।"

"बाप से कहो,"

"वह बूढ़ा है।"

"भाई से कहो, ज़मीन हम दिलवा देंगे।"

"मेरा कोई भाई नहीं है।"

"तुम्हारा बाप क्या करता है?"

"फ़ाक़ा"

"ठीक से जवाब दो!"

"आप जो सवाल पूछते हैं, उसी का जवाब दे रहा हूँ, जनाब!"

"बाप रोज़ी-रोटी के लिए क्या धंधा करता था?"

"मज़दूरी।"

"अच्छा कमाता था?"

"नहीं।"

"तुम्हें या उसको पता था कि हमारे पास पेट्रोल का ख़ज़ाना है, जिसे काला सोना कहते हैं?"

"नहीं।"

"शाह कौन था?"

"पता नहीं।"

"उसकी हुकूमत में प्रजा खुश थी?"

"हमें क्या पता कौन शाह?"

"तुम्हारा बाप खुश था?"

"नहीं।"

"कुछ बताता था?"

"हाँ, अपने बाप का ज़िक्र करता था कि वह जाड़े और भूख से मरा था।"

"और कुछ?"

"बाप को उसके बाप ने बताया था कि उसका बाप किसी के घर काम करता था। बुख़ार में चल बसा।"

"वह क्या करता था?"

"मज़दूरी।"

"तुम्हारा लड़का क्या करता है?"

"कुत्ता हँकाता है।"

"यानी?"

"छोटा है। गाँव में खेलता-भागता रहता है।"

"उसे पढ़ाओगे ?"

"क्या ?"

"यानी पढ़ाकर उसे बड़ा आदमी बनाना चाहते हो ?"

"मैं उसे अगले साल इसी धंधे में अपने साथ लगा लूँगा।"

"अगले साल क्यों ?"

"तब तक वह पाँच वर्ष का हो जाएगा।"

"तुम क़र्ज़ लेकर नया धंधा शुरू करना चाहोगे ?"

"क़र्ज़ा पहले ही बहुत चढ़ा है, फिर नया लेने से क्या होगा ?"

"उसे उतारने के लिए बैंक से मदद लोगे ?"

"किसी से मदद लेने की क्या ज़रूरत है ?"

"अरे, ज़िंदगी आराम से कटेगी।"

"मेहनत तो करते हैं, फिर…"

"समझने की कोशिश करो ! हमारी नई सरकार ने तुम्हारी मदद के लिए हमें भेजा है, ताकि तुमसे बातचीत करके, तुम्हारी परेशानी समझकर हम तुम्हें एक आरामदेह ज़िंदगी दे सकें।"

"नहीं चाहिए हमको।"

"आख़िर क्यों ?"

"पिछली बार भी हमसे बहुत-कुछ पूछा था, फिर जुलूस के बाद किसी को कुछ याद नहीं रहा।"

"इस बार नहीं होगा ऐसा।"

"उस दिन हम भूखे सोए।"

"क्यों ?"

"काम की जगह नारा लगाते रहे।"

"अच्छा !"

"अब हमारे काम-धंधे का समय है। सलाम !"

"रुको तो, चाचा !"

"नहीं जनाब ! इसी समय कुछ मज़दूर गरम कपड़े ख़रीदने नाले के पास जमा होंगे।"

"ठीक है, तुम अपना पता दे दो ताकि फ़ार्म भरवाकर तुमसे जमा करा सकूँ।"

"पता कैसे दूँ ?"

"क्यों ?"

"कभी किसी दुकान के सामने पड़ जाता हूँ, कभी किसी पुल के नीचे…"

"अच्छा…कल मिलते हैं यहीं पर।"

"कल मैं गाँव जाऊँगा।"

"फिर तो...."

"अच्छा, मेरी बोहनी का टाइम है।"

"सुनो!"

वह गुदड़ीवाला रुका नहीं; कंधे पर गठरी रखे तेज़ क़दमों से चलता हुआ आगे निकल गया। रिज़वान उसे बेबसी से जाता देखता रहा। आज ही तो उसने 'किहान' अख़बार में किसी जाननेवाले के ज़रिए नौकरी का बंदोबस्त किया था। उसे इस शर्त पर काम मिला था कि वह चंद लेख पहले देगा, फिर आगे देखा जाएगा। उसे आज पाँच लोगों का नाम और पते के साथ इंटरव्यू करके लाने को कहा गया था। पूरे बाज़ार में घूमते इन लोगों को पहले पकड़ना मुश्किल था, फिर उनसे कुछ कहलवाना और भी कठिन था।

शाम ढल रही थी। रिज़वान को घर की परेशानी याद आ रही थी। माँ बीमार थी। बाबा को मरे दो वर्ष होने को आए थे। दो छोटे भाइयों की पढ़ाई बंद हो गई थी। अब फ़ाक़ा करने की बारी थी। रिज़वान ने घड़ी देखी, पूरे छः बज रहे थे। सात बजे उसको अपना पहला इंटरव्यू अख़बार के दफ़्तर में देना था। उसने मायूसी से इधर-उधर देखा, फिर थके क़दमों से आगे बढ़ने लगा। उसने सुबह से कुछ नहीं खाया था। जेब में बस पास के अलावा कुछ न था। दफ़्तर पहुँचकर वह एक कोने में सलाम कर बैठ गया।

"इंटरव्यू कहाँ है?"

"यह रहा, जनाब!"

"अच्छा, अपना नाम उस पर लिखकर मेज़ पर रख दो।"

"जी" कहकर रिज़वान ने पल-भर कुछ सोचा, फिर क़ासिम के इंटरव्यू के ऊपर अपना नाम लिखा और उसके पते की जगह अपने घर और गली का नंबर लिखकर लंबी साँस खींची। जब बाहर निकला तो उसको इतमीनान था कि कल वह फिर काम पर आएगा, मगर जो परेशानी उसे थोड़ी देर बाद मथने लगी, वह थी कल फिर पते की तलाश। उसने सिर झटककर जैसे अपने से कहा हो, कल तक ज़िंदा कौन रहता है? अगर बच गया तो कुछ-न-कुछ रास्ता निकल आएगा। उसके पेट में अब चूहों ने कूदना शुरू कर दिया था। सुबह से उसने कुछ खाया नहीं था। भूख के मारे उसका हाल-बेहाल था। वह जल्द-से-जल्द अब घर पहुँचना चाहता था। □

ख़लिश

सोहराब को मौक़ा हाथ से निकल जाने का बहुत दुःख था। उसने वहाँ जो कुछ देखा था, उसमें शामिल होना भी उसके बस की बात नहीं थी, जब कि वह गया इसी इरादे से था कि वह अपना फ़र्ज़ निभाएगा और बदले में उसे हिंदुस्तान जाने का, वह भी पूरे तीन वर्ष का स्टूडेंट-वीज़ा मिल जाएगा। मगर उसे जाने क्या हुआ, वह वहाँ ठहरा नहीं और उलटे पैर वापस आ गया, अपने भविष्य को अंधे कुएँ में डालकर।

शाम का अँधेरा कमरे में घुस आया था। उसने उठकर लैंप जलाया और मेज़ पर बिखरी किताबें समेटने लगा। दिल में दर्द उठा कि अब वह कभी इंजीनियर नहीं बन सकता। उसे कोई काम ढूँढ़ना पड़ेगा, वरना बेकार ख़ाली दिन उसे निगल जाएँगे। एकाएक उसके हाथ रुक गए और आँखों के सामने सुबहवाले उस घर का दृश्य ठहर गया।

वे कुल दस लड़के थे। सभी को वीज़ा चाहिए था। जब वे काला रिबन सीने पर लगाए खुले दरवाज़े से एक-एक करके अंदर जाने लगे तो उस बूढ़े ने हैरत-भरी, भयभीत निगाहों से उन्हें देखा था। अंदर औरतों में खलबली मच गई थी। चंद लड़के बिना इज़ाज़त लिये बड़े कमरे में दाख़िल हो गए थे, जहाँ एक बूढ़ी औरत दो साल के बच्चे को गोद में लिये बैठी थी। कमरा गरम था। तेल का हीटर जल रहा था। क़ालीन पर बैठी औरत की आँखों में बुज़ुर्गी की शिफ़्क़त थी। उसने उन्हें देख, बड़े आराम से आवाज़ देनी शुरू की, "लारा···लारा, भाई से कहो उससे मिलने उसके दोस्त आए हैं।"

"भाई दुकान गया।" एक मीठी आवाज़ उभरी।

"तुम लोग कौन हो···बताते क्यों नहीं हो ?" बूढ़े को जैसे होश आ गया था। वह सदर दरवाज़ा बंद कर ऊँची आवाज़ में पूछता, तेज़ कदमों से अब बड़े कमरे में दाख़िल हो चुका था।

"कौन हो तुम लोग ?" बूढ़ा भीड़ चीरता हुआ उनके सामने जाकर खड़ा हो गया।

"कौन यानी ?" वही बूढ़ी औरत अब परेशानी से खड़ी हो गई थी।

गोद का बच्चा क़ालीन पर बैठ सामने रखे खिलौने से खेलने लगा था।

जो लड़के आगे थे, नज़रें घुमाकर कमरा देख रहे थे। एकाएक उनकी समझ में नहीं आया कि क्या जवाब दें। यह उनका पहला मौक़ा था। इसलिए वे बग़लें झाँकने लगे और एक-दूसरे का मुँह यूँ देखने लगे, जैसे पूछ रहे हों कि क्या जवाब देना उचित होगा ?

"तुम लोग कौन हो ?" बुज़ुर्ग ने उन्हें ग़ौर से देखा। उसकी आँखों में भय का साया उतर आया था।

"इनक़लाब के सिपाही हैं।" एक लड़के ने थूक निगलकर हिम्मत से काम लिया।

"क्या चाहते हो ?" बूढ़े ने अपनी शंकित आँखें झपकाईं। उसका सारा शरीर काँप रहा था।

"आपके यहाँ किताबें होंगी, उन्हें देखना है।" दूसरे लड़के ने हड़बड़ाकर जवाब दिया।

"कैसी किताबें ?"उस बूढ़ी औरत ने हैरत से पूछा।

"किताबें···पढ़नेवाली ?" एक लड़के ने घबराहट में कहा।

कोई कुछ जवाब देता, इससे पहले एक लड़के ने मौक़े की नज़ाकत देख नारा लगाया और आदत के अनुसार बाक़ी लड़कों ने बँधी मुट्ठी उठाकर उस नारे का दूसरा मुखड़ा बोला। इससे उनका गिरा मनोबल बढ़ा और लगातार लगते नारों ने जहाँ उनका ठंडा ख़ून गरम किया, वहीं उनकी खोई हिम्मत वापस आई। यह सब देख दोनों बुज़ुर्गों के चेहरे पर हवाइयाँ उड़ने लगीं और पास के कमरे से दो जवान चेहरे झाँकते दिखे।

खेलता बच्चा एकाएक इस शोर से डरकर रोने लगा और पास लेटा चंद महीने का बच्चा जाग उठा। वह थोड़ी देर मुँह बिसोरता रहा, फिर गला फाड़कर रोने लगा। कमरे से झाँकता एक भयभीत चेहरा बदहवास-सा कमरे में दाख़िल हुआ और क़ालीन पर लेटे बच्चे को गोद में उठाकर चुप कराने लगा। दूसरा चेहरा भी पल-भर बाद बूढ़ी औरत के पीछे आकर छिप गया।

"इस समय लड़के घर पर नहीं हैं, शाम को आइए···जाइए यहाँ से, जल्दी जाइए।" उस बूढ़े ने दबे आक्रोश से कहा।

"किताबें दूसरे कमरे में होंगी।" एक लड़के ने बूढ़े की काँपती आवाज़ से अंदाज़ा लगाया और सामने की तरफ़ बढ़ा। उसकी पीछे भीड़ अंदर गई।

कमरे में पलँग था। पलँग के पास अलमारी थी, जिस पर कुछ किताबें रखी हुई थीं। चंद हाथों ने आगे बढ़कर उन्हें उठाया और दूसरे कमरे की तरफ़ बढ़े। वहाँ कुछ भी नहीं था। बस, क़ालीन पर कपड़े फैले थे। पास में इस्तिरी रखी थी। एक कोने में कंबल-गद्दे रखे थे। वहाँ से सब उलटे पैर लौटे।

"ये किताबें कहाँ ले जा रहे हो ?" उस बुज़ुर्ग ने गुस्से से पूछा।

"ये हमारी मज़हबी किताबें हैं। वापस रखो इन्हें ! इनसे तुम्हारा क्या लेना-देना ?" उस बुज़ुर्ग औरत ने बड़े विश्वास-भरे स्वर में उन्हें डपटा।

"मामान··· !" पीछे खड़ी लड़की माँ के आगे बढ़ने से एकाएक भयभीत होकर चीख़ी और फिर फूट-फूटकर रोने लगी।

"इन किताबों को वापस रखो।" वह बुज़ुर्ग गुस्से से दहाड़े और काँपते हुए

लड़खड़ाए और दीवार से टकराए।

"बाबा··· !" गोद का बच्चा ज़मीन पर लिटाकर वह जवान औरत उस बूढ़े की तरफ़ दौड़ी और लड़कों की तरफ़ मुँह घुमाकर बोली, "भाई ! यह कम्युनिस्ट किताबें नहीं हैं। आपको ग़लतफहमी हुई है शायद !"

"सामने से हटो !" कहता हुआ वह लड़का हाथों में किताबें उठा, दरवाज़े पर ढेर कर आया। उसके पीछे दूसरे लड़के भी भागे और आठ-दस किताबें दरवाज़े के पास जमा हो गईं।

"मुझे पता है, ये कौन-सी किताबें हैं, इसीलिए हमने उठाई हैं," लड़का बोला।

"तुम लोग अपने धर्म की जितनी इज़्ज़त करते हो उतनी ही हमें करने दो, हम किसी का क्या बिगाड़ रहे हैं ?" बुज़ुर्ग जवान औरत का सहारा ले, बड़े कमरे से बाहर उन लड़कों के पीछे गए।

"नहीं···नहीं, इन्हें यहाँ आग मत लगाना···इन्हें तुम ले जाओ।" बूढ़ी औरत रोते-रोते घुटनों के बल बैठ गई। उसकी पीठ से लगी वह दस वर्ष की लड़की बुरी तरह सुबक रही थी।

सोहराब सुन्न-सा खड़ा यह सब चंद पल देखता रहा, फिर एकाएक दरवाज़ा खोलकर तेज़ी से बाहर भागा। बहाइयों के कई घरों में छापा पड़ा था। जवान लड़के बहाउल्लाह की किताबें बीच सड़क पर कूड़े के ढेर की तरह उलट रहे थे। सोहराब यह दृश्य देखकर रुआँसा हो उठा। उसकी साँस धौंकनी की तरह चलने लगी। वह पागलों की तरह दौड़ता हुआ वहाँ से भागा। अंदर दबा क्रोध उसकी आँखों से पानी बनकर बह रहा था।

घनी आबादी के इस मोहल्ले से निकलकर जब वह चौड़ी सड़क पर आया तो चिनार के पेड़ों के नीचे बहते पानी में चंद बच्चे खेल रहे थे। सोहराब को वहशतज़दा भागता देख वे ताली बजाकर चीख़ने लगे, "दीवाना···दीवाना !"

उस घटना की याद ने सोहराब की साँसें तेज़ कर दीं। वह हाथों में किताब पकड़े उसी तरह जमा खड़ा रहा जैसे उस घर के दरवाज़े पर खड़ा था। फ़र्क़ सिर्फ़ इतना था कि तब दिल में एक उम्मीद थी, अब निराशा ने उसे पूरी तरह अपने क़ब्ज़े में जकड़ लिया था। उसे चारों तरफ़ अँधेरा छाया नज़र आ रहा था—इस समंदर को कैसे पार करेगा ?

"सोहराब··· !" भारी आवाज़ गूँजी।

"आया, बाबा !" चौंक पड़ा सोहराब और हड़बड़ाया-सा बाहर निकला।

"कहाँ खोए रहते हो तुम ?" प्रताड़ना-भरा स्वर उभरा।

"कहीं नहीं।" घबराई आवाज़ सोहराब के गले से निकली।

"कितनी बार कहा है कि घर से मत निकलो, मगर···"

"उस पर नाहक़ चिल्ला रहे हो ? सुबह से घर में ही तो घुसा बैठा है। कुछ मँगाना

हो तो सीधे कहो।" माँ ने बाप-बेटे की इस रस्साकशी से उलझकर कहा।

"पढ़ने से फ़ुरसत मिले तब न? मैं इस उम्र में दो बच्चों का बाप बन गया था।" घृणा से होंठ सिकोड़कर बाप ने बेटे को ताका।

"क्या शर्मनाक बातें जवान लड़के के सामने कर रहे हो?" माँ ने सिर की चादर से आधा मुँह छिपा पति को देखा।

"तुम्हें हमारे बीच में बोलने को किसने कहा?" उखड़ पड़े सोहराब के बाप।

"बाबा, बाज़ार से कुछ लाना है तो बोलो!" सोहराब ने सहज हो कहा।

"हमेशा हवा के घोड़े पर सवार रहते हो।" एकाएक बरस पड़े बेटे पर।

"लो, बैठ गया।" आज सोहराब की गुस्से में मुट्ठियाँ नहीं तनीं, बल्कि वह निढाल-सा बाप के पास बैठ गया। सिर झुकाए चंद पल बैठा रहा, फिर नज़रें उठाकर बाबा को देखा। उसके दिल में पहली बार बाबा के लिए हमदर्दी उभरी। अभी तक प्यार और आदर ने उसे बाबा के उलझे बरताव पर यदा-कदा गुस्सा, झुँझलाहट का अहसास दिलाया था, मगर आज के अनुभव ने उसे पहली बार इस बात को खुलकर समझाया था कि बदलते माहौल में अपने को सहज बनाए रखने की प्रतिक्रिया कितनी कठिन है।

"क्या बात है?" बेटे को यूँ ताकता देख बाप ने पूछा।

"कुछ नहीं, बाबा, बस यूँ ही····" कहता हुआ सोहराब पिता के पास आया और उनके कंधे पर अपने मज़बूत हाथ रखकर उन्हें हलके-हलके दबाने लगा। पिता ने आराम के कारण आँखें बंद कर लीं। कुछ पल यूँ ही गुज़र गए। दोनों एक-दूसरे के ज़ख़्म सिलने लगे, बड़ी ख़ामोशी से बिना एक शब्द बोले हुए।

कमरे में एक आरामदेह अहसास अपनी पूरी गरमी के साथ धीरे-धीरे तैरने लगा था। सबके दिल व दिमाग़ पर जमी बर्फ़ पिघलने लगी थी। एकाएक सोहराब पिता के कंधे पर सिर रखकर बच्चों की तरह सुबकने लगा। उसके मन की ग्लानि जो दोपहर से उसे मथ रही थी, निकलने के लिए आतुर हो उठी थी। पिता सिर झुकाए नरम चेहरा लिये धीरे-से बुदबुदाए, "रो लो जी भरकर बेटे, ज़हर को अंदर न छोड़ना, वरना जीने का मज़ा ही जाता रहता है।"

बादल बरस चुके थे। घर में डोलता तनाव दरवाज़े से बाहर निकल गया था। सोहराब बड़े हलके मन से सुफरे पर बैठा खाना खा रहा था। उसके बदन में एक गहरी थकन आरामदेह बिस्तर पर ले जाने के लिए उसे बैचेन किए थी। नींद का गुलाबी गुबार उसकी पलकों पर झूलने लगा था। खाना ख़त्म कर वह कमरे में जा बिस्तर पर लुढ़क गया। मीठा-सा दर्द पैरों से उठकर कंधे पर सवार हो उसे सहलाने लगा था। पलकें झपकने लगीं और हवा लोरी की तरह खिड़की से तैरकर उसे नींद की गहरी छाँव में ले गई।

माँ ने बरतन समेटे और हाथ-मुँह धोकर जा-नमाज़ बिछाई। ख़ुदा के आगे हाथ

फैलाकर घर की सलामती की दुआ माँगी। फिर शौहर के पहलू में आकर लेट गईं। वह धीरे-से फुसफुसाईं, "आज जाने सोहराब ने ऐसा क्या देखा जो यूँ टूट गया ?"

"नया क्या देखा होगा ?"

"फिर भी··· कुछ तो ऐसा देखा होगा जो रोज़ से अलग होगा ?"

"ज़रूर अलग होगा, मगर आज के बाद उसे कुछ नया नहीं लगेगा। दरअसल, उसने ज़िंदगी को आज नंगा देख लिया है।"

"कैसे ?"

"यह तो वही बता सकता है, मगर मुझे अंदाज़ा हुआ कि उसने सच का सामना कर लिया है।"

"फिर ?"

"अब फ़ैसला करना उसका काम है।"

इसके बाद माँ-बाप चुपचाप लेटे रहे। कमरे में घड़ी की टिक्-टिक् वहशत पैदा कर रही थी। बाप-बेटे जितने सहज थे, उतनी ही वह औरत होकर भी बेचैन थीं। उन्हें एक ही चिंता खाए जा रही थी कि उनका दुलारा बेटा आज किस कष्ट से गुज़रा है ? उन्हें पता होता तो वे मरहम का फाया रखतीं और उसके घाव को माँ के प्यार से भरतीं।

रात दबे पाँव खिसकने लगी। दोनों की पलकें झपक गईं । पूरा घर नींद के आगोश में जा समाया। सुबह होते-होते सोहराब को सपने में अपनी आसमानी किताब रेहेल में खुली दिखी, जो माँ तिलावत करती बीच में ही छोड़ गई थीं और अनजाने में उसका पैर उस पर पड़ गया। घबराकर उसने पैर खींचा और भयभीत-सा खुदा के आगे माफ़ी माँगने के लिए सिर झुकाया। तभी हँसी की आवाज़ से घबराकर उसने सिर उठाया। वह····वह बहाई लड़की उसके सामने खड़ी उस पर हँस रही थी। उसके हाथों में उसकी मुकद्दस किताब तार-तार थी।

सोहराब खिसियाकर आगे बढ़ा। तभी उसकी भाभी बच्चा उठाए हँसती हुई उसके सामने आ खड़ी हुई। उसके बाद दोनों बुज़ुर्ग औरत-मर्द। उसका सिर उनके क़हक़हों से फटने लगा। एकाएक वह दर्द की शिद्दत से चीख़ उठा।

आँख खुली तो सोहराब ने अपने को पसीने में नहाया पाया। घबराहट का अहसास हुआ। उठकर बैठा। एक गिलास ठंडा पानी पिया। खिड़की से नीचे झाँका। फिर कुछ सोचकर वह सिर पकड़कर बैठ गया। कुछ क्षण बाद कमरे में टहलने लगा। उसके अंदर अभी ज़हर का कोई अंश बचा हुआ था, जो उसे बेचैन किए हुए था।

सुबह हो चुकी थी। घर-बाहर चहल-पहल की शुरुआत थी। सोहराब के दिमाग में वह घर इस समय नाच रहा था। आज उस घर के बुज़ुर्गों ने बिना किताब के खुदा की इबादत कैसे की होगी ? मूसा, ईसा, इब्राहीम मोहम्मद और फिर इस शीराज़ की ज़मीन पर जहाँ आतशकदे की इबादत होती थी वहाँ 'बाब' का वजूद में आना और अपने को

बारहवाँ इमाम कह बहाउल्लाह बन इनसानों को मुक्ति का संदेश देना। ईरान, बग़दाद, टर्की, कहाँ नहीं दबाया गया शियों के बीच उठे इस मत के अनुयायियों को, और अब सदी के अंत में एक नए इमाम को वजूद में लाकर, जिन्हें मुक्तिदाता समझ बारहवाँ इमाम कहा जा रहा है, उन्हें उभारने के लिए पहलेवाले को कुचलना ? यह धर्म है या अधर्म ? यह सियासत है, कोरी सियासत ! धर्म से इसका क्या लेना-देना ? मगर मैं···· ? इनसान होकर मैंने कैसे दूसरे इनसान को दुःख पहुँचाया ? आख़िर क्यों····क्यों हो गया था मैं इतना ख़ुदग़र्ज़ ? सोहराब की कनपटी तड़कने लगी। तभी माँ ने उसे पुकारा।

"सोहराब, नाश्ता तैयार है।"

"आया, मामान !" सोहराब डूबते-डूबते एकाएक उबरा।

"आज तुम्हारे लिए मैंने तुम्हारी पसंद का नाश्ता बनाया है।"

"मामान।" कहकर सोहराब दुलार के मारे माँ से लिपट गया।

"आज ज़हरा आनेवाली है। फल, गोश्त वग़ैरह जो भी ज़रूरत हो, माँ से पूछकर ले आना," सोहराब के पिता ने चाय का घूँट भरकर कहा।

"मुझे लगता है कि वह सिर्फ़ हमारा जवाब जानने के लिए आ रही है।" माँ ने फिनज़ान भरे।

"जवाब तो सोहराब देगा, उसकी मरज़ी हमारी खुशी है।" वे इतना कहकर उठ गए।

□

सोहराब के पिता प्लास्टिक के कारख़ाने में एक मामूली ओहदे पर थे। थोड़ा-बहुत पढ़ना-लिखना जानते थे, मगर उनकी रुचि बेटे को पढ़ाने में थी। सारी कमाई बेटे को इंजीनियर बनाने में लगा दी। जब आख़िरी वर्ष की अंतिम परीक्षा की बारी आई तो स्कूल-कॉलेज बंद होने लगे। उस हालत में पैसेवालों ने अपने बच्चों को बाहर भेजना शुरू कर दिया। इनके पास तो इतना था नहीं जो हिंदुस्तान तक भेजने का ख़र्चा उठा पाते, अमेरिका-इंग्लैंड तो बहुत दूर की बात थी। फिर भी हिम्मत कर डाली एक दिन उन्होंने और पहुँचे अपनी फ़ैक्टरी के मालिक के पास।

"मुझे क़र्ज़ा चाहिए, जनाब !"

"ठीक है।"

"कब तक मिलेगा, जनाब ?"

"चाहिए कितना ?"

" लड़के को इंजीनियरिंग पढ़ने हिंदुस्तान भेजना चाह रहा हूँ।""

"अच्छा !"

"जी।"

"इतना तो नहीं हो पाएगा। हालात तो तुम देख रहे हो। बाज़ार मंदा चल रहा है।

बुरे वक़्त का कुछ पता नहीं, कब आ जाए। तुमसे भी कहूँगा कि उसे काम पर लगा दो, अकेले हो, बाहर मत भेजो।"

"जी, जनाब !"

"इस समय पैसा निकालना ठीक नहीं है, वह भी तुम जैसे इनसान के लिए। इसलिए जो है उसी पर गुज़र करो और समय के बेहतर होने का इंतज़ार।"

वह सुनकर चुपचाप निकल आए, मगर उनकी कोशिश ख़त्म नहीं हुई। दोस्तों में बात हुई। किसी ने राह सुझाई। मरता क्या न करता ! पहुँचे जलील आग़ा के घर। उन्होंने बड़ी आवभगत से बिठाया। काम से पहले नक़द रुपया भी दे दिया। वे खुशी से फूले नहीं समाए। घर आकर बेटे को ख़बर दी कि तेरा बंदोबस्त हो गया है, अब जाने की तैयारी कर, और खुद निकल गए उस मुहिम पर जिसका वादा जलील आग़ा ने लिया था।

वह घर बहुत बड़ा था। सामान से सजा-धजा । वहाँ एक बुढ़िया रह रही थी जो किसी फ़ौजी अफ़सर की विधवा थी। औलादें सारी विदेशों में रच-बस गई थीं। अब वह भी जाने को तैयार बैठी थी। वीज़ा, पासपोर्ट और दूसरे कई काम अधूरे पड़े थे। वही निपटा रही थी। उसने घर का सामान भी सहेजकर बंद करना और कमरों में ताला डालना शुरू कर दिया था। एक कमरे में बस दिन काट रही थी। ये सारी ख़बरें जलील आग़ा ने विस्तार से सबको समझा दी थीं।

वे पाँचों ख़ाली मशीनगनों के साथ दरवाज़े पर पहुँचे और उन्होंने घंटी बजाई। दरवाज़ा खुला और अपने सामने पाँच बंदूकधारियों को देखकर बुढ़िया सहम-सी गई। कार्यक्रम के अनुसार पहले ने कहा, "आप इनक़लाब की दुश्मन हैं, आपको कमेटी चलना होगा।"

"आख़िर क्यों ?" बुढ़िया के तेवर पर बल पड़ गए।

"शक है आप पर कि····" एक ने हकलाकर कहा।

"मुझ पर शक ?" हँस पड़ी वह बुढ़िया और बड़ी हिक़ारत से उन्हें घूरा।

उसकी शान-शौकत देखकर पाँचों हड़क गए थे। कुछ पल सिटपिटाए-से खड़े रहे, फिर एक आदमी ने ख़ाली मशीनगन उसकी तरफ़ तानकर धमकाया। यही सब जलील आग़ा ने उन्हें समझाया था।

"पूरा जिस्म छलनी कर दूँगा।" बनावटी आवाज़ सोहराब के पिता के हलक़ से निकली।

अभी जुमला पूरा भी नहीं हुआ था कि वह औरत काँपती-सी चकराकर गिरी। पाँचों ने एक-दूसरे को देखा, क्योंकि तय यह हुआ था कि वे बुढ़िया को कमेटी के बहाने पुराने शहर की तरफ़ ले जाएँगे और उसके खाली घर पर, जलील आग़ा आकर क़ब्ज़ा कर लेंगे। फिर बुढ़िया के ख़िलाफ़ कई तरह के अपराध बनाकर मुक़दमा चला दिया

जाएगा। बाद में रहम की अपील पर जलील आग़ा का दो कमरेवाला मकान उसे दे दिया जाएगा। मगर अब इस बेहोश औरत के साथ क्या करना होगा, वे जान नहीं पाए। घबराकर दरवाज़ा बंद किया और बाहर निकल आए। अपने बचाव के लिए जो हथियार भी साथ थे, वे ख़ाली थे।

दूसरे दिन पता चला कि बुढ़िया दम तोड़ गई। जलील आग़ा के दाँत तो उस हवेली पर गड़े थे। उन्होंने दूसरे हथकंडों से उस पर क़ब्ज़ा कर लिया, मगर सोहराब के बाप का सुकून उस दिन से छिन गया। सारी बात दिल में डाले रहे। आख़िर किसे बताएँ ? किससे कहें ? सो घुटते-घुटते उन्हें सोहराब की पढ़ाई से चिढ़ हो गई। जब सोहराब ने यह बताया कि वीज़ा मिलने में तमाम झंझट हैं तो उनको अपने गुनाह का अहसास इतना ज़्यादा बढ़ा कि वे बेटे से सीधे मुँह बात करना भूल गए।

□

"तुम बताओ, सोहराब, अब ?" माँ ने नौकरी की बात ध्यान में रखकर सोहराब को घूरा।

"बताना क्या है मामान, मैं नौकरी करूँगा।" सोहराब ने थके स्वर में कहा।

"फिर पढ़ाई ?" माँ ने शंकित नज़रों से उसे टटोला।

"हालात जब ठीक होंगे तो कोर्स पूरा कर लूँगा।" विश्वास से तने लहजे में सोहराब बोला।

"सच कह रहा है ?" माँ भावुक हो उठी।

"तुमसे कभी झूठ बोला है ?" सोहराब की आँखें नम हो गईं।

"नहीं," माँ ने बेटे को लिपटाया और आँखों में भर आए आँसू पोंछे।

माँ के चेहरे पर संतोष की आभा थी। नौकरी करने का अर्थ था रोज़-रोज़ की तंगी से छुटकारा। जब से सोहराब के पिता ने फ़ैक्टरी जाना छोड़ा है, तब से पैसे की ऐसी मार पड़ी है कि भरपेट खाना भी सपना-सा हो गया है। महँगाई ने तो जैसे ग़रीबों की भूख का मज़ाक उड़ाना सीख लिया है।

सोहराब से माँ की ख़ुशी छिपी नहीं रह सकी थी। उसे भी महसूस हुआ कि अपने हालात से लड़ना एक हद तक अच्छा होता है, वरना एक चीज़ पाने की दौड़ में बहुत-कुछ पीछे छूट जाता है। उसकी नौकरी की ज़रूरत इस घर को है। कच्चे माल की कमी से फ़ैक्टरी बंद पड़ी है और बाबा बेकार…।

"सोहराब, ये रुपए लो और बाज़ार से लौटते हुए शरारे के घर चले जाना। वह आ जाएगी तो मेरा हाथ बँट जाएगा।" माँ ने बेटे को प्यार से देखा।

"ठीक है, मामान !" सोहराब ने रुपए लेकर जेब में रखे।

सोहराब कपड़े बदलने कमरे में पहुँचा। उसने मेज़ पर रखी इंजीनियरिंग की किताबों को हसरत से देखा, फिर आगे बढ़ उन्हें उठाया—अब इनका यहाँ क्या काम ?

सोचकर उसने अलमारी खोली और किताबें सबसे ऊपरवाले ख़ाने में लगाने लगा। एका-एक ख़याल आया कि ये किताबें उसे प्यारी हैं, तभी वह सँभालकर पीछे रख रहा है, मगर उस नन्ही-सी फाँस का वह क्या करेगा जो उसके दिल व दिमाग़ में लगातार चुभन पैदा कर रही है कि उसने किसी की प्यारी किताबों का अनादर किया है ? वह घर तो जैसे उसके ज़हन में बस गया है। सोते-जागते, खाते-पीते किसी समय भी उसकी आँखों के सामने से ओझल नहीं हो पा रहा है। क्या करे वह ? कैसे इस यातना से अपने को मुक्त करे ?

सारे दिन घर में चहल-पहल रही। बहन-बहनोई बेहद ख़ुश थे। बच्चे चीख़-चिल्ला रहे थे। माँ शरारे के साथ उसके विवाह का सपना बाबा के सामने बयान करती मँगनी कर देने की फ़रमाइश कर रही थीं। शरारे उसकी खालाज़ाद बहन है, शर्मीली, सीधी-सादी-सी लड़की जो कभी बचपन में उससे जी भरकर पिटती थी। बड़े होने पर वह खेल-कूद भूल-भाल पढ़ने में डूब गया और शरारे अपना लड़की होने का बोझ उठाए-उठाए घर की चहारदीवारी में क़ैद हो गई। आज इतने दिनों बाद उसने शरारे पर भरपूर नज़र डाली। गोल फूले गालों पर कटे बालों की लटें और बड़ी-बड़ी आँखों पर घनी भवें, होंठों पर ऐसी ख़ामोशी जिससे इस बात का गुमान भी नहीं हो सकता कि इसके पीछे कटखने दाँतों की पूरी फ़ौज है, जिसने उसके बाज़ू पर कितनी बार निशान डाले थे।

"अच्छा सोहराब, कल फिर नौ बजे तुम आ जाना।" बहनोई ने चलते हुए कहा।

"ठीक है, मैं वक़्त से पहुँच जाऊँगा।" सोहराब ने वचन दिया।

"कल से ही काम शुरू कर दो तुम।" बहन ने कहा।

"बहन ठीक तो कह रही है।" माँ बोली।

"मैंने कब इनकार किया है !" सोहराब हँसकर बोला।

हँसते-मुसकराते सब एक-दूसरे से जुदा हो गए। सोहराब वहीं माँ के पास पैर फैला, दीवार से पीठ टिका बैठ गया।

बहनोई का अपना छोटा-सा कारख़ाना है। अपने साथ काम करने की बात वह लगातार कहे जा रहा था। सोहराब का मन इस तरह के कामों में लगता नहीं था, मगर अब हालात से समझौता करना ही उसके लिए ज़िंदगी की हक़ीक़त थी।

"शरारे जाने को कह रही है, उसे छोड़ आओ।" माँ ने फलों के छिलके कूड़ेदान में डालते हुए कहा।

"अभी क्यों जा रही हैं ? रात के खाने के बाद जाने देना, मैं ख़ाला से कह आया था। वे लोग रात का खाना यहीं खाएँगे।" सोहराब ने कहा और उठकर दूसरे कमरे में चला गया।

शरारे और माँ टी.वी. के सामने बैठीं रेहान की पत्तियाँ तोड़ती रहीं। सोहराब के बाबा चुपचाप सिर के नीचे कुशन लगाए लेटे थे। बाहर गली में खेलते बच्चों का शोर

बढ़ रहा था। सोहराब कमरे से निकलकर चौखट पर खड़ा हो पल-भर कुछ सोचता रहा, फिर अंदर जाकर यूँ ही कमरे का चक्कर लगाता रहा। उसकी समझ में नहीं आ रहा था कि समय को वह किस तरह गुज़ारे। खाली मेज़ देखना उसके बस की बात नहीं थी। उसने घुटन से उबरने के लिए गहरी साँसें भरीं।

"मैं ज़रा अहमद के घर तक होकर आता हूँ।" तंग आकर सोहराब माँ से बोला।

"जल्दी लौटना!" माँ ने ताकीद की।

सोहराब दरवाज़ा खोलकर बाहर निकल गया। काले झंडे उठाए औरतों का जुलूस बड़ी सड़क से गुज़र रहा था। वह चुपचाप फुटपाथ पर खड़ा उन्हें नारे लगाते देखता रहा, फिर आगे बढ़कर उसने अख़बार ख़रीदा। उसे उलट-पलटकर देखा और सामने पार्क की ख़ाली बेंच पर जाकर बैठ गया। मैदान की घास सूखी थी। क्यारियों के पौधे मुरझाए हुए थे। बड़े दरख़्त धूल से अटे किसी आँधी का शिकार नज़र आ रहे थे। परिंदों की चहचहाहट ग़ायब थी। फ़व्वारा ख़ामोश था। उसके अलावा कोई दूसरा शख़्स वहाँ नहीं था। उसने लंबी साँस खींची और अख़बार पर नज़रें गाड़ दीं।

पार्क के जंगले के पास से राहगीर गुज़र रहे थे। कुछ दूर पर बस-स्टॉप था, इसलिए लोग फुटपाथ पार कर रहे थे। उनकी बातों की आवाज़ हवा के संग उड़कर सोहराब के कानों में कभी-कभी पहुँचती तो वह जानेवाले को ताकता, फिर अख़बार पढ़ने में डूब जाता।

"यह शहर छोड़ना पड़ेगा।"

"हाँ, लगता तो अब यही है कि हमारे दिन यहाँ पूरे हो गए हैं।"

"श...श्...."

सोहराब ने नज़रें उठाईं। सामने दो जवान लड़के पास से गुज़र रहे थे। उसे देखकर वे बात करते-करते चुप हो गए थे। सोहराब ने अख़बार तह किया और बाग़ के दरवाज़े से बाहर निकला। कभी यहाँ भुट्टेवाला बैठता था। लड़के-लड़कियों की हँसी के बीच खिलते फूल बच्चों की किलकारियों से फ़व्वारों की शक्ल में छूटते रहते थे, मगर आज सब कुछ जाने कहाँ खो गया। अपने लोग अपनों से डरने लगे हैं। दोनों लड़के शक्ल से परेशान लग रहे थे, मगर उनका दुःख पूछने की हिम्मत उसमें नहीं थी, क्योंकि वे हमदर्दी करनेवाले को जासूस समझकर अपनी ज़बान नहीं खोलेंगे।

जाने क्या-क्या सोचता हुआ सोहराब अनजाने में उस मोहल्ले में पहुँच गया, जहाँ बहाइयों के घर थे। उसके दिल में कहीं गहरे एक बात कल सुबह से बाहर निकलने के लिए आतुर नज़र आ रही थी कि वह उस घर में जाकर उन सबसे माफ़ी माँगे। अपने गुनाह को उनके सामने कुबूल कर ले।

'सारा सच उनके सामने उगल दूँगा, बता दूँगा कि इस गुनाह से पहले वह उसे सवाब का काम समझकर करने गया था। मगर उनके घर पहुँचकर उसने जाना कि किसी

की निष्ठा और विश्वास का अनादर करना कभी पुण्य का काम नहीं हो सकता। इसलिए वह अपने किए पर शर्मिंदा है।'

अपनी बात कई बार दिल-ही-दिल में दोहराता हुआ वह भारी क़दमों से गली में दाख़िल हुआ। तभी सामने से उसे पासदार आते दिखे। उन्हें देखकर सोहराब का मन ख़राब हो गया। वह उलटे पाँव गली से बाहर निकलकर बड़ी सड़क पर आ गया, जहाँ किसी शहीद का जनाज़ा गुज़र रहा था। बड़ी-बड़ी बसें काला झंडा लगाए फूलों से सजी सड़क पर से गुज़रती चली गईं।

शाम घिर आई थी। सड़कों पर चहल-पहल बढ़ने लगी थी। दुकानें ग्राहकों से भरने लगीं। सोहराब टहलता हुआ फल की दुकान पर गया। शरबत पीता हुआ वह बाज़ार की गहमागहमी को देखता रहा। उसका दिल घर लौटने का बिलकुल नहीं चाह रहा था। कल से उसकी ज़िंदगी का एक नया दिन शुरू होनेवाला था। उससे पहले वह इस संताप से निकलना चाह रहा था। इसे सँभालना समय के गुज़रने के साथ कठिन होता जा रहा था। शरबत पीकर वह टहलता हुआ फिर गली में दाख़िल हुआ।

'हो सकता है, वे मुझे पहचान न सकें; मैं तो पीछे था। बहरहाल अपनी हरकत बता दूँगा। अगर सीधे पहचान लिया तो ····तो कैसे बात शुरू करूँगा मैं? वे अंदर दाख़िल होने देंगे? मुझे देखते ही दरवाज़ा बंद कर लिया तो?' सोहराब अपने खोए बल को पूरे विश्वास से समेटता हुआ आगे बढ़ने लगा। तभी पुलिस की एक गाड़ी तेज़ रोशनी फेंकती हुई ठीक उसके पास आकर झटके से रुकी।

"माचिस है?"

"माचिस····नहीं तो!" अचकचाकर सोहराब बोला।

जिस झटके से गाड़ी रुकी थी, उसी झटके से आगे बढ़ गई, मगर सोहराब का सारा बदन हिला गई। उसके अंदर की सारी संचित शक्ति फिर बिखर गई। वह कुछ खिसियाया-झुँझलाया-सा थोड़ी देर वहीं खड़ा रहा। उसका मन उसे आगे धकेलना चाह रहा था और दिमाग़ उसे घर लौटकर फिर कभी आने पर उकसाने लगा था। बदन दोनों के विरुद्ध जड़ हो गया था। चंद पल गुज़र गए। तभी दो लड़कियाँ गली में दाख़िल हुईं और पास से गुज़रते हुए चुहल से बोलीं, "बिजली का खंभा तो लगा दिया गया मगर रोशनी ग़ायब है।"

"बल्ब लगाना भूल गए न।" ज़ोर का क़हक़हा पड़ा।

सोहराब तनाव के बावजूद हलके से मुसकरा दिया। उस वाक्य के साथ ही वह उस दौर में पहुँच गया, जब इस शहर के लोग हँसना और खुश रहना जानते थे। उसने जाती हुई लड़कियों को देखा और क़दम आगे बढ़ाए। तीन घरों के बाद ही वह घर है। उसके दिल की धड़कन तेज़ हो गई। माथे पर पसीना छलक आया। दिल व दिमाग़ में कसक पैदा होने लगी, जैसे वहाँ कोई बारीक फाँस पक रही हो, पीले मवाद से घिरकर वह

पूरे बदन में एक फोड़े की तपकन बन धमक रही हो।

'इसे आज ही निकाल फेंकना होगा, आज अभी, फ़ौरन, फ़ौरन!' कहता हुआ सोहराब आगे बढ़ा। घर वही था, मगर दरवाज़े पर ताला झूल रहा था। सोहराब के दिल में धक्का-सा लगा। वह तेज़ी से मुड़ा और सामनेवाले घरों पर नज़र डाली, जिनमें से चंद घरों के दरवाज़ों पर बड़े-बड़े ताले झूल रहे थे।

"किससे मिलने आए थे?" चलते राहगीर ने रुककर पूछा।

"जी···" सोहराब ने चौंककर घर की ओर इशारा किया।

"ये तो कल रात चले गए। इनके जितने अपने थे, सब चले गए। कल हुआ भी तो बहुत बुरा···खुदा बुरे दिन से बचाए।" वह राहगीर आगे बढ़ा।

"कुछ पता है चचा, ये कहाँ गए हैं?" सोहराब ने पूछा।

"नहीं बेटा, अब इस शहर में किसी हमसाए को दूसरे की कोई ख़बर नहीं रहती··· गए होंगे वहीं जहाँ साया मिलेगा। ख़ुदा उन्हें खुश रखे!"

"उफ़!" सोहराब इतना कहकर रह गया।

"कुछ काम था क्या?" राहगीर ने चौंककर पूछा।

"एक क़र्ज़ा था, वही उतारने आया था, मगर···" इतना कहकर सोहराब चुप हो गया।

राहगीर कुछ बुदबुदाता-सा आगे बढ़ गया। सोहराब के कानों तक उसकी आवाज़ नहीं पहुँची। उसके दिल में एक ही बेचैनी करवटें बदल रही थी कि उन्हें कहाँ ढूँढ़े और कैसे माफ़ी माँगे? अपने दिल पर जमे इस बोझ को कैसे उतार फेंके?

• सड़कें रोशनी से नहा उठी थीं। जब वह अँधेरी गली से बाहर निकला तो उसकी आँखें चुँधिया-सी गईं। उसे ख़याल आया कि घर में सब उसका इंतज़ार कर रहे होंगे। ख़ाला, बाबा, शरारे सब क्या सोच रहे होंगे? उसने बस-स्टॉप से बस ली और चुपचाप अपनी सीट पर बैठ गया। बेचैन-बेक़रार नज़रों से वह हर उस औरत को देख रहा था जो जवान थी, बूढ़ी थी, बच्ची थी। कहीं इस भीड़ में वे नज़र आ जाएँ!

"अजीब छिछोरा आदमी है।" किसी औरत ने उसकी फटी आँखें देखकर कहा।

"नज़रबाज कहीं का!" झटकेदार कोड़ा पड़ा दिमाग पर।

"मुझे तो बेचारा अंधा लग रहा है।" किसी लड़की की क्रोध-भरी आवाज़ उभरी।

'हाँ, मैं अंधा ही तो था!' सोहराब ने सामनेवाली सीट पर अपना माथा टिका दिया। उसकी आँखें बुरी तरह जलने लगी थीं। बदन गरम हो उठा था। अपने स्टॉप पर लड़खड़ाता-सा उतरा और घर की तरफ़ बढ़ा। दरवाज़े की घंटी दबाई।

"कहाँ रह गए थे, सोहराब?" माँ की आवाज़ गूँजी।

'जहन्नुम में' सोहराब ने लाल आँखें उठाकर माँ को बेबसी से ताका, मगर ज़बान से दिल की बात न कह सका।

"या अली ! यह क्या ?" ख़ाला लपकीं और माँ ने बेटे का बदन छुआ। गरम हो रहा था।

सोहराब को तड़पता देखकर शरारे की आँखें भर आईं।

"कहीं दर्द है ?" सोहराब को लिटाकर पिता ने उसका सीना सहलाया।

"बाबा... बहुत बारीक कुछ दिल में गड़ रहा है।" इतना कहकर सोहराब चुप हो गया।

उसके सामने इस समय भी उस लड़की की वहशतज़दा आँखें थीं और रोने की तेज़ आवाज़ उसके कानों के परदे फाड़ रही थी। उसकी साँस धौंकनी की तरह चल रही थी और उसके दिल को कोई ख़लिश गहरे मथ रही थी। वह नीम बेहोश-सा हो गया।

ख़ाला और माँ ठंडे पानी की पट्टियाँ सोहराब के माथे पर रखने लगीं। बाबा डॉक्टर को बुलाने जा चुके थे। शरारे की आँखों में नमी थी कि अच्छे-भले सोहराब को अचानक यह क्या हो गया ? सोहराब सारे माहौल से बेगाना पथरीले रास्ते पर दौड़ रहा था, जिसकी हर चट्टान के पीछे से कभी रोने और कभी हँसने की आवाज़ें आ रही थीं।

□

झूठा पर्वत

दीवार पर चढ़ी नीलोफ़र की बेल कब की सूख चुकी थी। घर के आँगन का हौज़, जिसमें कभी नारंगी मछलियाँ तैरती थीं, अब सूखा पड़ा था। दालान में पड़े परदे फटकर हवा में झंडी की तरह झूल रहे थे। पूरा घर सूखेपन का शिकार हो धूल से अट गया था। इस घर में अगर अलीरेज़ा की खाँसी की आवाज़ कभी-कभी न गूँजती तो लोग इसे कब का भुतहा घर समझ चुके होते। पुरानी दोस्ती के ख़याल से अकसर बूढ़े हाँफते-काँपते उनका हाल-चाल लेने आ जाते थे। उनके साथ यदि कोई संगी-साथी लड़के-बाले के रूप में आ जाता तो वह अलीरेज़ा के कमरे को झाड़-पोंछकर दवा-दारू ला देता।

"ज़माना बदला तो हम उसे देखने के क़ाबिल न रहे।" हर बार मिलनेवालों से अलीरेज़ा दुःख में डूबकर बस एक ही वाक्य कहते।

"हाँ, कहते तो ठीक हो, मगर यही क्या कम है कि मरने से पहले उस ज़माने की ख़बर तो हमें मिल गई।" सादिक़ हुसैन जवाब देते।

"अब इनसाफ़ होगा, मोहब्बत होगी, भाईचारा होगा, कोई छोटा-बड़ा न होगा, बस हम न रहेंगे!" अलीरेज़ा ठंडी साँस भरते।

"ऐसा कुछ भी नहीं है, दादा!" सादिक़ हुसैन का पोता हमीद झुंझलाहट दबाकर कहता।

"होगा··· पिछला कूड़ा साफ़ होने के बाद सबको सब कुछ मिलेगा।" अलीरेज़ा बड़े जोशीले स्वर में कह उठते।

"ये बच्चे नादान हैं। ये नहीं जानते कि बिना जड़ के कोई पेड़ उग ही नहीं सकता। बिना गहरी बुनियाद के कोई इमारत ऊँची नहीं बन सकती। मगर ये लोग तो धर्म में रुचि रखते नहीं, पूरे नास्तिक हो गए हैं।" सादिक हुसैन झुंझलाकर बोले।

"धर्म को कौन बुरा कह रहा है? बुराई तो उसके उस अर्थ में है जो अवसरवादी अपने निजी स्वार्थ के लिए लगा रहे हैं। आप लोग तो आँखें बंद कर लेते हैं, जहाँ दीन-मज़हब की बात चली।" हमीद ने तेज़ स्वर में कहा।

"वह तो सदा से रहा है, यहाँ तक कि शैतान जिसे खुदा ने बनाया वही खुदा के ख़िलाफ़ हो इबादत से मुकर गया, मगर इससे बुनियादी अच्छाई का दरख़्त तो नहीं सूखा। यही ईमान का दरख़्त हज़ार तरह के मीठे फल अपनी शाखों पर टाँगे है।" अलीरेज़ा ने खाँसते हुए जवाब दिया।

"वह दरख़्त जो जन्नत में है। उसी काल्पनिक वृक्ष की बात आप कर रहे हैं, वरना

यहाँ पेड़ फल के लिए नहीं, इनसानों को फाँसी देने के लिए इस्तेमाल हो रहे हैं।" हमीद चिढ़कर बोला।

"अब फिर कभी ये बातें होंगी, अभी तो चलूँगा, घर में भी बीमारी है।" कहते हुए सादिक़ हुसैन अपनी जगह से उठ खड़े हुए। पोते की बातों से उनका दिमाग़ी तनाव बढ़ गया था।

सादिक़ हुसैन के जाने के बाद घर में फिर सन्नाटा उतर आया। हर दिन आनेवाली चिड़ियाँ भी अभी तक नहीं आई थीं जो रोज़ गाना गाकर अलीरेज़ा का दिल बहला जाती थीं। इस घर में पक्षियों के घोंसले ही घोंसले थे, अब तो।

□

इस घर में वीरानी का राज पहले नहीं था। अलीरेज़ा के बारह बच्चे थे—छः लड़के, छः लड़कियाँ। बड़े लड़के की शहादत के बाद जैसे मौत ने घर देख लिया। बस एक-एक करके सारे लड़के उनसे दूर चले गए। सबसे बड़ा लड़का शाही फ़ौज में था। इनक़लाब के आरंभ में मारा गया। उसकी मौत का सदमा उसकी माँ की मौत का कारण बन गया। दूसरा लड़का मजनून द्वीप के युद्ध में जान गँवा बैठा और तीसरा सत्ता में रहने के कारण मौलवियों के संग आतंकवादियों द्वारा बम से उड़ा दिया गया। चौथा मुजाहिदीन होने और पाँचवाँ साम्यवादी होने के कारण सत्ता की गोली खाकर हमेशा के लिए गहरी नींद में डूब गया। छठा लड़का एक मामूली-से बुख़ार में पिछले साल अल्लाह को प्यारा हो गया।

छः लड़कियाँ जाने कौन-से देश में जा बसी हैं, जो बाप का हाल-चाल पूछने कभी अपने घर से निकल नहीं पाई हैं। जाने ज़िंदा हैं या मर गई हैं? अलीरेज़ा को किसी बच्चे की शक्ल याद नहीं है। जाने कितने चेहरे सारा दिन उनकी नज़रों के सामने से गुज़रते रहते थे। आख़िर उनकी फल की दुकान थी। छोटे-बड़े, जवान, औरत, मर्द सब ही उनकी दुकान पर सामान ख़रीदने आते। कभी नक़द कभी उधार, कभी ख़ुश होकर बात करते, कभी झुँझलाकर; वे सब-कुछ सहते—गुस्सा भी, बदतमीज़ी भी। आख़िर ग्राहक के प्रति उन्हें अपनी वफ़ादारी तो दिखानी ही पड़ती, वह भी मीठे शब्दों में। फिर उनका ईमान पुख़्ता था। ख़ुदा पर उन्हें भरोसा था। बुरों को क्षमा करना उनका कर्तव्य था।

दोपहर को लाठी टेकते कमरे से निकलकर किसी तरह आँगन में आते। फिर दीवार का सहारा लेकर घर के दरवाज़े की चौखट पर जा बैठते। हर आने-जानेवाले की पदचाप के सहारे मुँह उठाकर उस तरफ़ ताकते। उसके जाते ही सिर झुकाकर बैठ जाते थे। अकसर जवान लड़कियाँ हमाम जाते हुए उनकी इस हरकत पर एक-दूसरे को कोहनी मारतीं, हँसती-खिलखिलातीं, चादर में लिपटी गुज़र जाती थीं। उनकी धुँधली आँखें फिर आवाज़ के सहारे घूमने लगतीं।

"आज दो लोगों को फाँसी पर टाँग दिया है, अम्मू!" कोई पास से गुज़रता दुआ-सलाम के बाद उनके पास चंद मिनट खड़ा हो जाता और उनके पूछने पर ख़बर देता।

"फाँसी, काहे भाई? जब तौबा का दरवाज़ा खोल रखा है खुदा ने, तो जान लेना ठीक नहीं है....." अलीरेज़ा गरदन हिलाते।

"तौबा बार-बार कौन कराए अम्मू? लोग तो अब तौबा भी झूठे दिल से करते हैं।" वह आदमी कह उठता।

"तभी सारी बरबादी इनसान का पीछा कर रही है। अरे, बिना ईमान के भी कोई जीना है? खुदा पर न सही, अपनी करनी पर तो ईमान रखो।" अलीरेज़ा काँपते-से उठते।

"ईमान तो उड़ गया। उसी की खोज जारी है, अम्मू! तुम बूढ़े हो गए हो, बस अल्लाह-अल्लाह करो। यह दुनिया बहुत उलझ गई है, अब धर्म-कर्म से भी सुधरनेवाली नहीं है।" वह आदमी अलीरेज़ा को सहारा देकर घर के अंदर ले जाता।

"फिर तो यह ख़राब ही समझो। कैसी ना-उम्मीदी से भरी बातें करते हो तुम लोग?" अलीरेज़ा हाँफते हुए बोले।

"उपचार ढूँढ़ रहे हैं, दवा भी चल रही है। देखें, इस दुनिया को कौन-सी दवा रास आती है....। अच्छा अम्मू, मैं चलता हूँ।" कहता हुआ वह राहगीर चल पड़ता और दरवाज़ा बंद कर बाहर गली में निकल आता।

"अब कोई सीधी बात करता ही नहीं....पूछो ईरान की, कहता तूरान की है।" अलीरेज़ा बड़बड़ाते हुए बोले।

शाम ढल रही थी। बाहर गली में शोर बढ़ गया था। उनका दिल चाहा कि हिम्मत करके उठें और गली की चहल-पहल का नज़ारा देखें, मगर फिर दिल मारकर लेटे रहे। आख़िर वे जो जानना चाहेंगे, उसको कोई बताने से रहा।

'सब अपनी बातें करते हैं। शायद बदलते वक़्त का यही तक़ाज़ा है। कभी किसी को बुरा कहना तो कभी किसी को, जाने क्या चाहते हैं ये लोग? क़ाचार बुरे थे, पहलवी बुरे थे, साम्यवादी बुरे थे, अब इसलामी भी बुरे हो गए।' अलीरेज़ा का दिमाग़ भटक रहा था। ज़हन किसी नुक़्ते पर पल-भर टिकता, फिर दूसरे पर कूदकर पहुँच जाता।

'मुझे बूढ़ा समझकर ये जवान मुझे चिढ़ाते हैं। हम भी कभी जवान थे, मगर ऐसा बरताव अपने बुज़ुर्गों के साथ नहीं करते थे।' अलीरेज़ा ने ऊँचे स्वर में कहा जैसे वह सामने बैठे हुए किसी इनसान से बात कर रहे हों।

'खुदग़र्ज़ी का ज़माना है। अपने को अच्छा बताने के लिए दूसरे की बुराई करना शायद ज़रूरी हो गया है। पहले लोग आँधी, बाढ़ और तूफ़ान से डरते थे, उसी को खुदा मानते थे, मगर ये पढ़े-लिखे जवान सब कुछ जान-समझकर ग़लत बातों का सहारा लेते

हैं। किसी ने सच ही कहा है कि ज़माने को आग लग गई है। क़यामत क़रीब है। तभी कुफ्ऱ की बातें ज़बान से बाहर निकल रही हैं।'

बड़बड़ाते-बड़बड़ाते अलीरेज़ा आख़िर में थक गए। उनकी आँखें झपक गईं। सोते में उन्होंने अपने को आठवें इमाम के रोज़े के अस्ताने पर सिजदे में गिरा देखा। आँसुओं से फ़र्श भीग गया था। उनकी एक ही गुहार थी—इन नादानों को सीधा रास्ता दिखाएँ, इनके गुनाह माफ़ कर इनके दिलों में ईमान की रोशनी करें। दीन की शमा रौशन रहेगी तो राह भी सीधी चलेंगे।

रोते-रोते उनकी आँख खुल गई। चेहरा सचमुच आँसुओं से तर था। उन्होंने हथेलियों से आँखें दबाईं और सिसक पड़े। दिल हलका हुआ तो चेहरा पोंछा। मेज़ पर रखा पानी का गिलास उठाया और धीरे-धीरे घूँट भरने लगे।

आज पहली बार उन्हें अपने सारे लड़कों का चेहरा नज़र के सामने साफ़ नाचता नज़र आया। सब जवान थे। कसरती बदनवाले थे। जब भी एक मरता तो दूसरा उनके सीने से ग़म पोंछने की कोशिश करता और आज····वे गहरे ग़म में डूबने लगे।

"दादा, मैं हमीद····" दरवाज़े से हाँक सुनाई पड़ी।

"आओ····आओ!" अलीरेज़ा की थकन में डूबी आवाज़ उभरी।

"कैसे हैं? आज मैं अकेला आपकी ख़ैरियत लेने आया हूँ, दादा को बुख़ार है। आप खाना खा लीजिए।" हमीद ने कटोरी और चम्मच उनकी तरफ़ बढ़ाया।

"भूख बिलकुल नहीं है····जी अच्छा नहीं है।" अलीरेज़ा ने बड़ी बेज़ारी से कहा।

"दिल अच्छा रह भी कैसे सकता है किसी का दादा, जब चारों तरफ़ हंगामा मचा हो। देखिए आज फिर बम फटा और दस लोग मर गए। उधर जेलों में लोग शक की बुनियाद पर बंद कर दिए गए····अजीब तानाशाही है!" हमीद उलझा-सा बोला।

"आख़िर तुम लोग चाहते क्या हो?" अलीरेज़ा ने सीधे पूछा।

"चाहना क्या दादा! हमारी इच्छा है कि आप हमारे घर में हमारे साथ रहें, मगर आपको यहीं रहना पसंद है तो हम आपकी ख़िदमत करने यहाँ पहुँच जाते हैं।" हमीद ने धीरे-से उनको उठाते हुए कहा।

"नहीं-नहीं, मुझे बताओ कि तुम लोग किसी से खुश क्यों नहीं रह पाते हो? हर हाक़िम में हज़ार कीड़े?" अलीरेज़ा हाँफने लगे।

"ऐसा नहीं है दादा!" हमीद हँस पड़ा।

"पहले बताओ," अलीरेज़ा ने कटोरा थामने से इनकार करते हुए कहा।

"आप खा लें, फिर बताऊँगा। मामान ने अभी-अभी देगची उतारी और आपका हिस्सा निकालकर हिदायत की थी कि आपको खिलाकर तब मैं लौटूँ।" हमीद ने चम्मच में भर के खाना उनकी तरफ़ बढ़ाया।

मद्धिम रोशनी में अलीरेज़ा खाना चबाते हुए इतने बेचारे लग रहे थे कि हमीद की

आँखें नम हो गईं । उनकी तरफ़ उसने मुसकराकर देखा।

"दादा, अब सुनिए आख़िर हम क्या चाहते हैं। हर मुल्क की जनता अपने हाकिम से क्या माँगती है ?—अमन, इनसाफ़, हिफ़ाज़त, रोटी और रोज़गार···जब यह सब न मिले तो लोग क्या करेंगे ?"

"बग़ावत···ज़ुल्म के ख़िलाफ़ जिहाद।" अलीरेज़ा ने कहा।

"बस, यही बात बरसों से हम अपने हर हाकिम से माँगते हैं, मगर बदले में मिलती है बेकारी, भूख, अन्याय, अशांति और असुरक्षा; तो फिर मजबूर होकर इनसान ज़बान खोलता है।" हमीद ने एक-एक शब्द खोलकर कहा।

"वह तो ठीक है, मगर यह हुकूमत तो····कैसे मान लूँ? यह तो अपनी है अपनी····" अलीरेज़ा ने काँपते स्वर में कहा।

"तभी तो खुलकर खेल जारी है। अपनों से लड़ना बहुत मुश्किल काम है····ख़ैर, आप दवा लें, अब मैं चलता हूँ।" कहकर हमीद ने उन्हें बिस्तर पर लिटाया और ज़रूरत की सारी चीज़ें पास रखकर वह बाहर निकल आया।

अलीरेज़ा को गई रात तक नींद न आई। अपने ख़्वाब टूटने का सदमा उनके दिल व दिमाग़ पर हमीद लगा चुका था। भला यह कैसे मुमकिन हो सकता है कि अपने दीन, ईमान, ख़ुदा, रसूल के ख़िलाफ़ कोई कदम उठाए? यह सब जानने-सुनने से अच्छा था कि मैं मर जाता । उन्होंने ग़म से आँखें भींच लीं। दो क़तरे आँसू के आँखों से टपके। दिल डूबने लगा। बदन में सनसनाहट-सी फैलने लगी।

□

उस दिन दोपहर तक दरवाज़ा बंद रहा और अलीरेज़ा घर की चौखट पर आकर न बैठे तो मोहल्ले के दुकानदार को फ़िक्र लगी। उसने लड़का भेजकर दिखवाया। पता चला वे सो रहे हैं। ख़बर मिलते ही सब जमा होने लगे। आख़िरी सफ़र का इंतज़ाम तो उन्हें ही करना था।

भीड़ में जनाज़ा उठने से पहले सादिक़ हुसैन लोगों को अपनी काँपती आवाज़ से यही बताने की कोशिश कर रहे थे कि अलीरेज़ा का सपना साकार हुआ। पूरे छः जवान औलादों की कुर्बानी दे, वे अंत में उस दिन को देख सके जिसका उन्हें अरमान था। ख़ुदा सबको ऐसा अंत दे!"

वहाँ पर जमा लोगों ने दुआ के लिए हाथ उठाए।

जनाज़ा क़ब्रिस्तान की तरफ़ बढ़ा। उसमें शरीक लोग नहीं जानते थे कि जानेवाला इस सदमे को अपने साथ ले जा रहा है कि सारी कुर्बानी देने के बाद भी उसका ख़्वाब इस ज़िंदगी में पूरा नहीं हुआ और निराश मुसाफ़िर मौत की राह पर थका-उदास चल पड़ा था। □

संगसार

आसिया जब अलमस्त-सी मुलायम बिस्तर पर करवट बदल, कुहनी के बल उठी तो उसे महसूस हुआ जैसे सारी दुनिया ही बदल गई हो और उसके अंदर एक नई औरत ने जन्म लिया हो, जो हर तरह से भरी-पूरी और मुतमइन है। उसने दूसरी तरफ से झुककर अपने लंबे बालों को उसके औंधे पड़े सीने के नीचे से धीरे-से खींचा और बिस्तर से उतरी।

आहिस्ता-आहिस्ता क़दम उठाती हुई आगे बढ़ी, लगा जैसे बदन के सारे जोड़ ज़ंजीरें तोड़, ठुमक रहे हों और रोएँ-रोएँ से उमंगों का सोता फूट रहा हो। बदन इतना हलका जैसे धुनी हुई रुई का गोला। सामने आईने में नज़र आते अपने सरापे पर उसने नज़र डाली। एक निखार, एक सम्मोहन, एक हुस्न, एक लावण्य उसके पूरे वजूद को दमका रहा था। कोई जलन, कोई जख़्म, कोई दाग़, किसी तरह का कोई स्याह निशान कहीं मौजूद नहीं था बल्कि बदन पर फिसलते हाथों ने अहसास दिलाया जैसे वह फूल की तरह मुलायम और खुशबूदार है।

अपने दोनों हाथ उठाकर उसने भरपूर अँगड़ाई भरी, बदन में छाई गहरी मस्ती फूलों से भरी डाल जैसे झरी। उँगलियों को बालों के बीच फँसाकर उसने दोनों हाथों से माथे पर झुक आए बालों को पीछे की तरफ समेटा और पलकें झपकाईं। लंबे बालों के गुच्छे उसके नंगे नितंब पर लहराए। उसके होंठों पर मुसकान फैल गई। सारा बदन अनजानी गुदगुदाहट से भर गया।

'वह इन बालों से कैसा खेल रहा था। कभी बालों की लंबी भारी लट इस तरह छितराता कि महीन जाल उसके सीने पर बिखर जाता। वह उनके चुंबन लेता। बालों को समेटकर आधे चेहरे और सीने को ढकते हुए उसे अपलक निहारता। फिर उन्हें बिस्तर पर दूसरी तरफ फैला, उसकी कमर में हाथ डाल, उसके होंठों को इस तरह अपने होंठों के आग़ोश में भींच लेता कि वह बेसुध हो जाती और⋯' आसिया की भारी पलकों में सपनीला समा तैर गया।

कुछ घंटे पहले झिझकती आसिया दो दिल बनी चिलमन के बाहर खड़ी थी। एकाएक जाने किस जज़्बे से प्रभावित होकर उसने चिलमन हटाई और कमरे में तैर गई। उसके जिस्म पर उगी नागफनी की बेल अपनी चुभन भूल गई। पीछे से पुकारती आवाज़ थककर ख़ामोश हो गई और उसका काँपता वजूद एकाएक थम गया। यह थमना मौत नहीं थी बल्कि उस भय से मुक्ति थी कि अंदर घुसते ही तेज़ भूकंप आ जाएगा जो उसके

साथ इस आसमान और ज़मीन को भी हिलाकर तबाह और बरबाद कर देगा।

'चिलमन एक ख़ौफ, एक दीवार, एक क़ैद थी। उसके इस पार एक आज़ादी, एक ज़िंदगी, एक अधिकार है।' सोचकर आसिया हँस पड़ी और गुनगुनाती-सी गुसलख़ाने से कमरे में दाख़िल हुई। खुली खिड़की से हवा का ताज़ा झोंका आया।

'सब कुछ बदल गया—अंदर और बाहर।' उसने झाँककर बाहर देखा। आँखों में दिखता नीला आसमान और पेड़ों के हरे पत्ते कभी इतने चमकदार और सूरज कभी इतना जानदार नज़र नहीं आया था। वह कपड़े उठाने झुकी तभी बालों से ढकी पीठ के नीचे उसको गरम उँगलियों ने छुआ। 'वह जाग गया शायद,' शर्माई-सी आसिया बिना मुड़े सीधी खड़ी हो गई। उँगलियाँ अब हथेली बनकर उसके पैरों को सहला रही थीं। सारी ज़िंदगी की थकान टूटी ज़ंजीर की तरह उसके पैरों से उतरने लगी। वह सब कुछ भूल गई। इतना याद रहा कि दो गरम बाँहें पहली जैसी गरमी और तशनगी के साथ उसकी कमर के गिर्द बँध गईं और वह किसी भँवर की तरह उस बदन से लिपट गई। माथे के क़रीब गरम साँसों की छुंअन से आसिया ने चेहरा ऊपर उठाया, भारी पलकें खोलीं, आँखें मिलीं और अंदर की खौलती, उबलती खुशी बाँध तोड़ गई। ज़िंदगी से भरपूर दोनों की हँसी एक साथ एक स्वर में कमरे में गूँज उठी।

'सच है, इनसान को अपने सुख की तलाश खुद पूरी करनी पड़ती है।' आसिया ने गरम होंठों को उसके सीने पर रख दिया। शहद के मनों मटके एक साथ लुढ़के, एक-दूसरे के तन की गंध सूँघते, एक-दूसरे को पूरी तरह पाने की लालसा से बेचैन, दोनों खिलते कमलों के बीच मदहोश थे।

सूरज चढ़ा, ढला और रात दबे-पैर खुली खिड़की से कमरे में दाख़िल हो गई। गली-कूचों में ज़िंदगी की चहल-पहल बदस्तूर क़ायम थी। तौबा की बारगाह खुली थी और गुनाहों के रास्तों पर पहरेदार खड़े थे, मगर इस कमरे में साँसों के सारस हर चीज़ से बेनयाज़ समर्पण के समंदर पर उड़ने के लिए पंख फैलाए कमरे की मदहोश फ़िज़ा में झूला झूल रहे थे। उन्हें न दुनिया का खौफ़ था, न ज़माने का डर। तलवार, गोली और फाँसी उनके लिए फूलों की सेज थी।

□

माँ की जहाँदीदा नज़रों से आसिया की घबराहट छिपी नहीं रह सकी। मायके में आकर आसिया ज़्यादा खिल उठी थी, मगर रोज़-रोज़ बाहर निकलना और हर बार नया झूठ बोलना ज़रा मुश्किल काम था।

'दोज़ख़ की आग ख़रीद रही हो तुम?' माँ के तेवर बदल चुके थे। उन्हें देखकर उसका दिल दहल गया और वह जवाब देने की जगह माँ को फटी नज़रों से देखती रही, जैसे कह रही हो कि ज़िंदगी एक ही तरह के रास्ते पर चलने का नाम नहीं है, माँ!

कई दिन आसिया घर से बाहर नहीं निकली। कुम्हलाई, मुरझाई बिना नहाए-धोए

पड़ी रही, मगर चौथे दिन वह उठकर तैयार हुई, जैसे माँ से कहना चाह रही हो कि दोज़ख़ की आग में जीते-जी झुलस चुकी हूँ, मुझसे मेरी जन्नत मत छीनो। सबकी निगाह में यह पाप ही सही, मगर कर लेने दो मुझे यह गुनाह''''यह मेरे अनुभव की उपलब्धि है, इस पर किसी का अधिकार नहीं।

आसिया चली गई। माँ उसके चेहरे के तेवर को देखकर चुप रही या फिर बेटी की पहली सरकशी को देखकर वह समझ नहीं पाई कि बाईस साल की अपने से ऊँचे क़द की इस ख़ूबसूरत बला को वह क्या सज़ा दे?

□

शाम को आसमा अपने चार बच्चों के साथ लदी-फँदी चली आई। घर की कोई चीज़ अपनी जगह पर टिकी न रह सकी। घुड़दौड़ ने घर में वह तूफ़ान बरपा किया कि आख़िर माँ को मुँह खोलकर उन्हें डाँटना पड़ा, मगर नानी की डाँट कौन सुनता है! खाने के बाद जब सारे शैतान सो गए तो माँ-बेटी धूप में बैठीं और अपने-अपने दुःख-सुख की बातें करने लगीं।

शाम ढले जब आसिया घर में दाखिल हुई तो उसके स्वागत में बच्चों ने वह चीख़-पुकार मचाई कि आसिया भूल गई कि अब उसे इनके साथ ऊधम नहीं मचाना चाहिए। इस उछल-कूद में आसिया को वापस घर में देखकर माँ के तेवर भी ढीले हो गए और हँसी-ख़ुशी सब एक साथ बैठकर चाय पीने लगे, टी.वी. पर बच्चों का प्रोग्राम शुरू हो गया था। इसलिए केक-फल खाते बच्चे ख़ामोशी से बैठे थे।

रात के खाने के बाद बहनें जब अकेली रह गईं तो आसिया ने बहन को ग़ौर से देखा, फिर झिझकते हुए बोली, "सच बताना, क्या वह सब तुम्हें अपने शौहर से मिला जिसकी तमन्ना एक औरत के दिल में रहती है या सिर्फ़ हर साल एक अदद औलाद का तोहफ़ा मिलता रहा?"

"हाँ, मिला बहुत कुछ, घर-बार और ये औलादें, ऊपर आसमान से तो नहीं गिरीं न?" आसमा ने आँखें इस तरह उठाईं जैसे बहन की नादानी पर हँस रही हो, मगर जब बहन के चेहरे पर संजीदगी और आँखों में सवाल को लगातार नाचते पाया तो वह सवाल को समझी और हँसना भूल गई। जवाब के नाम पर एक सुस्ती चेहरे पर उतर आई।

"झूठ''''यही झूठ हमारा ज़ेवर है''''यह ज़ेवर मैंने भी पहना, यह नक़ाब मैंने भी आँखों पर डाली, मगर जानती हो मेरे भाग्य में कुछ और बदा था। मुझे मेरा हिस्सा मिला ज़रूर, मगर उसने मेरा सब कुछ बदल डाला।"

"मैं समझी नहीं तुम्हारी बात।"

"जब कोई किसी अनुभव से गुज़रा ही न हो तो उससे ज़िंदगी की गहराई पूछना बेकार है।"

उलझी-उलझी आसमा बहन को समझने की कोशिश करने लगी। जब कुछ भी

पल्ले न पड़ा तो उसने एक पुराना सवाल दोहराया, "अफ़ज़ल शौहर तो अच्छा है न ?"

"हाँ, शरीफ़, सीधे और कमानेवाले····हर औरत के लिए सिर्फ़ ये ख़ूबियाँ काफ़ी नहीं होतीं।"

"यानी ?"

"शराफ़त भूखे को खाना, प्यासे को पानी, मरते हुए को ज़िंदगी नहीं बख़्शती। इन चीज़ों के लिए शराफ़त से और ऊँचा उठना पड़ता है, समझीं ? अगर अब भी औरत होकर न समझ पाई हो तो ····" आसिया बहन के ताज्जुब से खुले मुँह को देखकर चिढ़ गई और बिस्तर पर जाकर लेट गई।

आसमा की गोद का बच्चा दूध के लिए रो पड़ा और वह बहन को छोड़कर अपने लाड़ले को सँभालने में लग गई। आसिया ने उकताई नज़रों से बहन को देखा जिसके बाईं तरफ तीन और बच्चे बेसुध पड़े सो रहे थे।

□

सूरज के निकलते ही घर में हंगामा शुरू हो गया। कोई गिरा, कोई चीख़ा और कोई रोया। नाश्ते के बाद आसिया मौक़ा देखकर चुपचाप घर से निकल गई।

आसमा रात से उलझन में पड़ी थी। इसलिए बच्चों के पार्क में निकलते ही उसने माँ से पूछा, "सब ठीक तो है न ?"

"बुलाकर पूछो उसी से ?" माँ एकाएक गुस्से से भड़क उठीं।

"वह तो कब की जा चुकी, पूछकर नहीं गई क्या ?" ताज्जुब से आसमा ने पूछा।

"वह तजुर्बे कर रही है। यहाँ सदियों से जो तजुर्बा हम कर रहे हैं वह तो उसकी नज़र में फ़ुज़ूल और बोसीदा बात है। वह अकेली समाज को बदल डालेगी, मर्दों की बराबरी कर उनसे नया क़ानून लिखवा लेगी, चुपचाप बैठी देखती जाओ यह आतशपारा क्या गुल खिलाती है।" माँ का चरखा चल गया था और आसमा के कान खड़े हो गए थे। अब धीरे-धीरे करके बात उसकी समझ में आने लगी थी।

"मर्द सीग़ा भी करेगा, ब्याहता के रहते दूसरी शादी भी करेगा और बाहर भी जाएगा, उसे कौन रोक सकता है भला ? लोग थू-थू भी करेंगे तो फ़र्क़ नहीं पड़ता; मगर औरत यह सब करेगी तो न घर की रहेगी न घाट की। दूसरा शौहर करना तो दूर, किसी से आशनाई भी हुई तो दुनिया उसे हरामकारी और मज़हब उसे ज़नाकारी कहेगा, मगर उसके सिर पर तो इनक़लाब सवार है। एक इनक़लाब ने हमारा सुख छीना, दूसरा आया तो समझो हमारी बची इज़्ज़त भी धूल में मिल जाएगी।" माँ पर जैसे दौरा पड़ गया था। उनकी आवाज़ ऊँची होकर फट गई थी।

"सब्र से काम लो।" घबराकर आसमा ने माँ को शांत करना चाहा।

"अरे, उसके मियाँ में है कोई ख़राबी, मगर बदबख़्त की क़िस्मत फूटी है।" माँ ने रुआँसी आवाज़ में कहा और चुप हो गईं, शायद आँसू पीने की कोशिश कर रही थीं।

आसमा सिर झुकाए बच्चों के धुले कपड़ों पर इस्तिरी करने लगी। उसका दिमाग़ तेज़ी से सोच रहा था। अगर आसिया अफ़ज़ल से खुश नहीं है तो तलाक़ ले ले, मगर यह सब···? तलाक़ किस बुनियाद पर वह माँगेगी भला? कोई ख़राबी नहीं अफ़ज़ल में, नशा, बीमारी, बेकारी, पिटाई, लापरवाही कुछ भी ऐसा नहीं है जो केस बना सके। नामर्दानगी का इल्ज़ाम उस पर लगाया नहीं जा सकता है। उसको साबित करना पड़ेगा और यह पता लगा कि आसिया खुद कहीं दिलचस्पी रखती है फिर तो क़यामत आ जाएगी, कोर्ट उसे···

"कपड़ा जल रहा है?" माँ चीख़ीं।

"ओह!" आसमा चौंकी। छोटी बेटी का लाल फ्रॉक सीने के पास से जल चुका था। आसमा ने प्लग निकाला, कपड़े समेटे और चुपचाप बेटे के पास जाकर बैठ गई। उसका दिल-दिमाग़ परेशान था। कई तरह के सवाल उसके सामने आ खड़े हुए थे। जिनमें सबसे अहम सवाल था कि शादी के बाद ऐसा क्यों हुआ और वह कौन है जिसने उसकी बहन का ईमान डगमगा दिया है?

□

शाम को आसमा के शौहर का फ़ोन आया कि वह उसे लेने आनेवाला है, मगर माँ की बीमारी का बहाना करके आसमा ने उससे एक दिन और रुकने की इज़ाज़त ले ली। बेटी को रुकता देखकर माँ ने बड़ी बहन को फ़ोन करके बुला लिया और तीनों सिर जोड़कर आसिया की बदक़िस्मती पर आँसू बहाती रहीं। आसिया जब शाम ढले घर में दाख़िल हुई तो ख़ाला ने महसूस नहीं होने दिया कि उन्हें सारी बात का पता चल गया है। वह उसी प्यार-दुलार से मिलीं और पूछने लगीं।

"मायके में कब तक रहना है? हो सके तो ख़ाला के घर भी आओ।"

"अब यहीं रहूँगी, मुझे वापस नहीं जाना है।" आसिया ने फ़ैसला सुनाया, जिसे सुनकर माँ के हाथ से घी का डब्बा छूटते-छूटते बचा।

"लाओ, मैं बघारती हूँ।" आसमा गोद का बच्चा आसिया को दे, माँ की घबराहट ताड़, हड़िया भूनने में लग गई।

"पूरे एक महीने मैंने तुझे दूध पिलाया था, जब तू तीन महीने की थी और ज़ोहरा सख़्त बीमार थी।" ख़ाला ने पुरानी यादों में डूबते हुए कहा।

"अब मैं तीन महीने की बच्ची थोड़े ही हूँ जिसकी ज़रूरत सिर्फ़ माँ की छाती का दूध होता है। इस घर में कोई नहीं समझता कि मैं बड़ी हो गई हूँ। मेरी ज़रूरत, मेरी चाहत कुछ और है।" आसिया ने शिकवे-भरे लहजे में कहा।

"आ मेरी बच्ची, तेरी ज़रूरतों को मैं अपनी अकल के मुताबिक़ समझने की कोशिश करूँगी।" कहकर ख़ाला ने आसिया को अपनी बाँहों में समेट, उसके माथे को चूमा और बालों को सहलाया।

ज़ोहरा एक किनारे बैठी बेटी का चेहरा हैरत से ताकने लगीं। आसमा ने चाय की ट्रे सामने रखी और केक, सूखे मेवे की प्लेट ख़ाला के आगे बढ़ाई। आसिया सँभलकर बैठ गई।

"ज़रूरत का, इनसान की ज़िंदगी में एक उसूल होता है।" ख़ाला ने धीमी आवाज़ में कहा।

"मानती हूँ ख़ाला, मगर जब ज़िंदगी इन बोसीदा उसूलों की क़ानूनी किताबों से आगे निकल जाए तो?" आसिया ने परेशान आँखें उठाईं और ख़ाला को देखा।

"हर ज़रूरत अगर पूरी की जाए तो फिर अल्लाह ही हाफ़िज़ है।" ख़ाला ने उसके गालों पर प्यार से चपत मारी।

"आपका पुराना क़ानून नई परेशानियों का हल नहीं जानता, मरते-घुटते इनसान की मदद को नहीं पहुँचता, इसलिए आप ज़िंदगी को ख़ौफ की दीवारों में चुन देना चाहती हैं ताकि इनसान एक बार मिली ज़िंदगी भी खुलकर न जी सके।" कहकर आसिया उठी और कमरे से बाहर निकल गई।

कमरे में थोड़ी देर ख़ामोशी छाई रही। तीनों औरतें अपने-अपने ख़यालों में डूबी थीं। कमरे में अँधेरा बढ़ता देखकर आसमा ने बत्ती जलाई।

"ये रिश्ते किस ज़माने में औरत-मर्द के बीच नहीं बने, मगर ...." माँ ने धीरे-से कहा।

"अरे ज़ोहरा, तब अचानक ये रिश्ते बनते थे क्योंकि अचानक ही मौक़ा मिलता था। गर्भ ठहरा या औलाद पैदा हुई। इस बात को बताने के लिए शायद ही उन बेचारों को दूसरा मौक़ा मिलता हो, किसकी औलाद किस घर में पली, किसीको क्या पता है। मगर अब हालात दूसरे हैं। यहाँ बार-बार ज़िंदगी इनसान को मौक़ा देती है। हालात उसका साथ भी देते हैं, क्योंकि इनसान अपने हक़ को पहचानने लगा है और..." ख़ाला बीच में रुक गई।

"हमने आपको इसलिए बुलाया था कि आप उसे समझाएँ, उलटे आप उसी की ज़बान बोलने लगी हैं।" ज़ोहरा बहन की इस अदा का बुरा मान गईं और उनकी बात बीच में काट दी।

"मेरे कहने का मतलब है कि बात न हलकी है न फुजूल, इसलिए थोड़ा सब्र से काम लो, जोश वक़्त के साथ बैठेगा, दबाने से और उफनेगा।" बड़ी बहन ने सोचते हुए कहा।

रात को सबने जाने कहाँ-कहाँ की बातें कीं, दुःख-सुख को याद किया। आसिया ने बच्चों के साथ तकिया फेंक-फेंककर खेला, माँ से रुई के टूटने पर सलवातें सुनीं और खाने के बाद एक लिहाफ़ में घुसकर सबने आसिया से ढेर सारी कहानियाँ सुनीं। कहानी सुनाते-सुनाते आसिया बच्चों के बीच गहरी नींद में डूब गई।

आधी रात के लगभग जब माँ और ख़ाला अपने कमरे में सो गईं तो आसमा ने जाकर बहन को जगाया और दोनों ख़ामोशी से बैठक में आकर बैठ गईं। आसमा ने पहले ही कॉफ़ी बनाकर रख ली थी। बहन की ख़्वाब में डूबी आँखें देखकर आसमा हलके-से मुसकराई।

"लो, पहले तुम्हारी यह नींद टूटे तो आग़े बात हो।"

दोनों धीरे-धीरे कॉफ़ी पीती रहीं। आसमा के चेहरे पर चिंता थी। आसिया के चेहरे पर सपने का सुनहरापन था। कॉफ़ी के प्याले ख़ाली हो गए। आसिया ने पैर उठाकर सोफ़े पर पालथी मारी और बहन की तरफ देखा। आसमा ने सोफ़े की पीठ से टेक लगाकर एक लंबी साँस खींची।

"कौन है वह ?"

"कौन ?" आसिया चौंकी, नींद का ख़ुमार काफ़ूर हो गया।

"तुम मेरा मतलब समझ रही हो, आख़िर वह कौन है ?" आसमा का लहजा सपाट था।

"एक मर्द।" आसिया का स्वर तल्ख़ था।

"उससे तुम्हारा क्या रिश्ता है ?" बहन की भवें तनीं।

"मेरा और उसका रिश्ता ? आदम और हव्वा का है।" आसिया हँसी।

"आदम और हव्वा का रिश्ता पाक है, मगर औरत-मर्द का जो रिश्ता तुम जी रही हो वह समाज की नज़र में नापाक है।" आसमा ने आईना उलट दिया।

"समाज ? कौन-सा समाज ? औरत-मर्द का आपसी रिश्ता किसी समाज, किसी क़ानून का मुहताज नहीं होता है। सो मैं भी नहीं हूँ।"

"तुम्हारे चेहरे पर बग़ावत की तुतुहरी बज रही है, मगर यह बग़ावत तुम्हें सिर्फ़ ग़लत रास्ते पर नहीं, बल्कि मौत के रास्ते की तरफ़ भी धकेल रही है।"

"अब मेरा हर रास्ता मौत की ओर ही जाता है।"

"तो फिर रास्ता बदल डालो।"

"जब मरना हर हालत में है तो रास्ता बदलकर क्या होगा ?"

"एक मौत को समाज इज़्ज़त देगा और दूसरे पर लानत भेजेगा।"

"तो फिर भेजने दो उन्हें लानत, उस सूरज पर जो ज़मीन को ज़िंदगी देता है, उस मिट्टी पर जो बीज को अपने आग़ोश में लेकर अंकुर फोड़ने के लिए मजबूर करती है और इस कायनात पर जिसका दारोमदार इन्हीं रिश्तों पर क़ायम है, जिसमें हर वजूद दूसरे के बिना अधूरा है।"

"यह लनतरानी छोड़ो और हक़ीक़त की दुनिया में उतरो।"

"हक़ीक़त ?"

"हाँ।"

"अगर शौहरदार औरत को मर्द पूरी तरह हासिल न हो उसकी अपनी इच्छाओं और तमन्नाओं के मुताबिक़, तो फिर तुम्हारा समाज और क़ानून कोई हल बताता है ?"

"तलाक़····दूसरी शादी····"

"तलाक़ ? उस इंतजार में तो मैं बूढ़ी हो जाऊँगी····फिर आज तक औरत को तलाक़ माँगने पर क्या उसे आज़ादी मिलती रही है जो मैं····"

"फिर शराफ़त, शराफ़त की ज़िंदगी गुज़ारो, औरतों के लिए शरीफ़ होना ही····"

"शराफ़त कुछ औरतों की मज़बूरी हो सकती है, क्योंकि उनकी तरफ़ कोई आँख उठाकर देखना पसंद नहीं करता है और इस मजबूरी में वे पाक पवित्र बनी रह जाती हैं मगर मेरे साथ यह मजबूरी नहीं है।"

"तुम अफ़ज़ल को ज़लील कर रही हो ?"

"बिलकुल नहीं, वह बिस्तर पर मेरा पूरक नहीं है, यह मैं जानती हूँ। उसका जोड़ा भी कहीं होगा और····"

"मैं भी इसी घर में पैदा हुई, पली-बढ़ी और अपनी ज़िंदगी गुज़ार रही हूँ, कम और ज़्यादा का संतुलन बनाकर शादीशुदा ज़िंदगी को खुशहाल बनाने की हम दोनों कोशिश करते हैं, मगर तुम ? तुम भी तो उसी घर में पैदा हुईं, पली-बढ़ीं और अचानक यह तब्दीली····वह भी शादी से पहले नहीं शादी के बाद, आख़िर क्यों ?"

"इसलिए कि मोहब्बत ने मेरा दरवाज़ा खटखटाया है।" आसिया ने कहा सहज स्वर में, मगर उसके तेवर को देखकर आसमा के माथे पर पसीना छलक आया।

बहन के इस तरह किए गए सवालों से आसिया के दिल में उथल-पुथल मच गई थी। उसने यह रिश्ता खुद तलाश नहीं किया था। शादी के बाद अफ़ज़ल से मिली, हर खुशी को उसने उमंग के साथ जिया था, मगर शादी के एक साल बाद वह कौन-सा कमज़ोर लम्हा था, जब वह आ टकराया। अपनी बातों, अपनी नज़रों से उसने इस तरह आसिया से खुद उसका परिचय कराया कि आसिया दंग रह गई थी।

दूर से पैदा हुई क़शिश पहले ही दिन तन-गाथा में नहीं बदली थी बल्कि जब दोनों हर तरह के तर्क, अंकुश और व्यथा पर विजयी हो गए तो इस मुक़ाम पर पहुँचे थे। वह अफ़ज़ल से उम्र में दो-तीन साल बड़ा था। आधी दुनिया घूम चुका था। पढ़े-लिखे होने के साथ उसके पास अनुभव था, नज़रिया था जो आसिया के सामने से कई तरह के जाले साफ़ करने में, उसे विश्वास देने और समाज को सियासी तौर से समझने में मददगार ही नहीं हुए थे बल्कि बातों से एक अजीब तरह का लुत्फ़ भी देते थे। अफ़ज़ल के साथ उसकी ज़िंदगी बँधे-बँधाए ढर्रे पर चल रही थी, मगर इसके साथ रोज़ एक नई बात मालूम होती। रोज़ एक तलाश शुरू होती जो उसे बड़े आराम से एक ठहरी ज़िंदगी से आगे ले जाती। आसिया उम्र के जिस दौर में थी वह जिज्ञासा से भरी उम्र का दौर था। उसकी यह ज़रूरत अफ़ज़ल नहीं बल्कि वह पूरी कर रहा था।

"वह शादीशुदा है ?" आसमा ने सवाल ठोंका।

"नहीं।" आसिया ने मासूमियत से गरदन हिलाई।

"तुमसे शादी करेगा ?" उपेक्षा-भरे स्वर में आसमा बोली।

"मैंने अभी तक इस सवाल पर सोचा ही नहीं था !"

"अगर तुम्हारे वजूद में एक नए इनसान ने साँस ली तो ?"

"क़यामत के दिन बच्चे माँ के नाम से पुकारे जाएँगे, बाप के नुत्फ़े से नहीं।"

दोनों बहनें आमने-सामने बैठीं चुपचाप-सी चंद लम्हे टकटकी बाँधे एक-दूसरे को देखती रहीं, जैसे अपनी बात समझाने की कोशिश कर रही हों। फिर जाने क्या हुआ कि आसमा की बड़ी-बड़ी आँखों में पानी जमा होने लगा।

"यह क्या ?" आसिया चौंक पड़ी, अपनी जगह से उठकर बहन के पास बैठ गई।

"तुम्हारी ज़िंदगी की कौन-सी मंज़िल होगी, उसके अंजाम से घबराती हूँ।" आसमा ने प्यार से बहन का गाल थपथपाया। आँखों में भरे आँसू गालों पर लुढ़क आए।

"डरती मैं भी हूँ मगर गुनाह का यह पक्का मीठा फल छोड़ने का दिल नहीं चाहता।" आसिया ने बहन के सिर पर प्यार से अपना सिर रखते हुए कहा।

"कोशिश करो।" आसमा ने भर्राई आवाज़ में कहा।

"भूल मत करना कि मुझे अपना अंजाम पता नहीं, मगर मोहब्बत को लौटाने का दम मुझमें नहीं था। इस तन को सुलाना अब मेरे बस की बात नहीं है।" आसिया क़ालीन पर बहन के पैरों के पास आकर बैठ गई और बहन की आँखों में झाँकते हुए गहरी आवाज़ में बोली।

जाने किस जज़्बे के तहत आसमा ने बहन के ऊपर उठे मासूम चेहरे को पल-भर ग़ौर से देखा, चूमा और ज़ोर से उसे सीने से लगाया। आसिया का मन बहन की हालत देखकर भर आया। इन सबके बीच रहते हुए आसिया ने उस रिश्ते को समंदर में पड़े मोती की तरह सँभाल लिया था। लौटना, ठहरना और वापस मुड़ना उसके बस में नहीं रह गया था। मगर एक दिन यही सारे लोग उससे जवाब तलब करेंगे, इस रिश्ते का नाम पूछेंगे, पाप और पुण्य का फर्क समझाएँगे, उसे सोचने पर मजबूर करेंगे···यह सब रिश्ता बनने से पहले उसने नहीं सोचा था। वह मिल गया, यही उपलब्धि उसे सिर झुकाने पर नहीं बल्कि उसमें विचित्र शक्ति और विश्वास देने के साथ सिर उठाने पर उकसाती रही है और आज···आसिया की पलकों पर टिके आँसू आबशार बन गए।

"इन मोतियों को यों मत गिराओ, इन्हें सँभालकर रखो, ये बहुत क़ीमती हैं पगली···" आसमा ने बहन की झमझमाती आँखों से गिरते आँसुओं को अपनी उँगलियों से साफ किया।

आसिया ने पास पड़े काग़ज़ के रूमाल को उठाया, चेहरा व आँखें खुश्क कीं और अपने को सँभालने लगी मगर आँसू थे कि रुकने का नाम नहीं ले रहे थे। सिसकियाँ

इतनी शिद्दत लिये हुए थीं, जैसे उसका सीना तोड़कर बाहर निकल आएँगी।

"तुम मुझे ग़लत मत समझना⋯ज़िंदगी मैंने भी जी है और क़रीब से देखी भी है। मेरे पास मेरे अपने तजुर्बे हैं⋯हो सकता है, वे तुम्हें बेकार लगें, मगर⋯शायद तुम्हारे काम भी आ जाएँ⋯" आसमा ने बहन का हाथ अपने हाथ में लेते हुए सरगोशी के अंदाज़ में कहा।

आसिया ने अपनी बीरबहूटी जैसी लाल-लाल आँखें बहन की तरफ़ उठाईं और क़ालीन से उठकर सोफ़े पर आ बैठी। आसमा अपनी जगह से उठी और सोफ़े के बाजू पर टिककर बहन के गले में बाँहें डाल, उसके सिर पर अपनी ठुड्डी रख, कुछ पल बैठी रही।

"हो सकता है कुछ नाज़ुक लम्हों में अफ़ज़ल को तुम्हारी मदद की ज़रूरत होती हो⋯जो तुम्हें मिला, तुमने जाना, उसकी रोशनी में सोचो⋯जानती हो, औरत चाहे तो अपने साथी को भरपूर मर्द बना ले और न चाहे तो नामर्द⋯अपने सुख को अफ़ज़ल में तलाश करो, हो सकता है, छिपा ख़ज़ाना तुम्हारे हाथ आ लगे और तुम्हें दोगुने सुख से शराबोर कर जाए⋯" आसमा ने गहरी आवाज़ में नपे-तुले शब्दों में अपनी बात ख़त्म की और बहन का चेहरा अपनी तरफ़ मोड़ा।

आसिया ने हैरत से बहन को ताका। आसमा का चेहरा उसे बिलकुल अलग-सा दिखा और उसकी आँखों का ठहरा भाव जाने कैसी चमक से धुँधला गया था। आसिया के होंठ काँपे और भारी पलकें झुक गईं।

□

बहन सुबह माँ को यह दिलासा देकर चली गई कि आसिया अपने को बदलने की कोशिश करेगी। वह अपने ख़ून पर यक़ीन रखे। दोपहर को ख़ाला भी इतमिनान दिलाकर चली गईं कि आख़िर आसिया है तो इनसान ही, कोई फ़रिश्ता तो नहीं, एक दिन ज़रूर समझेगी घर का मतलब। जब बच्चे से गोद भरेगी तो उसको खुद अपनी ज़मीन की तलाश होगी। अभी शादी को दो साल ही तो गुज़रे हैं⋯ठोकर खाए बिना कोई सँभलता है? बहन के कहने-सुनने से माँ का दिल काफ़ी सँभल चुका था। माँ को दोपहर में किसी दूर के रिश्तेदार के घर पुरसे में जाना था। वह चली गईं।

भरा-पूरा घर एकाएक ख़ाली हो गया और आसिया तन्हा रह गई। उसे वे दिन याद आने लगे जब बाबा ज़िंदा थे। आसिया और आसमा के बीच एक भाई भी था जो पाँच साल का होकर डिप्थिरिया से मर गया। दादा-दादी थे जिनकी मौत के कुछ दिन बाद बाबा को हार्ट-अटैक हुआ था। घर की आबादी और खुशहाली घटकर सन्नाटे में बदलने लगी थी। जाने कितनी घटनाएँ थीं जिन्होंने आसमा और आसिया को बहन से ज़्यादा सहेली बनने में मदद की थी। तरह-तरह के खेल, ऊटपटाँग बातें, हार-जीत, लड़ाई-आँसू, शिकवे-शिकायत, जलन, दुःख-सुख के बाद जब आसमा की शादी हो गई

तो वह एकाएक अकेली हो गई। हर जगह आसमा की कमी खटकती। पढ़ना-लिखना, घूमना-फिरना फीका-फीका लगता।

जब आसमा कुछ दिन बाद अपने शौहर के साथ घर लौटी तो वह बजाय आसिया के साथ बैठने के अपने शौहर के आगे-पीछे घूमती रही थी। वे दोनों आपस में बातें करते ठहाके लगाते। यह देखकर आसिया को गहरा आघात लगा और जलन में मुँह से निकला था—'बेईमान····' फिर एक बच्चे के बाद दूसरा बच्चा आसमा को उससे इतनी दूर ले गया कि उसे अपनी ही बहन से चिढ़ होने लगी थी। मगर कल रात, इतने दिनों बाद उसे अपनी बहन वापस मिली थी। खुशी का अहसास पुरानी उदासी को पोंछ गया था।

पुरानी यादों की उमंग से भरी आसिया उठी और उसने अलमारी से एलबम निकाले। बचपन की अपनी तसवीरें देखकर वह हँसने लगी। दोनों बहनें एक-सी लंबी फ्राकें पहन गले में बाँहें डाले आगे से टूटे दाँत दिखाती हँस रही थीं। दूसरी तसवीर में उसकी दो कसी चोटियाँ सीने पर पड़ी थीं। आसमा ने बाल मोड़कर बना रखे थे। कान के दोनों तरफ़ बड़े-बड़े रिबन के फूल लगे थे मगर धूप से बचने के लिए उसने अजीब तरह से मुँह बिचकाकर आँखें बंद कर रखी थीं।

दूसरे एलबम में सबकी शादियों की तसवीरें थीं। पहले पन्ने पर माँ और बाबा खड़े थे। माँ की शकल कभी आसमा की तरह लगती, कभी अपनी तरह। फिर दूसरे पन्ने पर आसमा और राशिद का रंगीन फ़ोटोग्राफ था। तीसरे पन्ने पर उसका और अफ़ज़ल का····वह शर्माई खड़ी है और अफ़ज़ल किसी से हाथ मिला रहा है।

'कहते हैं जन्नत में जोड़े बन जाते हैं और उनकी शादी भी वहीं हो जाती है। मेरी शादी जन्नत में भला किससे हुई होगी, अफ़ज़ल से या उससे ?' उसने सोचा।

काफ़ी देर तसवीरों को देखने के बाद वह उठी और रात के खाने के इंतज़ाम में लग गई। उसने रेडियो खोल रखा था, ठीक पहले की तरह, ताकि उसे तनहाई का अहसास न हो। गानों के साथ कभी वह गुनगुनाती, कभी उसकी लय पर काम करते हुए हाथ तेज़ी से चलाती।

'खाना खुद पकाया जा सकता है, पैसा भी खुद कमाया जा सकता है, मगर खुद अपना महबूब आप नहीं बना जा सकता है।' सोचते हुए हँस पड़ी आसिया।

खाना पक गया तो वह सामान समेटकर बैठक में लौट आई। उसने एलबम उठाए और उन्हें वापस अलमारी में रखने लगी। तभी उसमें से एक लिफ़ाफ़ा नीचे गिरा। झुककर उसने लिफ़ाफ़ा उठाया और खोला। कुछ रंगीन तसवीरें थीं। शादी के कुछ दिनों बाद ही पहली ईद पड़ी थी।

आसिया की आँखों के सामने शादी के शुरू के दिन घूम गए। ईद का दिन। घर मेहमानों से भरा है। दूर-क़रीब की रिश्ते की ननदें भाभी को घेरकर मज़ाक और दुलार दिखा रही हैं। चूँकि शादी के बाद उसकी यह पहली ईद है इसलिए ईदी के साथ शादी

के दिन न आ सकनेवालों से उसे मुँह-दिखाई भी मिल रही है। रस्म के मुताबिक उसने झुककर सबके आगे शीरीनी की सेनी बढ़ाई।

"बहू सलीक़े की है।" अफ़ज़ल की दादी की आवाज़ में संतोष था।

"कमसिन है, घर के माहौल में आसानी से रच-बस जाएगी।" फूफी ने फैसला सुनाया।

"यह क्या दरियादिली दिखाई बेटी, अभी तो तुम्हारे खाने-खेलने के दिन हैं।" चचिया सास ने अपनी बेटियों के हाथ उपहारों से भरे देखकर बड़े ताज्जुब से कहा।

"उन्हें पसंद आए, उन पर सजते भी तो हैं।" आसिया ने हँसकर ननदों को देखा।

"मुबारक हो तुम्हें, बड़े दिलवाली बहू पाई है।" सास की बड़ी बहन ने पसंदीदा नज़रों से आसिया को देखते हुए खुशी से भरकर बहन को गले लगाया।

□

हिना की खुशबू से कमरा महक रहा था। मौसम दिलकश और हवा मतवाली थी। अफ़ज़ल ने खिड़की खोल दी, तारों से भरा आसमान झिलमिलाती चादर तानकर खड़ा हो गया। खुश मगन आसिया फूलों के ज़ेवर से लदी-फँदी कमरे में दाख़िल हुई तो अफ़ज़ल से रहा न गया, हँसता हुआ आसिया के क़रीब पहुँचकर बोला, "आपका हमसे ईद मिलना रह गया।"

आसिया बुरी तरह झेंप गई। अफ़ज़ल ने उसे छुआ और वह छुई-मुई बन गई। आसिया के दिल में हसरत थी कि अफ़ज़ल उसको बार-बार देखे, उसकी तारीफ़ करे और धीरे-धीरे उसकी सजावट उससे दूर कर, अपनी बाँहों में उसे भरे। अफ़ज़ल को गुनगुना पसंद नहीं था। वह तूफ़ान की तरह उसको अपने साथ बहा ले जाता और फिर जब वह पूरे वेग से बह रही होती तो वह एकाएक शांत हो जाता और आसिया अभी 'थोड़ा और' के अहसास में डूबी बड़ी मुश्किल से उस बिखराव से अपने को बाहर निकाल पाती और ज़ोर से अफ़ज़ल का हाथ अपनी तरफ़ खींचती। वह 'अभी आया,' कहकर उसके पास से उठ जाता। अफ़ज़ल उसे वक्त से पहले भँवर में ले कूदता और मँझधार में छोड़कर बाहर निकल आता।

अफ़ज़ल को गहँगे और ख़ूबसूरत तोहफ़े देने का बहुत शौक़ था। आसिया को बहुत अच्छा लगता, बाहर घूमना, सजना, ख़ाली वक़्त में कुछ पढ़ना और सास-ससुर के लाड़ में भरकर कभी-कभी कुछ पकाना और ढेरों तारीफ़ें सुनना। कुछ महीनों बाद इस एकाकी ज़िंदगी से वह घबराने लगी। कोई कोर्स करने की सोचने लगी। अफ़ज़ल ने इजाज़त दे दी और जब कोर्स ख़त्म हो गया तो ज़िंदगी भी एक नए रास्ते पर मुड़ गई। उसमें किसका कितना दोष था?

आसिया ने तसवीरें लिफ़ाफ़े में वापस रखीं और अलमारी बंद करके वापस मुड़ी। उसके दिल और दिमाग़ की कैफ़ियत बदल रही थी। कई तरह के सवाल उसके सामने

आकर उससे जवाब तलब कर रहे थे। ये जन्नत की शादियाँ होश आने पर जवानी का रोग क्यों बन जाती हैं? शौहर से तन और मन का मिलना बहुत ज़रूरी होता है? जिससे तन, मन और मस्तिष्क सब मिल जाएँ वह शौहर नहीं होता है, फिर वह क्या होता है···· दुनिया की नज़र में सिर्फ गुनाह? गुनाह आख़िर इतना ख़ूबसूरत, इतना लबरेज़, इतना लतीफ़ क्यों होता है? गुनाह में इतनी ताक़त कहाँ से आ जाती है कि वह सवाब को छोटा कर समाज और क़ानून को चुनौती देने लगता है?

आसिया गुसलख़ाने में घुस गई और जी भरकर नहाई। नल बंद किया और सामने से तौलिया उठाई, पानी की बूँदे उसके बदन पर ओस की बूँद की तरह ठहर गई थीं। वह बदन पोंछना भूल गई।

'अपने इस बदन के साथ इतने साल रही मगर जान न पाई यह कैसा है और जो पल-भर के लिए इससे जुड़ा उसने पुरानी गाथा गा दी—बदन पर कहाँ पर काला तिल है और कहाँ का स्पर्श फ़ाख़्ता के मुलायम परों जैसा रेशमी है। उसके तलवों में ख़म है और पैरों की उँगलियों के पीछे का गदबदा हिस्सा ठीक फूलों की पँखुड़ियों की तरह कटावदार है, उसकी पिंडली चिड़िया के पंजे की तरह नाज़ुक और लचकदार है। उसके बदन का रंग पीली चंपा जैसा सुनहरा और महकदार है और···।'

उसने सिर झटका मगर उत्सुक निगाहें फिर अपने को तौलने-परखने लगीं। साँसें तेज़ हो गईं। उसने घबराकर तौलिए से बदन लपेटा।

नहाने से दिल और दिमाग़ काफ़ी हलका हो गया था। चाय बनाकर वह प्याली उठाए कमरे में वापस आई। उसने टी.वी. का बटन दबाया। अपने ही मुल्क में नहीं बल्कि सारी दुनिया में आग लगी हुई है। कहीं धर्म, कहीं रंग, कहीं नस्ल, कहीं विचारधारा, कहीं सत्ता, कहीं अंकुश इनसानी दुःखों का कारण बनी हुई हैं। आदमी ने तरक़्क़ी कहाँ की है? इससे तो अच्छा वह ज़माना था, जब सब एक बड़े कुनबे की शकल में रहते, बाँटकर खाते, बाढ़, भूकंप, तूफ़ान से डरते, उन्हें ख़ुदा मानते। रंग, नस्ल और ख़ुदगर्ज़ी ने उनके बीच तब गहरी खाइयाँ नहीं खोदी थीं। वे अपने नुत्फ़े के लिए जान नहीं देते थे बल्कि बच्चों के बाप की पहचान का प्रश्न उनके लिए कोई मसला नहीं था।

दरवाज़े की घंटी न बजती तो अपनी रौ में आसिया सोच की धारा में बहती जाती। माँ वापस लौट आई थीं और कपड़े बदल रही थीं। उसने दस्तरख़ान बिछाकर उस पर खाना चुन दिया। खाना खाते हुए माँ वहाँ आई औरतों और लड़कियों का ज़िक्र करती रहीं। आसिया बड़े ध्यान से उनकी बातें सुनती रही।

रात को सोते हुए माँ का दिल चाहा कि बेटी से पूछे कि आख़िर ससुरालवाले भी उसकी राह देख रहे होंगे। बेहतर है कि वह उस ज़िंदगी को उजड़ने से पहले बसा ले। एक घर बनाने की कोशिश करे, मगर कुछ सोचकर चुप रह गईं कि कहीं कच्ची मिट्टी पर वार करने से बना-बनाया खेल बिगड़ न जाए।

आसिया सारे दिन घर में रहती। माँ के साथ कुछ पुराने बक्से साफ़ करने, कूड़ा-कबाड़ा फेंकने में और घर को नए तरीक़े से सजाने में उनकी मदद करती रही। माँ को इतमीनान हो गया कि आसमा की बातों का असर आसिया पर हो रहा है। खुदा ने चाहा तो वह एकदम बदल जाएगी। खुद ही वापस जाने की ख़्वाहिश ज़ाहिर करेगी।

□

एक रोज़ सुबह-सुबह आसिया ने जो दरवाज़ा खोला तो अफ़ज़ल को फूलों के गुलदस्ते के साथ सामने खड़ा पाया। उसने पूरा दरवाज़ा खोल दिया। अफ़ज़ल ने गुलदस्ता उसके हाथों में पकड़ाते हुए कहा, "ज़ालिम, एक बार तो फ़ोन करके अपने बीमार का हाल पूछ लेतीं ?"

"कौन है ?" पूछती माँ आसिया के पीछे आकर खड़ी हो गईं।

अफ़ज़ल ने उन्हें सलाम किया और कार से उतरती समधिन ने आगे बढ़कर उन्हें गले लगाया। ससुर फल और मिठाई की छोटी-छोटी टोकरियाँ उठाए अंदर दाख़िल हुए और बोले, "वाह रे ज़माना, हम चुप रहे तो आपने हमारी चीज़ अपनी समझकर रख ली।"

"सच, घर सूना हो गया। मैं अभी आती न, सोचा साल-भर बाद गई है। रह ले महीना-दो महीना, मग़र आपके दामाद का बाहर जाना हो रहा है।" सास ने एक अदा से समधिन से कहा।

"आपकी अमानत पूरे दस दिन सँभालकर रखी। आपकी बहू है, जब चाहें ले, जाएँ।" माँ का चेहरा खुशी से गुलनार हो रहा था।

"आप अकेली यहाँ रहती हैं; आख़िर हमारे साथ रहें न !" अफ़ज़ल ने सास से कहा।

"ठीक ही तो कहता है आख़िर आपका बेटा जो है।" समधी बोले।

"किस मुँह से शुक्र अदा करूँ उस ऊपरवाले का जिसने आप जैसा घराना और हीरे जैसा दामाद दिया है।"

झिझकती-सी आसिया चाय की ट्रे लेकर कमरे में दाख़िल हुई। अफ़ज़ल की आँखें शरारत से चमकीं। शरमाई-सी आसिया सास-ससुर की दुआएँ लेती अफ़ज़ल की नज़रों से बचती माँ से लगकर बैठ गई।

"बेटी, अफ़ज़ल को अंदर ले जाओ।" माँ ने बेटी से कहा।

"हाँ, हम बूढ़ों में बँधे बैठे न रहो तुम लोग," सास ने कहा।

आसिया ने अपना सामान समेटकर बाँध लिया। माँ ने बेटी की बलाएँ लीं और दामाद के कंधे पर प्यार से हाथ रखा। सास ने उनकी हालत देखकर कहा, "बहन, मैंने लड़की पैदा नहीं की तो क्या, आसिया ने इतने दिन दूर रहकर अहसास दिला दिया कि लड़की होती बड़ी मोहिनी है। आपके दामाद के जाने के बाद उसे मैं आपके पास कुछ

दिनों के लिए फिर भेज दूँगी।"

आसिया के जाने के बाद माँ थोड़ी देर आँसू बहाती रहीं, फिर उठकर उन्होंने शुक्राने की नमाज़ अदा की और आसमा को फोन मिलाने लगीं।

"आसिया ससुराल गई, मेरे सिर से ज़िम्मेदारी का बोझ हटा। अगले महीने अगर राशिद को छुट्टी हो तो मन्नत बढ़ा लेते हैं।"

"ठीक है।" उधर से आसमा की खुशी में डूबी आवाज़ उभरी।

"मैं तुम्हारी ख़ाला को भी इत्तिला दे दूँ।" कहकर माँ ने फ़ोन रख दिया।

□

आसिया ससुराल आकर अफ़ज़ल के कपड़े ठीक करने, नए कपड़े सिलवाने, ज़रूरत की चीज़ें ख़रीदने में जुट गई थी। अफ़ज़ल अपनी फ़र्म की तरफ से छः महीने के लिए यूरोप जा रहा था। उसका इरादा था कि कोर्स के ख़त्म होते ही वह आसिया को वहाँ बुला लेगा और फिर वे दोनों पूरा यूरोप घूमकर लौटेंगे।

काम की व्यस्तता में अकसर आसिया का दिल भटक जाता। फ़ोन पर हाथ जाता, नंबर घुमाती मगर फिर घबराकर रख देती और बजते टेलीफ़ोन को कभी खुद नहीं उठाती थी। मगर उस मुलायम बिस्तर की याद, जिसने उसे ज़िंदगी का अर्थ समझाया था, उसे पूरी तरह भूलने की कोशिश करती।

'अपने बंदों से यह दोहरा खेल कैसा? जब जज़्बा दिया था तो बहाव भी सीधा देता? एक साथ दो आशिक़ों को मेरे दामन में डालने का अर्थ?' आसिया बेदम होकर कह उठती।

रात को वह अपने को ढीला छोड़ देती। अफ़ज़ल उसकी इस अदा पर मिट जाता। आख़िर एक दिन उसने कह दिया, "बहुत बदल गई हो।"

"यानी?" आसिया की आँखें फैलीं। चेहरे पर से डर की परछाईं गुज़र गई।

"कुछ दिन माँ के घर हो आया करो, वहाँ से आकर पहले की तरह भोली, हसीन और···" बाकी बातें हँसी में डूब गईं।

सब कुछ समझकर आसिया की आँखें झुक गईं। अफ़ज़ल ने उस पर बोसों की बौछार कर दी।

कुछ दिन अच्छे गुज़र गए मगर जल्द ही दिल अफ़ज़ल के नाम पर टिका नहीं रह सका। दिल और दिमाग़ पर क़ाबू पाती तो बदन बेक़ाबू होकर अपना साथी तलाश करता। उसे भी एक ख़ास तापमान पर चढ़ने और उतरने की आदत हो गई थी।

अब अफ़ज़ल के स्पर्श उसे तनाव में ला रहे थे। उसकी मांसपेशियाँ इस तरह से तन जातीं और उसकी खुलती-बंद होती मुट्ठी कई बार अफ़ज़ल को परे धकेलना चाहती। एक खौलता आक्रोश ज्वालामुखी बनकर उबलता हुआ दिल-दिमाग़ पर छाने लगता जैसे कोई ज़बरदस्ती अपनी हदें पार कर रहा हो। तैश में आकर उसे लगता कि

वह अपनी पूरी ताक़त से चीख़े कि घर की हर नाज़ुक चीज़ चकनाचूर हो जाए।

"क्या बात है ?" कभी-कभी उसके तनते-अकड़ते बदन की ऐंठन को अफ़ज़ल महसूस करता। उसे लगता कि आसिया उसकी बाँहों में होने के बावजूद उसके पास नहीं है।

"कुछ नहीं, थक जाती हूँ जल्दी।" आसिया उसकी आवाज़ सुनकर होश में आ जाती। ख़्वाब से हक़ीक़त में उतर आती और कहीं बात खुल न जाए, इस घबराहट में वह अफ़ज़ल से लिपटकर उसके बाजुओं को चूम लेती, मगर दिल में दर्द उठता।

'अपने बदन का यह अपमान···आख़िर क्यों सहती है।' आँखें जल उठतीं।

"आँसू···भला क्यों? कहो तो न जाऊँ?" दीवानगी में भरकर अफ़ज़ल उसे झिंझोड़ता।

"नहीं···नहीं, बस यों ही," कहकर हँस पड़ती आसिया और अफ़ज़ल उसके चेहरे पर, बदन पर चुंबनों की मुहरें लगा देता।

अपने तन पर क़ाबू पाते, अपनी इच्छाओं का गला घोंटते और अपने ऊपर अत्याचार करते-करते आख़िर वह हार गई। जानती है कि अफ़ज़ल ने उसे प्यार का सबक सिखाया मगर प्यार करना, बदन की ज़बान में एक-दूसरे तक पहुँचना और उस विस्तार में अपने साथ किसी को पाना, फिर सारे जहां को उसमें देखना यह सब तो उसको किसी और ने बताया है। क्या मर्द भी एक-दूसरे से इतने जुदा होते हैं? इस दूसरे मर्द ने उसे ऐसा क्या दिया है कि जो चाहकर भी पहले से जुड़ी नहीं रह पाती है? क्या इस हक़ीक़त को वह क़बूल कर ले कि तन हर एक से अपनी ज़बान में बात नहीं कर सकता है?

वह अपने बहकते क़दम पर पहरा लगाती और ख़ुद को तलाश करती हुई यह बात समझने की कोशिश करती कि कहीं दो जगह बँटी ज़िंदगी उसे समझा तो नहीं रही है कि दुनियावी ज़िंदगी से हटकर एक रूहानी ज़िंदगी भी होती है और इन दोनों के बीच तालमेल बिठाकर, अपनी पहली ज़िंदगी का विस्तार मानकर दूसरी ज़िंदगी को जीना होगा। एक का संबंध समाज से होगा और दूसरे का उसके निज से···?

आसिया के दिमाग़ ने दिल को समझाया मगर दिल तन को न समझा सका। यह कोशिश भी जब बेकार गई तो हिम्मत करके आसिया ने तय किया कि वह अफ़ज़ल को सब कुछ बता देगी, कुछ नहीं छिपाएगी। इस तरह तनाव में हर रात बसर करना उसके बस की बात नहीं है। उसके सारे तंतु टूट रहे हैं। वह अफ़ज़ल को सुख देने की जगह एक चिंता में डुबो देती है। फ़ैसला कर वह उस रात आराम से सोई मगर सुबह उठते ही उसे दूसरी फ़िक्र लग गई।

'दुनिया क्या कहेगी? उसे बुरी औरत का नाम देगी, मगर उसने तो कभी अपने को अच्छी औरत कहलाने का सपना नहीं देखा। सच्ची ईमानदार ज़रूरत की बात करना बेईमानी है क्या? अच्छी औरत के परदे में वह दोहरी ज़िंदगी कब तक जिएगी? वह ख़राब औरत है, हाँ···वह बदकार और आवारा औरत है।' आसिया सिर पकड़कर बैठ जाती और उसे लगता कि अब इस घर में पल-भर भी ठहरना उसके लिए मुश्किल है।

जब वह उठकर अफ़ज़ल से बात करने जाती तो रास्ता रोककर आसमा आ खड़ी होती।

'इस तन की ख़ातिर सब कुछ दाँव पर लगा दिया?'

'हाँ, कौन इससे बचा हुआ है? तुम भी नहीं····तुम तन को आबादी मानकर घर का बहाना बनाती हो और तन को रूह से अलग देखती हो मगर मैं किसी बहाने की ज़रूरत महसूस नहीं करती हूँ। मेरे लिए तन ही सब कुछ है, वही ज़िंदगी की हक़ीक़त और वही मेरे जीने का लक्ष्य····'

आसमा से जाने क्या-क्या वार्त्तालाप ख़यालों में कर जाती आसिया। अंत में उसने फ़ैसला ले लिया कि अफ़ज़ल को अभी आराम से जाने दे मगर जिस दिन वह वापस आएगा उसे वह अपना यह फ़ैसला सुना देगी। इस छः महीने के अरसे में तीनों को एक-दूसरे के प्रति अपनी ज़िम्मेदारी का भी अहसास हो जाएगा और वे परख भी लेंगे कि खुद वे कितने पानी में हैं।

□

अफ़ज़ल चला गया। घर सूना और दिल उदास हो गया। कई दिन सोते-जागते, थकन उतारते गुज़र गए। माँ और आसमा ने बहुत ज़ोर दिया मगर वह उनके साथ नहीं गई। उन्हें यह जानकर खुशी हुई कि बेटी मान-मर्यादा का अर्थ समझने लगी है।

अब आसिया को उसके टेलीफ़ोन का इंतजार था, खुद फ़ोन करना उसे पसंद न था क्योंकि वह बड़े आराम से अब एक दूर खड़े दर्शक की तरह अपने साथ होनेवाली घटनाओं और दुर्घटनाओं का अवलोकन कर सकती है। वह अंदर से इतनी बड़ी और पुख़्ता हो चुकी है कि दूसरे के किए गए फैसले का केवल कारण ही नहीं समझ सकती है, बल्कि उसको सम्मान देना भी जान गई है।

□

एक दिन दोपहर को फ़ोन की घंटी बज उठी। बेख़याली में उसने फ़ोन उठाया। आवाज़ सुनकर धक् से रह गई। इतने दिनों के इंतज़ार ने उससे उम्मीद छीन ली थी। उन ख़ूबसूरत गुज़रे क्षणों को महज़ एक इत्तफ़ाक़ समझकर, उसकी हसीन यादों को सँजोकर रखने का मन बना चुकी थी, मगर अब वह आसमा को कैसे समझाए कि उसका तजुर्बा किसी और का सच नहीं हो सकता है और किसी दूसरे का सच उसका अपना तजुर्बा नहीं बन सकता है।

"कुछ देर के लिए हो आओ न, आज महीना-भर हो गया है घर से निकले, न कहीं आई-गईं।" सास ने पीछे से बहू की मनुहार की।

"फिर कभी," कहकर आसिया ने फ़ोन रख दिया। वह घबरा गई थी। इन्हें क्या पता यह किसका फ़ोन था और वे उसे कहाँ भेजने का इस तरह इसरार कर रही हैं।

□

दो महीने के इस लंबे बिरहा ने मिलन की इस घड़ी को नया अर्थ दे दिया था।

मेंह टूटकर बरसा, प्यासी नदी उबलने लगी, आबशार दोगुने वेग से गिरा मगर न तपिश ठंडी पड़ी न प्यास बुझी। दोनों अपनी शक्ति, अपनी मजबूरी और अपनी-अपनी ज़रूरत समझ चुके थे। दोनों में से किसी ने कुछ कहने, पूछने और सफ़ाई देने की ज़रूरत नहीं महसूस की, जहाँ से बिछुड़े थे वहीं आकर फिर मिल गए थे। जैसे साथ-साथ बहना ही उनकी तक़दीर हो।

"तुम्हारे इस पाक जिस्म पर आज मैं नमाज़ अदा करूँगा ताकि यह एबादतगाह मेरे लिए और मैं उसके लिए सदा महफ़ूज़ रहूँ।" कहकर वह आसिया के पहलू से उठा और उसके पैरों के पास जाकर खड़ा हो गया। सीने पर हाथ रखकर नियत बाँधी, फिर दोनों हाथ उठाकर ख़ामोशी से उस खुदा को याद किया जिसका दूसरा नाम मोहब्बत है फिर रुकू में झुका और उस नंगी छाती के बीच सिजदे में गिरा।

दोनों संगमरमरी गुंबदों के बीच बालों से भरा सिर आस्ताने पर टिका, अपनी निष्ठा और वफ़ादारी की क़सम खाता रहा। सूरज ढलने लगा। चारों तरफ़ से उड़ते परिंदे थके-हारे-से इन गुंबदों में पनाह लेने लगे ताकि नई सुबह के नमूदार होने पर वे और ऊँची उड़ान भर सकें।

आदम-हव्वा के इस ख़ामोश समर्पण में किसी तीसरे के वजूद की कोई गुंजाइश नहीं बची थी। तन एक हो गए। धड़कन एक हो गई। अपने को देखने, इस दुनिया को पहचानने और खुदा तक पहुँचने का रास्ता एक होकर बदन में पेवस्त हो गया, जिसको वे बेतहाशा चूम रहे थे।

□

शाम ढले जब आसिया घर नहीं लौटी तो सास बेचैन हो उठी। ससुर जब दफ़्तर से लौटे तो अपने साथ ख़बर भी लाए कि किसी जवान मर्द-औरत को ज़नाकारी के जुर्म में पकड़ा गया है। सुनकर सास की जान निकल गई। शहर में बम फटने से फिर हंगामा, ऐसी हालत में आसिया कहाँ अटक गई?

"लगता है जिधर कर्फ़्यू लगा है उसी इलाक़े में गई होगी," ससुर ने कहा।

"अगली दफ़ा से घर का पता और फ़ोन नंबर लिख लूँगी, बेचारी को आज जाना नसीब हुआ तो यह आफ़त आ पड़ी।" सास ने हाथ मलते हुए कहा।

रात आँखों-आँखों में कट गई। कहाँ फ़ोन करें? माँ और आसमा मन्नत बढ़ाने दूसरे शहर गई हैं। सहेलियों का न नाम पता है, न टेलीफ़ोन नंबर। जब कर्फ़्यू हटने का ऐलान हो गया और दोपहर तक आसिया नहीं लौटी तो दोनों परेशान हो उठे।

"अफ़ज़ल को क्या जवाब दूँगी? कहेगा कि अम्माँ आसिया की हिफ़ाज़त न कर सकीं?" सास ने आँखें पोंछी।

"समधिन भी क्या सोचेंगी कि बहू का ख़याल न किया, अकेले जाने दिया।" ससुर लस्त-से पड़ गए।

दोनों ने मुशकिलकुशा की तस्वीह घुमाना शुरू कर दिया। आए-गए के सामने मुँह नहीं खोला। फ़िक्र ने उन्हें चंद घंटों में अधमरा बना दिया था।

□

दोस्तों ने उसे किसी तरह जेल जाने से पहले ही छुड़ा लिया था मगर वह इस बात से उन सबसे ख़फ़ा था। जब वह बक-झककर ख़ामोश हुआ तो सादिक़ ने कमरे की ख़ामोशी तोड़ी।

"उसका और तुम्हारा रिश्ता मैं मानता हूँ, तुम्हारी अपनी निजी ज़िंदगी से ताल्लुक़ रखता है मगर जो कुछ तुम लोगों के साथ आज घटा वह अब तुम्हारा मामला नहीं रह गया बल्कि उसका ताल्लुक़ हम से और इस समाज से है। इसलिए अभी तक हम चुप थे, मगर इस मामले में अब तुम चुप रहोगे और हम अपना फ़र्ज़ निभाएँगे।"

"कुछ सोचो तो, गुनाहगार तो बराबर का मैं भी हुआ, सज़ा सिर्फ़ उसे क्यों मिले ?" वह तड़पा।

"तुम्हें छुड़ाना आसान था, तुम छूट गए। अब हम उसे छुड़ाने की कोशिश करेंगे, इतमीनान रखो।" असलम ने समझाया।

"एक बार फिर मर्द दग़ाबाज़ साबित हो गया।" उसने दोनों हाथों से कान के पास फड़कती रग पकड़ी।

"यार ! बोर मत करो, बात को समझो। यहाँ साथ-साथ मरकर लैला-मजनूँ की कहानी नहीं दोहरानी है, यहाँ ज़रूरत है उसे बचाने की, आज एक की शामत आई है, कल हज़ारों पकड़ी जाएँगी।" नईम ने झुँझलाकर कहा।

"इसको तनाव बहुत है, कहीं दिमाग़ की रग न फट जाए, कहो तो इंजेक्शन देकर सुला दूँ ताकि हम बैठकर चैन से सलाह-मशविरा कर सकें।" फ़ारुख़ ने सादिक़ के कान में कहा।

दोस्तों ने ज़बरदस्ती उसे बिस्तर पर लिटाया। फ़ारुख़ ने अपना दवा का बैग खोला, इंजेक्शन तैयार किया और यह कहते हुए उसके बाज़ू में घोंप दिया, "बात तुम्हारी नहीं है बल्कि हम जो निज़ाम लाना चाहते हैं, आसिया जो पाना चाहती है या औरतें अपनी तरह जीना चाहती हैं, यह उसकी है। उनकी तिलमिलाहट इसीलिए है कि आसिया अब उनके लिए चुनौती बन गई है और हमारे संघर्ष की मशाल…"

"मगर मैं तो अपने को उन्हीं जाहिलों की पंक्ति में खड़ा पा रहा हूँ।" वह बैन करता-सा चीख़ा।

"यक़ीन रखो, उसे सज़ा नहीं होने देंगे। हाँ, जब मुक़दमा चलेगा और बहस शुरू होगी तो हम अपना नज़रिया इस ज़ोरदार तरीक़े से सामने रखेंगे कि इन ज़ालिमों को बग़ल झाँकने के अलावा कुछ समझ में नहीं आएगा।" सादिक़ ने तल्ख़ी से कहा।

इधर वह गहरी नींद में डूब गया। उधर शहला और सादिया नाकाम लौटीं। अपने

प्रभाव, जान-पहचान और रिश्वत की पेशकश के बावजूद वे इस हक़ीक़त से बुरी तरह टकराईं कि एक ही समाज के दो मापदंड हैं। मर्द के लिए क्षमा और औरत के लिए कड़ा दंड··· सबके सिर झुक गए। आसिया कोतवाली से जेल पहुँचा दी गई थी। मामला अब संगीन हो चुका था।

ये सारे लोग समाज के उस वर्ग से हैं जो पढ़ा-लिखा प्रगतिशील कहलाता है। इनके सामने आज इतने गूढ़ सवाल आ खड़े हुए हैं कि वे उनसे बचकर भाग नहीं सकते हैं। ये डॉक्टर, इंजीनियर, वकील, लेखक, अध्यापक, पत्रकार अपने पेशे के बाद का वक़्त समाज को ग़लत सियासत और धर्म के शिकंजे से निकालने में ख़र्च करते हैं ताकि आनेवाले दिनों में इनसान सेहतमंद ज़िंदगी जी सके।

बुद्धिजीवियों की चीख़-पुकार से सोए लोग जागने लगे। उनके सामने प्रश्न था कि यह कैसे मुमकिन है कि मर्द, औरत अपने बीच के आकर्षण को नज़रअंदाज़ कर, सारे दिन आमने-सामने बैठे सिर्फ़ कुरान की तलावत किया करें? इस रस्साकशी में संगसार की तारीख़ आगे बढ़ गई। संसद में, समाचार-पत्रों में, धार्मिक स्थानों में जमकर बहस शुरू हो गई। मौलवियों के बीच गरम और नरम दल बन गए। गरम दल का पलड़ा भारी था क्योंकि सत्ता उनके हाथ में थी। नरम दलवालों के साथ पढ़ा-लिखा वर्ग और जनता का एक बहुत बड़ा हिस्सा था, इसलिए गरम दलवालों की दाल नहीं गल पा रही थी। लोगों में अजीब तनतनाहट थी। जैसे वे पूछना चाह रहे हों कि वे आगे जा रहे हैं या पीछे लौट रहे हैं?

□

जेल की कोठरी में बैठी आसिया दिन गिनना भूल गई है। शहतूत के ढेरों पेड़ उसकी कोठरी के पास हैं। इसलिए अकसर जेल की कर्मचारी औरतें और लड़कियाँ वहाँ शहतूत बीनने पहुँच जाती हैं। कभी-कभी कोई लड़की हाथ सलाख़ों में डाल उसकी तरफ शहतूत से भरी मुट्ठी बढ़ाती है। कभी आसिया शहतूत का एक दाना मुँह में डाल लेती है, कभी इनकार कर देती है।

'हरजाई है?' लड़कियाँ आपस में फुसफुसातीं।

'नहीं, फ़ाहिशा है!' शंका-भरी अधेड़ आवाज़ें टकरातीं।

'नहीं, वह भी नहीं, यह तो आयशा है।' बूढ़ी औरतें फैसला सुनातीं।

'आयशा, आयशा, आयशा ???'

पेड़ों पर चहचहाती चिड़िया उड़ जाती हैं। पके शहतूत डालों से झर जाते हैं और सन्नाटे में बैठी वह दिल-ही-दिल में उन हैरतज़दा आवाज़ों को अपने से दूर जाता सुनती है।

'क्या मैं आसिया नहीं आयशा हूँ? अगर सचमुच आयशा होती तो क्या मेरा अंजाम यह होता?'

आसमान का रंग लाल हो जाता, आसिया की आँखें अंगारे बन जातीं और रात की सियाही फैलते ही अंगारे धीरे-धीरे करके राख में बदल जाते।

□

सारी दौड़-धूप के बावजूद कोर्ट ने अपना फ़ैसला सुना दिया। माँ और आसमा की तरफ़ से रहम की अपील हुई। सास-ससुर ने इस सज़ा को आरोप मानकर उसके ख़िलाफ़ अपील दायर की। नरम दलवाले मौलवियों ने शरीयत की सारी किताबें चाट डालीं। सबूत पेश किए गए कि संगसार का ज़िक्र कहीं नहीं है मगर कोर्ट ने अपना जल्दबाज़ी में लिया फ़ैसला वापस नहीं लिया। उन्हें डर था कि इस तरह उनके हर क़दम पर रोक लग जाएगी और हर हरकत पर सवाल उठेंगे। उनकी सत्ता की बुनियाद जिस ख़ौफ़ और दहशत पर टिकी है वह ख़त्म हो जाएगी। इसलिए बिना किसी झिझक के ऐलान हुआ कि मौका-ए-वारदात पर आसिया के पकड़े जाने की वजह से उसे कल संगसार कर दिया जाएगा। उसका साथी फ़रार है और लाख कोशिशों के बावजूद भी अब तक पकड़ा नहीं जा सका है। मगर उसकी तलाश जारी है।

काग़ज़ तैयार थे। देर करने की गुंजाइश नहीं थी। वरना बग़ावत अपने डैने फैला लेती। इसलिए उसी रोज़, जब दिन शाम से गले मिलने के लिए आतुर था, क़ब्र में पैर लटकाए एक बुज़ुर्ग कोर्ट की आख़िरी खानापूरी के लिए जेल पहुँचे।

"अपना गुनाह क़बूल करो।" काले जूते एकाएक आसिया के पास आकर ठहर गए और भारी आवाज़ की चोट ने ख़ामोशी तोड़ी।

आसिया ने चौंककर नज़रें ऊपर उठाईं और लरज़ती-सी उठ खड़ी हुई। सामने खड़े बुज़ुर्ग ने अपनी सफ़ेद दाढ़ी पर हाथ फेरा और दाहिने हाथ में पकड़ी तस्वीह घुमाई। उनकी आँखों में आश्चर्य-भरा कुतूहल कौंधा, जैसे वे अपने को यक़ीन दिलाना चाह रहे हों कि सामने खड़ी कुँवारी मरियम माँ जैसी पाक-मासूम चेहरेवाली यह कमसिन लड़की भी गुनाहगार हो सकती है जिसको खुदा ने सब कुछ दिया है?

"तुम्हें शैतान ने बहकाया, और तुमने खुदा का रास्ता छोड़कर शैतान के कामों में हाथ बँटाया, खुदा का क़हर तुम पर है, बेहतर है कि तुम खुद गुनाह का एतराफ़ कर लो।" नसीहत में डूबी उनकी आवाज़ उभरी और बुज़ुर्ग ने आँखें बंद कर लीं।

आसिया के माथे और होंठों के ऊपर पसीने की बूँदें छलकीं और फिर वह पूरी-की-पूरी पसीने में नहा गई। बचपन का ख़ौफ़ उसके सामने खड़ा था, मगर उसकी आँखें अब भी बुज़ुर्ग के चेहरे को ताक रही थीं, जैसे उनकी कही बातों का सिर-पैर उसकी समझ में न आ रहा हो।

आसिया के मासूम चेहरे पर फैली भोली आँखों को बुज़ुर्ग ने एक बार नज़र भरकर देखा, मगर जल्दी ही नज़रें हटा लीं। यह वजूद आख़िर किस जज़्बे से सरशार है? उनके अंदर से सवाल उभरा, मगर अपनी कही बात का जवाब न मिलने को वे

अपनी तौहीन समझ ज़्यादा देर ठहर न सके और मुड़ गए। साथ आए लोग भी लौट गए। उनका फ़र्ज़ पूरा हो गया था।

□

आसिया घुटनों पर सिर रखकर बैठ गई। जैसे सिजदे में माथा टेका हो। अगर यह गुनाह था तो फिर ऊपरवाले ने इस बदन में यह प्यास भरी क्यों? शाम का धुँधलका बड़े मैदान में दौड़ने लगा, शहतूत के पेड़ों ने अपनी डालियाँ झुका दीं और आसिया के चारों तरफ रात पसरकर बैठ गई।

बंद आँखों के सामने उसका चेहरा उभरा, आसिया के पपड़ी पड़े होंठों पर मुसकान फैल गई। फिर आसमा की आँसू-भरी आँखें, माँ का छाती पीटते हुए बैन करना, सास-ससुर का बेक़रारी से रोना, अफ़ज़ल का हैरत से उसको ताकना, बचपन, जवानी—सारी ज़िंदगी रील की तरह खुलकर सामने आ खड़ी हुई। आँखों से कुछ गरम-गरम बहकर घुटनों के कपड़े में ज़ज़्ब हुआ।

□

पौ फट गई। कोठरी के बाहर शहतूत की नंगी डालियाँ हवा में लहराईं और आसिया ने अपनी आँखें उठाकर उस सवाल पूछनेवाले को ताज्जुब से देखा। पतझड़ की हवा सूखे पत्तों को उड़ाती गुज़र गई।

"कोई आख़िरी ख़्वाहिश?"

सुनकर हँस पड़ी आसिया और हँसती ही चली गई। जब जीना चाहती थी तब सबने तन पर सौ-सौ पहरे लगाए, किसी ने पूछा कि औरत तेरी ख़्वाहिश क्या है? और आज जब मौत सिरहाने खड़ी है तो उससे पूछा जा रहा है कि बता तेरी आख़िरी तमन्ना क्या है?

"आख़िरी इच्छा, किसी को देखना, मिलना, कुछ कहना, जो चाहो बिना झिझक कहो।" सवाल फिर दोहराया गया।

"हाँ।" एकाएक हँसते-हँसते आसिया रुक गई। चेहरे पर गंभीरता फैल गई। आँखों में ज़िंदगी की चमक लौट आई, सलाख़ों पर कसी मुट्ठी ढीली पड़ी और आरज़ू की गहरी धुलाहट में दिल की आवाज़, आख़िरी ख़्वाहिश में महक उठी।

"मेरी जन्नत, एक पल के लिए ही मुझे वापस दे दो।"

□

उस रात औरतों ने चूल्हे नहीं जलाए, मर्दों ने खाना नहीं खाया, सब एक-दूसरे से आँखें चुराते रहे। यदि आसिया गुनाहगार थी तो फिर उसके संगसार होने पर यह दर्द, यह कसक उनके दिलों को क्यों मथ रही थी। □

नमक का घर

उसने फ़ोन का नंबर घुमाया। उधर घंटी नहीं बजी। एक आवाज़ हमेशा की तरह गूँजती रही। उसने फ़ोन रखा और एक गहरी साँस भरी। यादें फिर उसे घेर बैठीं और वह घुटनों पर सिर रखकर रोने लगी।

'यह नंबर वहाँ का है और मैं लंदन में बैठकर घुमाती हूँ। कहाँ मिलेगा और कौन उठाएगा?' सोचती हुई वह अपनी जगह से उठी और किताबों की रैक में लगी पुस्तकें क़रीने से सजाने लगी। किताबों के बीच में सूखे फूल थे, मोर के पंख और चंद सूखी पीली पत्तियाँ थीं, जिन्हें वह चूमकर, सूँघकर वापस रख देती थी। इसमें उसके शहर की खुशबू थी। यही उसके वतन की चंद निशानियाँ थीं।

"तुम किसे फ़ोन करती हो?" एक दिन उसको परेशान-हाल बार-बार नंबर घुमाते हुए देख उसकी मकान-मालकिन ने पूछ लिया।

"घर⋯अपने घर।" उसके मुँह से निकल गया।

"उसके लिए तो तुम्हें आगे भी ख़ास नंबर डायल करना पड़ेगा, फिर वह फ़ोन भी यहाँ से नहीं हो पाएगा।" मकान-मालकिन ने उसे घूरा।

"हाँ, मुझे मालूम है। मगर मुझे तलाश है कि यहाँ इस नंबर पर कौन रहता है और⋯" शहरबानो ने भोली आँखें झपकाईं।

"मैं समझी नहीं?" वह ब्रिटिश मकान-मालकिन परेशान होकर कह उठी।

"क्या बताऊँ, मुझे खुद नहीं पता कि मैं ऐसा क्यों करती हूँ।" कहकर शहरबानो रोती हुई अपने कमरे में चली गई।

उसकी इस हरकत को नादानी समझकर केवल वह बुढ़िया मकान-मालकिन ही नहीं हँसी बल्कि उसकी सहेलियाँ भी उसके इस बचपने पर हँसीं और बड़ी हमदर्दी-भरी नज़रों से उसे ताकने लगीं। जैसे कह रही हों, अरे बेवकूफ़! ज़रा व्यावहारिक बनो, फ़ोन करना है तो ठीक से नंबर डायल कर बात करो, यूँ रोना—वह भी अपनी हिमाक़त पर—कैसी भावुकता है?

अभी उसने इंग्लैंड में पैर जमाना शुरू भी नहीं किया था कि उसे कनाडा जाना पड़ा। ब्रिटिश पुलिस ने उसका वीज़ा न बढ़ सकने के बाद उसे लंदन छोड़ने का नोटिस दे दिया। उसके साथ अन्य ईरानी लड़के-लड़कियाँ भी थे। कुछ के हाथ तंग थे, कुछ के भरे हुए। एक-दूसरे के दुःख में शरीक सब मिल-जुलकर कनाडा की तरफ़ चल पड़े। उनकी मजबूरी थी—जहाँ जिस मुल्क ने अपना दरवाज़ा खोला, वहीं पर ज़िंदगी के दिन

गुज़ारने के लिए चल पड़ना।

कुछ दिनों बाद उसे काम मिल गया। पेट भरने लगा। उसी के बाद अंदर एक हुंड़क जागी और उसने फिर नंबर मिलाना शुरू कर दिया। पहले की तरह कभी नंबर व्यस्त आता, कभी घंटी जाती, कभी टेप बज उठता कि नंबर एक बार डायल से पहले चेक करें। मगर वह इन सब बातों से दूर एक ही प्यास से व्याकुल हो नंबर घुमाने लगती कि वह आज घरवालों को फ़ोन क़रने जा रही है। पहले की तरह ही उनसे बात करेगी और···

"तुम रोज़ फ़ोन किसको मिलाती हो? कभी बात तो करती नज़र नहीं आती हो?" उसकी एक दोस्त पूछ बैठी।

"नंबर मिलता नहीं।" कहकर वह बात टाल गई।

"लाओ मुझे दो, मैं मिलाती हूँ।" उसी दोस्त ने उससे नंबर लेना चाहा।

"नहीं, मैं मिला लूँगी।" कहकर वह उठ गई और सबसे कटी-कटी रहने लगी। यह देखकर कानाफूसी होने लगी कि शहरबानो किसी लड़के को फ़ोन करती है मगर वह घास नहीं डाल रहा है। आख़िर वह लड़का स्थानीय है या अपना ईरानी···यह इश्क़ की आग एकतरफ़ा है तो इसकी शुरुआत कैसे हुई, वग़ैरह-वग़ैरह। शरारत-भरे सवाल लड़कियों के दिमाग़ में एक पहेली बनते जा रहे थे। आख़िर, एक दिन वह घिर गई और मजबूरन उसे फ़ोन-नंबर देना पड़ा। जिसे देखकर, उसकी सखी कह उठी, "शहरबानो, यह नंबर यहाँ का तो नहीं लगता है?"

"मुझे मालूम है, यह नंबर यहाँ का नहीं है।" शहरबानो कह उठी।

"फिर इस तरह···यह तो शायद तुम्हारे घर का नंबर है न?" तहमीना ने पूछा।

"हाँ।" शहरबानो ने सिर हिलाया।

"ख़त लिखकर पूछ लो, ताकि नंबर सही तरह से मिल सके और तुम उनसे बात कर सको।" सीनदुख़्त बोली।

"किससे?" शहरबानो धीरे-से बोली।

"अपने मामा, बाबा से और किससे?" उसके इस अंदाज़ से तहमीना चिढ़ गई।

"वे अब नहीं हैं वहाँ।" शहरबानो ने उसकी खीझ देखकर भय से कहा।

"तो फिर?" सीनदुख़्त की आवाज़ उभरी।

"बस यूँ ही।" शहरबानो ने आँखों में जमा पानी को पिया।

"यानी?" मनीज़ा झुँझलाई-सी बोली।

"दिल बहलाने के लिए, उसे समझाने के लिए नंबर घुमा लेती हूँ वरना···"

"वरना क्या, शहरबानो?" साथी लड़कियाँ बेचैन हो उठीं और कुछ-कुछ गुस्सा भी।

"मुझसे मत पूछो।" शहरबानो उठकर जाने लगी।

"हम आज पूछकर ही रहेंगे।" सीनदुख़्त ने फ़ैसला सुनाया।

“क्या हम इस क़ाबिल नहीं जो तुम्हारा दुःख बाँट सकें ?” तहमीना ने नाराज़गी से कहा।

“अजीब हो ! साफ़ कहती क्यों नहीं कि नंबर का भेद क्या है ?” मनीज़ा ने एकाएक किताब मेज़ पर पटकी।

“बिना पूछे हम हिलेंगे नहीं।” बड़ी देर से ख़ामोश बैठी फिरंगीस कह उठी और शहरबानो के गले में हाथ डालकर उसकी कुरसी के हत्थे पर बैठ गई।

“बोलो न मेरी जान !” सीनदुख़्त ख़ुशामद से बोली।

“हम तुम्हारे दोस्त हैं ! दुश्मन से बात छिपाई जाती है।” मनीज़ा ने प्यार से कहा।

“तुम्हें मेरी क़सम ! अपना दिल खोल दो।” तहमीना ने शहरबानो का हाथ अपने हाथ में लेकर उसे बड़ी गर्मजोशी से दबाया।

“क्या बताऊँ ?” शहरबानो बेबस हो उठी।

“यह नंबर तुम्हारे घर का ही है न ?” फिरंगीस ने पूछा।

“हाँ,” शहरबानो बोली।

“फिर, तुम ठीक से बात क्यों नहीं करतीं ?” सीनदुख़्त तेज़ी से बोली।

“किससे ?” शहरबानों ने उदास आँखें ऊपर उठाईं।

“यानी ?” मनीज़ा काँप उठी।

“मेरा कोई घर नहीं है।” फफक पड़ी शहरबानो।

“क्या… ?” चीख़ी तहमीना।

शहरबानो ने घुटनों पर सिर रख लिया। कमरे में ख़ामोशी छा गई।

दूसरे दिन आई डाक में एक ख़त शहरबानो के नाम भी था, जो ईरान से रीडायरेक्ट होकर यहाँ आया था, जिस पर मुहर के साथ फ़ारसी में लिखा था कि यह नाम और पता अब यहाँ मौजूद नहीं। तहमीना वह ख़त हाथों में लिये साकित खड़ी रही, फिर आँखों में भर आए पानी को पीकर वह शहरबानो के कमरे की तरफ़ बढ़ी। शहरबानो मेज़ पर झुकी कुछ लिख रही थी। तहमीना ने उसे ख़त थमाकर गहरी नज़रों से ताका। शहरबानो की आँखें ख़त के पते पर जमीं, फिर तहमीना के चेहरे पर बने प्रश्न को देखकर झुक गईं और धीरे-से उसने मेज़ का डेस्क खोला, वहाँ रीडायरेक्ट ख़तों का अंबार लगा था।

“यह…”तहमीना की साँस रुक गई।

“हाँ…” शहरबानो गरदन हिलाकर रह गई।

“ये आख़िर…” तहमीना ने पूछना चाहा, मगर शब्द नहीं मिले।

“मेरे घर पर छापा पड़ा था। सारा सामान तितर-बितर हो गया था। आख़िरी खत में यही लिखा गया था कि कोई जगह सिर छुपाने को मिल गई तो वे जल्द ही अपना पता भेजेंगे, मगर आज उस भीड़, उस तूफ़ान में सबके ख़त का इंतज़ार करते पूरे सात वर्ष

गुज़र गए हैं····" शहरबानो सहज स्वर में इस तरह बोल रही थी जैसे कहानी सुना रही हो।

"फिर शहरबानो···· ?" तहमीना ने पूछा।

"जो पता पास था, उसी पर ख़त···" शहरबानो ने कहा।

"तुम लोग यहाँ बैठी हो ?" सीनदुख़्त दौड़ती हुई दाख़िल हुई। उसी के पीछे बाकी लड़कियाँ भी, मगर तहमीना का उदास चेहरा देखकर सब चुपचाप उन दोनों को घेरकर खड़ी हो गईं।

"बोलो शहरबानो !" तहमीना व्याकुल-सी बोली।

"वह घर···वह मोहल्ला···बम से तबाह हो गया और मैं सब-कुछ जानकर भी उस सच को झूठा साबित करने के लिए नंबर घुमाती हूँ। ख़त डालती हूँ दिल बहलाने के लिए। उस पुराने नमक के घर को ढूँढ़ती हूँ जो आग की बारिश में बह गया।" शहरबानो ने धीरे-धीरे भेद खोला।

"क्यों, आख़िर यह सब क्यों ?" मनीज़ा ने उसे झिंझोड़ा।

"ताकि मैं जीने के क़ाबिल अपने को बना सकूँ, वरना मुझे हर पल लगता है, मैं मर रही हूँ और····" शहरबानो ने कहा।

सबके चेहरे भीग गए थे। उनमें से कौन ऐसा था जिसका सब कुछ बाक़ी बचा था ? □

अजनबी शहर

सड़कें चिनार की सूखी पत्तियों से भरी थीं। घरों की दीवारें गोलियों के निशान से छलनी थीं। आसमान भी फीका बदरंग हो रहा था। घरों में हँसने-बोलने की आवाज़ की जगह एक ख़ामोशी छाई थी। जुमे का दिन था। छुट्टी के कारण दुकानें बंद थीं। सड़कों पर मोटरों और बसों की आमदरफ़्त नहीं थी।

गली के सिरे पर खड़ी दिलनवाज़ ने सन्नाटी सड़क को देखा, फिर चादर से बदन अच्छी तरह छिपाकर वह हलके-हलके क़दम रखती आहिस्ता-आहिस्ता फुटपाथ पर चिनारों की नंगी शाखों तले चलने लगी। सामने से उसे एक छोटा लड़का भागता हुआ नज़र आया, जो बाईं तरफ़वाली गली में जाकर ग़ायब हो गया। अब इस सन्नाटे में सिर्फ़ उसके क़दमों की चाप और चरमर करती पत्तियों की कसमसाहट उसके जूतों के नीचे फुसफुसा रही थी।

'सब कुछ कितना बदल गया?' उसने एक नज़र सामनेवाले घर पर डाली जहाँ ताला झूल रहा था। वह पेड़ से टिककर थोड़ी देर खड़ी एकटक उस घर के दरवाज़े को देखती रही, फिर ठंडी साँस भर आगे बढ़ गई।

'दिलनवाज़···दिलनवाज़···' पीछे से किसी ने उसे पुकारा।

वह तेज़ी से मुड़ी। पीछे कोई नहीं था। बस हवा सूखे पत्ते समेटकर सड़क के दूसरी तरफ़ जमा कर रही थी। उसने हँसकर उस साकित सड़क को देखा, फिर आगे बढ़ गई।

'दिलनवाज़···लौट आओ···मत जाओ उस रास्ते पर जो अंगारों से भरा है···लौट आओ दिलनवाज़···'

दिलनवाज़ ने इस पुकार पर पीछे मुड़कर नहीं देखा, बस आँखों में भर आए आँसुओं को गाल पर लुढ़क जाने दिया। उसकी चाल और धीमी हो गई। मौसम पहले से ज़्यादा फीका और बदरंग हो उठा। हवा में ठंड थी। शायद पूर्व की तरफ़ बर्फ़ गिरी थी। सड़क के किनारे खड़ी कारों की क़तार से लग रहा था कि बरसों से उन्हें पहियों पर भागने का अवसर नहीं मिला था। या फिर इनके मालिकों का कोई पता नहीं था। ये तालाबंद दरवाज़े घरों के ख़ाली कमरों की हिफ़ाज़त कर रहे थे।

'दिलनवाज़! हमारी सभ्यता की जड़ें इसी शहनशाहियत से निकली हैं, कुरूशमहान हमारी पहचान है और पहचान को नकारनेवाले को क्या कहूँ? इस आग में तुम मत जलना, वरना पछताओगी एक दिन कि काश! बड़ों की बात मैंने सुनी होती।

ख़ैर, मुझे जो कहना था, कह दिया। मेरा फ़र्ज़ पूरा हुआ। अब तुम्हारा कर्तव्य है कि तुम मेरी बात मानो। यदि नहीं मानती हो तो करो अपनी मनमानी···मैं आख़िर कर भी क्या सकता हूँ?'

'मैं रुक नहीं सकती, बाबा! वक़्त की पुकार मेरी मजबूरी है। उसे न मानना मेरे लिए बहुत कठिन है।'

'दिलनवाज़, तुम अभी बच्ची हो, कुछ भी नहीं जानती हो। इस बहकावे में मत आओ बेटी, वरना इससे भी बुरे दिन देखने पड़ेंगे। तब पछताओगी, मुझे याद करोगी।'

इस वाक्य के गूँजते ही एकाएक दिलनवाज़ रुक गई। उसने मुड़कर पीछे देखा। सन्नाटा था। ख़ामोशी थी। उदासी थी। उसने नज़रें घुमा लीं। फिर धीरे-से कहा, 'हाँ, बाबा, बहुत पछता रही हूँ···सब कुछ पीछे छूट गया। आगे की मंज़िल खो गई। साथी छूट गए और ज़िंदगी की साँस उखड़ गई। कुछ न बना, कुछ न सजा, बस जो था वह भी टूट गया··· टूटता जा रहा है। पता नहीं इसका अंत कहाँ होगा?'

दिलनवाज़ सोच में डूबी काफ़ी दूर निकल आई थी। इस बार वह पीछे मुड़कर देखने की बजाय बाईं तरफ़वाली गली में मुड़, दूसरी चौड़ी सड़क पर आ गई और बंद दुकानों के पास से गुज़रने लगी। यहाँ पर उसकी तरह कई लोग अपने में खोए घूम रहे थे। पहले का ज़माना होता तो राह-चलते लोग दुआ-सलाम कर हाल-चाल पूछते, मगर आज सब ठंडी नज़रों से एक-दूसरे को ताकते इस तरह से गुज़र रहे थे, जैसे क़ब्रों के मुर्दे हों—होंठ सिले हुए, आँखें ठंडी जैसे जमी झील हों, अहसास इस तरह दफ़न जैसे ज़मीन में छिपा ख़ज़ाना हो । सबको भय लगता है एक-दूसरे से कि कहीं सामनेवाला उसका दुश्मन तो नहीं! दुश्मनी के लिए ज़रूरी नहीं है कि ज़र, ज़मीन और जोरू हो। यह भी आवश्यक नहीं कि आप उसे जानते हों और कभी किसी मुद्दे पर उससे झड़प हुई हो या आपने उसे बुरा-भला कहा हो। आज बस, इतना काफ़ी है कि आपके विचार उससे मिलते न हों। इस संगीन जुर्म में वह आप पर क़ातिलाना हमले करने का हक़ रखता है।

'सुनो दिलनवाज़, रात को इस पहर बाहर मत निकलो!'

'सुन रही हो न, जिस शाख़ पर बैठी हो उस पर आरी मत चलाओ वरना···'

'दिलनवाज़···दिलनवाज़, रुको तो···'

सड़क अँधेरे में डूबने लगी। सूरज डूबने का समय हुआ नहीं था, मगर आसमान पर बादल के कारण शाम का धुँधलका रात में बदल गया था। वह चुपचाप चलती हुई हमेशा की तरह उस बस-स्टॉप पर ठहर-सी गई। कुछ और लोग बस के इंतज़ार में थे। वह उन्हीं के पीछे जाकर खड़ी हो गई। थोड़ी देर में बस आ गई। बस लगभग पूरी ख़ाली थी। दरवाज़े पर खड़ा आख़िरी मुसाफ़िर भी उतर गया तो वह चढ़ी। अब वह बस में बिलकुल अकेली थी।

'दिलनवाज़···जल्दी लौट आना!'

'हाँ, बाबा ! कह तो दिया जल्दी लौट आऊँगी।'

'देखो, बेकार के कामों में अपना समय मत गँवाना, क्लास ख़त्म होते ही घर आ जाना।'

'आ जाऊँगी।'

बस झटके से रुकी और दर्जन-भर सवारियाँ एक साथ चढ़ीं—लड़के-लड़कियाँ और बूढ़े । बस में आवाज़ की विभिन्न टकराहटें गूँजने लगीं। वे सब किसी मौत के घर से वापस आ रहे थे। उनके चेहरों पर आँसुओं का भीगापन था। आवाज़ फटी हुई और आँखें उदास थीं। उसने उनके चेहरों से नज़र हटाकर बाहर सड़क पर गाड़ दी। अभी कुछ देर पहले वह इसी रास्ते पर पटरी के उस पार फुटपाथ पर पैदल चलती हुई गई थी और अब वह उसी सड़क को दूसरी तरफ से तेज़ रफ्तार बस में बैठी तय कर रही है। यह उसका रोज़ का कार्यक्रम था। बस का ड्राइवर उसे पागल समझकर बस रोकता ज़रूर था, मगर कभी टिकट के लिए नहीं पूछता था।

'दिलनवाज़, तेरा भाई इसी सब में फँसा था। मना करने पर भी नहीं माना और उसे गोली से भून दिया गया। तेरे छोटे और मँझले भाई का भी यही हाल हुआ। ऊब तू उस रास्ते पर मत चल ! हमारे बुढ़ापे का तू ही एक सहारा है। अपनी अपाहिज माँ पर रहम खा, वरना वह ज़िंदा दरगोर हो जाएगी और···'

'बाबा !'

'हाँ, दिलनवाज़ मेरी जान !'

'मुझे मत रोको, बाबा !'

'जैसी तेरी मरज़ी।'

'अच्छा बाबा, आज बस आख़िरी बार···'

'तेरा आख़िरी बार कब होगा दिलनवाज़ ?'

'बस आज, बाबा !'

'मेरा दिल अनजाने ख़ौफ़ से काँप रहा है···'

'मुझ पर यक़ीन रखो, बाबा !'

'दिलनवाज़···'

'दिलनवाज़, लौट आओ··· !'

गिरती बर्फ़ के टुकड़ों के बीच वह गरम आवाज़ उसके नाम का पीछा करती रही। जब वह अपनी मजबूरी बताकर घर की तरफ़ लौट रही थी, तब उसका दिल अपने बूढ़े बीमार बाप और अपाहिज माँ के लिए दर्द से लबरेज़ था। पूरे मोहल्ले का यही हाल था। ग़रीब नादान लोगों को पहली बार अपनी हिमायत में उठे नारे सुनने को मिल रहे थे, मगर कोई नहीं चाह रहा था कि ख़ाली नारों की क़ीमत अदा करने में उनके बेटे शहीद हो जाएँ। मगर इस ग़रीब बस्ती के जवान अपनी लड़ाई लड़ना चाहते थे।

जब दिलनवाज़ अपने मोहल्ले में दाख़िल हुई तो उसे अँधेरे में रोने की आवाज़ें सुनाई पड़ीं, उसी के साथ गोलियों की बौछारें भी। वह दीवानी-सी घर की तरफ़ भागी। खुले दरवाज़े के सामने लाल तालाब था। दिलनवाज़ पागलों की तरह उस ख़ून में डूबे बदनों से लिपट गई। पूरी बस्ती मुजाहिदीनों को ढूँढ़ने में उजाड़ दी गई थी। उन्हें नहीं पता था कि यहाँ के हर घर का जवान 'फ़िदाइन' यानी साम्यवादी 'गुरिल्ला' था। उसका लक्ष्य भी वही था जो मुजाहिदीनों का और हिज्जबउल्लाही का था, फिर झगड़ा किस बात का था? दिलनवाज़ ने वीरान आँखों से मोहल्ले से उठते जनाज़ों की पंक्तियों को देखकर सोचा था।

'सत्ता···सत्ता···' अँधेरे में चिमगादड़ ख़ाली घरों पर मँडराते हुए चीख़ पड़े।

उसके साथी जो रास्तों पर डोलते आते-जाते टकराते थे, वे सब जाने कहाँ ग़ायब हो गए? उन पुरानी जगहों, पड़ावों और मंचों का कोई निशान नहीं रह गया था। मोहल्ले अपनी पुरानी शक्ल खो बैठे थे। पूरा शहर ख़ाली हो अजनबी-सा बन गया था सिवाय उस आवाज़ के जो दिलनवाज़ के कानों में गूँजती, उसे बार-बार पुकारती रहती थी।

'दिलनवाज़, लौट आओ···'

'लो आ गई, बाबा!' दिलनवाज़ के होंठ आप-ही-आप थरथराए। उस उजाड़ मोहल्ले में अपने घर का ताला खोलते हुए, जहाँ अपनों की मुरदा तसवीरें और यादों की कंदीलें थीं। आगे की ज़िंदगी बर्फ़ की जमी ऊँची-नीची पहाड़ियाँ थीं, जिन पर अब उसे बर्फ़ के पिघलने तक, अकेले चढ़ना-उतरना था। ☐

गूँगा आसमान

फ़रशीद ने वफ़ूरे पर तिरयाक़ का टुकड़ा लगा, लंबा कश खींचा। दरवाज़े पर मेहरअंगीज़ के हाथों की थाप पड़ी, मगर फ़रशीद के कान पर जूँ न रेंगी। वह उसी तरह लंबे-लंबे कश भरता रहा। उसके लिए नशा करना बहुत ज़रूरी था। यह मेहरअंगीज़ क्या जाने? माहपारा भी नहीं समझ सकती है और दिलाराम और शबनूर तो अभी बच्चियाँ थीं।

फूली आँखों से फ़रशीद जब हमाम से बाहर निकला तो दस्तरख़ान पर बैठी चारों औरतों ने उसे इस तरह देखा जैसे कहना चाह रही हों, हमारे रहते इसे तिरयाक की लत क्यों लग गई?

"खाना निकालूँ?" मेहरअंगीज़ ने पति की तरफ़ देखकर पूछा, मगर फ़रशीद बिना कुछ जवाब दिए, दूसरे कमरे की तरफ़ बढ़ गया।

"मैं बुलाकर लाती हूँ।" माहपारा ने तीनों की तरफ़ तिरछी चितवन से देखा और पति के पीछे गई।

"बहुत भूख लग रही है, मैं शुरू कर दूँ?" दिलाराम ने ठुनकते हुए कहा।

"भूख तो अब मुझसे भी सहन नहीं हो रही है।" कहकर शबनूर ने अंगूर के चंद दाने मुँह में डाले।

"तुम दोनों खाना खाकर सो जाओ।" मेहरअंगीज़ ने उनके मासूम चेहरों की तरफ देखकर कहा।

"हाँ," कहकर दिलाराम ने प्लेट में पुलाव निकाला और शबनूर ने सालन और दोनों तेज़ी से खाना खाने में जुट गईं।

मेहरअंगीज़ ने दोनों जवान लड़कियों के चेहरों पर फैले अल्हड़पन को देखा। उसमें गुनाह की जगह मासूम पाकीज़गी थी। उसने एक लंबी साँस खींची ताकि घुटन का बोझ कम हो और सीना फटने से बच जाए। दरअसल, वह इन तीनों से बड़ी थी। फ़रशीद की असली ब्याहता वही थी। ये तीनों तो बाद में आई थीं। माहपारा तीस साल की जवान औरत पति के मरने के बाद फ़रशीद के हत्थे चढ़ गई और ये दो लड़कियाँ⋯

"वह तो आँख बंद कर पड़ गए।" माहपारा ने कहा और क़ालीन पर बैठकर अपनी प्लेट में खाना निकालने लगी।

रात का सन्नाटा मोहल्ले में फैल गया था। चारों ने खाना खाकर दस्तरख़ान समेटा और अपने-अपने कमरे की तरफ बढ़ीं। मेहरअंगीज़ अपने ख़्वाबगाह में दाख़िल हो

फ़रशीद के पास पलँग पर लेट गई। यह उसका अधिकार था, जिसे छीनने या कम करने की फ़रशीद ने कभी कोई ज़रूरत नहीं महसूस की और जब ज़रूरत महसूस हुई तो वह रात को उठकर बेधड़क किसी के कमरे में चला जाता था। आख़िर तीनों के साथ उसने निक़ाह किंया था।

पहले दिन से शबनूर और दिलाराम ने एक बिस्तर पर लिपटकर सोना शुरू कर दिया था। वे एक-दूसरी को पल-भर के लिए भी अकेला नहीं छोड़ती थीं। यही उनका विरोध था—अपने पति की बेजा हरकतों के ख़िलाफ़। फ़रशीद उनकी इस एकता को देख मन-ही-मन जितना खौला हो, मगर ऊपर से ख़ामोश रहा। मुँह खोलता, हंगामा होता, दुनिया को पता चल जाता कि ये जवान औरतें वास्तव में उसकी लड़कियाँ नहीं बल्कि मनकूहा बीवियाँ हैं।

इस बीच शरारे नाम की औरत भी एक दिन पकड़कर लाई गई थी। मगर निक़ाह से पहले उसने अपने बड़े-बड़े नाख़ूनों से फ़रशीद का मुँह नोचा और पागलों की तरह चीख़ी थी। वह बला की हसीन थी। पूरी आतशपारा थी। उसे हाथ लगाने की हिम्मत जब फ़रशीद ने की तो उसने अपने तेज़ दाँतों से काट खाया। वह तनफ़रोश औरत थी, यही उसका जुर्म था। मगर वह अपना पेशा अपनी मरज़ी से करती थी, किसी की ज़ोर-ज़बरदस्ती से नहीं। आख़िर यह उसका ख़ानदानी धंधा था, जिसके अपने उसूल और हिसाब-किताब थे। वह किसी की ताबेदार न थी, इसलिए जब फ़रशीद बीमार पड़ गया तो शरारे ने दरवाज़ा खोलकर घर से बाहर क़दम निकाला। पहरेदारों ने दरवाज़े पर रोका नहीं। माहपारा ने पुकारा नहीं। दिलाराम और शबनूर ने उसे इस तरह जाते हुए देख हैरत से पलकें झपकाईं और मेहरअंगीज़ ने ठंडी साँस भरी जैसे कहा हो, चलो किसी के पंख तो फड़फड़ाए!

माहपारा का मियाँ, अब्बास खुर्रम शहर में पेट्रोल-रिफ़ाइनरी में अफ़सर था। शाही राज में उसे किसी चीज़ की कमी नहीं थी। वह सत्ता में खड़े लोगों का दाहिना हाथ था। इस बात का जुर्माना सरकार बदलते ही उसे देना पड़ा। उसके पकड़े जाने और फिर मार डालने के बाद फ़रशीद, पुलिस का अफ़सर होने के कारण, उसकी ख़ूबसूरत पत्नी उठाने में कामयाब हो गया। माहपारा उस सारे हादसे से आज भी नहीं निकल पाई है। मगर लोक-लाज से ज़्यादा मजबूरी के चलते वह इस घर में रहने को मजबूर है। उसका मायका, ससुराल, पूरा कुनबा-क़बीला जाने कहाँ नए गल्लेबान ने हाँक दिया है। अकेली भेड़ शिकारियों के जंगल में किधर भटके? जिधर सुस्ताने को खड़ी होगी, किसी की गोली या तीर से घायल होगी। दर-दर भटकन से अच्छा है कि चंद रोज़ ज़ुल्म की छाँव में बसर कर ले।

सुबह नाश्ते पर फ़रशीद का चेहरा तरोताज़ा देख मेहरअंगीज़ ने दिल की बात ज़बान पर लाने की ठानी और फिनज़ान में चाय भरकर एक अदा से पति के सामने रख

हलके-से मुसकराई।

"कहो क्या कहना है?" फ़रशीद की मख़मूर निगाहें खुलकर चौकस हो गईं।

"ख़ुदा ने बहुत दिया है। इन मासूम परिंदों को उड़ा दो, यह गुनाह है, दीन-धर्म भी इसकी इज़ाज़त नहीं देता है।" मेहरअंगीज़ ने धीरे-धीरे एक-एक शब्द पर ज़ोर देकर कहा।

"नामुमकिन है।" फ़रशीद ने कहा और बदले चेहरे के साथ उठ खड़ा हुआ।

"इस दुनिया में कुछ भी नामुमकिन नहीं है····इससे तो कहीं अच्छा है कि मर्द बाहर हरामकारी करे और भूल जाए उस राँड को, मगर इन शरीफ़ बच्चियों को सारी उम्र क़ैद कर रखना कहाँ का इनसाफ़ है?" मेहरअंगीज़ की आवाज़ कड़वे बादाम जैसी हो गई।

"ख़ामोश!" फ़रशीद के मुँह का मज़ा बदल चुका था। उसके लहजे का चाबुक सड़सड़ाया।

मर्द के जाते ही घर सन्नाटे में डूब गया। मेहरअंगीज़ गुस्से से काँपती उसी तरह समावर के पास बैठी रही। पूरी ज़िंदगी मर्दों को बाहर मुँह मारते देखती आई थी। इन बेवफ़ाइयों की बातें सुनते-सुनते उसके कान आदी हो चुके थे, मगर यह नई रीति थी कि सड़क और गली-कूचे में फिरती बेकस मज़लूम औरतों को, विधवाओं और बेसहारों को सीनाज़ोरी से उठाकर घर में डाल, उनसे निक़ाह पढ़वाकर अपने गुनाहों को सवाब में बदल, अनैतिक को नैतिक बना, ग़ैरक़ानूनी हरकत को क़ानून के दायरे में डाल, रोज़ जन्नत में घूमने का दावा करना और हूरों को बेमौत मारना इनका धर्म-ईमान हो गया है। कहाँ गया वह बेलौस मदद का जज़्बा?

'मुझे अब कुछ करना होगा····पिंजड़े का दरवाज़ा खोलना होगा और····'

दिलाराम और शबनूर हमामख़ाने से शीशे की तरह दमकती हुई निकल आई थीं।

माहपारा अभी भी अपने कमरे में पड़ी गहरी नींद में डूबी थी। सुबह होते-होते उसकी आँख झपकती थी, वरना अपने शौहर, घर और रिश्तेदारों की यादों में डूबी वह पलक झपकाना भूल जाती थी। मेहरअंगीज़ से उसकी लड़ाई नहीं थी, मगर दोस्ती भी किसलिए होती? शबनूर और दिलाराम अपने में डूबी रहती थीं।

मेहरअंगीज़ ख़ामोशी से उठी। काली चादर सिर पर डाली और दरवाज़े की तरफ बढ़ी। बाहर खड़े पुलिस-पहरेदारों की पलटन ने सलाम किया और जाने के लिए रास्ता दिया। ड्राइवर ने कार का इंजन स्टार्ट किया, मगर मेहरअंगीज़ कार के खुले दरवाज़े को बंद करती आगे निकल गई। उसके दिल में पड़ी चिनगारी आग की लपटों में बदलने के लिए काले कोयले को दहकाने में जुट गई थी।

रास्ते में जुलूस, नारे, पोस्टर और जाने कौन-कौन-से पड़ाव पड़े, मगर वह बिना उनकी तरफ़ देखे-रुके आगे बढ़ती चली गई। वह एक घर के दरवाज़े पर जाकर रुकी।

घंटी बजाई और ऊपर चढ़ गई। यह उसके भाई का घर था, जो सत्ता का विरोधी था। इसलिए उसका संबंध बहन-भाई, माँ-बाप से कटा हुआ था।

"कैसे ?" एक-साथ सारा घर सवाल बन गया। माँ के चेहरे पर हवाइयाँ उड़ने लगीं।

"कुछ नहीं।" मेहरअंगीज़ ने जिस तरह कहा उससे सबके चेहरे फिर खिल उठे, वरना उन्हें अकसर वह ख़तरे से आगाह करती थी। उनका घर कई बार उसकी दी गई पूर्व-सूचना के कारण तलाशी के बावजूद बच गया था।

"घर में सब ख़ैरियत ?" बड़े भाई ने पूछा।

"हाँ, मगर तुम लोगों पर एक ज़िम्मेदारी डालना चाहती हूँ। फ़िलहाल मेरे घर में तीन और औरतें साँस ले रही हैं।" मेहरअंगीज़ ने यह कहते-कहते नज़रें भाई पर गाड़ दीं।

"समझा !" भाई की मुट्ठियाँ बँध गईं। यह कोई पहेली नहीं थी जिसे सुलझाने में उसे देर लगती, बल्कि यह खुली और साफ़ इबारत थी जिसके अर्थ में पूरी दास्ताँ छिपी थी, जहाँ बेबस औरतें मुरग़ी के टापे के नीचे सुरक्षा के नाम पर बंद की जा रही थीं।

"दो लड़कियाँ दिलाराम और शबनूर ऐसी पाक-साफ़ कि उनके दामन पर नमाज़ पढ़ लो⋯चचा से कहो कि वह अब्बास और हैदर के लिए मुनासिब होंगी। दोनों के बाप को मशहद और इस्फ़ाहान में नशे के इलज़ाम में फाँसी पर चढ़ाया गया था, मगर उन दोनों का कहना है कि यह केवल आरोप था। बात उनकी धन-दौलत को हथियाने की थी, जो मोहल्ले के गुंडे ने दीन के नाम पर कर दिखाई और लड़कियाँ इधर हँकाकर लाई गईं तो⋯।"

"वहाँ से उन्हें निकालोगी कब और कैसे ?" भाई के चेहरे पर तनाव था।

"परसों शाम को चार बजे, किसी न्योते में जाने के बहाने से बाहर निकलूँगी।"

"फ़रशीद ?" माँ बोली।

"वह सुबह ही शिराज़ जानेवाले हैं।" कहती हुई मेहरअंगीज़ उठी और चादर लपेटकर तेज़ी से सीढ़ियाँ उतरती सड़क पर चलती भीड़ में गुम हो गई।

□

फल-फूल और मिठाई से लदी जब वह घर पहुँची तो तीनों ने उसे ग़ौर से देखा। मेहरअंगीज़ ने चीज़ें उनकी तरफ़ बढ़ाईं और खुद कमरा बंद कर फ़रशीद की अलमारी खोलकर फ़ाइलें देखने लगीं। तीनों निक़ाहनामे उसने फाड़े और बाथरूम में आग लगा, उन्हें बहा दिया। उसे बहाते हुए दिल-ही-दिल में कहा, 'यह कैसा निक़ाह हुआ जो लड़की की मरज़ी से न होकर मर्द की हवस से हो ?'

जब वह कपड़े बदलकर बाहर निकली तो शबनूर और दिलाराम ने फूलों को बड़े सलीक़े से गुलदानों में सजा दिया था। माहपारा ने गुनगुनाते हुए भाप उड़ाते समावर पर

चायदान की केतली नीचे उतार फिनज़ान भरे और केक-मिठाई से प्लेटें सजा दीं। एक सौग़ात ने कितनी अनकही बातें कहकर इन चारों औरतों को एक चौराहे पर खड़ा कर दिया था। लग रहा था मानो आज महीनों बाद घर की चहारदिवारी में ज़िंदगी उतरी हो।

"मैंने फाड़ डाला न आख़िर।" चाय का आख़िरी घूँट भरकर मेहरअंगीज़ ने कहा।

"आख़िर क्या?" माहपारा ने नज़रें उठाईं।

"तुम तीनों की क़ैद का परवंदा।" मेहरअंगीज़ धीरे से बोली।

"यानी?" माहपारा वाक्य के ख़त्म होने से पहले ही धैर्य खो बैठी।

"अब तुम लोग आज़ाद हो।" मेहरअंगीज़ ने कहा।

"मगर कहाँ जाने के लिए?" शबनूर की गहरी आँखें भय से फट-सी गईं।

"ख़तरा हमारे लिए ज़्यादा बढ़ गया है। बिना किसी रिश्ते और सनद के हम कहाँ जाएँगे?" दिलाराम एकाएक फफक पड़ी।

"पहले सुनो तो!" माहपारा की आवाज़ उभरी, मगर उसके दिल की बात चेहरे पर पीले रंग से पुत गई थी कि आख़िर इस औरत ने तीनों सौतों से बदला लेने की ठान ली है। आगे का रास्ता शहद के छत्तों से गुज़रनेवाला होगा।

"मेरे चचा के दो लड़के हैं। उनसे तुम दोनों का निक़ाह परसों रात को होगा। तुम यहाँ की अपेक्षा वहाँ अधिक सुखी रहोगी और…" बाक़ी बातें मेहरअंगीज़ के गले के रुँधने से अधूरी रह गईं।

दोनों लड़कियाँ पहले मेहरअंगीज़ को हैरत से ताकती रहीं, फिर सब कुछ समझकर एक-साथ एक आवाज़ में रो पड़ीं। इस पिंजड़े से वह तालमेल बिठा चुकी थीं। बहेलिया के ख़िलाफ़ मोर्चा भी सँभाल रखा था। अब उन्हें कहाँ, किस घर में, किन लड़कों की पत्नियाँ बनना पड़ेगा? उनके कुँआरे सपनों का क्या होगा? इसे दोस्ती समझें या नई दुश्मनी?

"तुम माहपारा! मेरे घर रहोगी। मेरी माँ है, एक भाई जिसने शादी नहीं की, उस पर समाज, देश का भूत सवार रहता है। वह घर एक सियासी घर है। उसमें जान हथेली पर रखकर जीना पड़ता है। मेरी इच्छा है कि तुम उस घर को अपना समझो, दिल मिले तो सब कुछ अपना लेना; चूँकि तुम ज़िंदगी का गरम-सर्द देख चुकी हो, इसलिए फ़ैसला तुम पर छोड़ा।" इतना कहकर मेहरअंगीज़ ने माहपारा की तरफ़ देखा।

माहपारा चंद पल सकते के आलम में बैठी रही, फिर एकाएक मेहरअंगीज़ से लिपटकर रो पड़ी। बरसों का रुका बाँध जैसे अपनी राह तलाश कर बैठा था। चारों जब रो-धोकर हलकी हुईं तो अगली योजना की तैयारी में जुट गईं। मेहरअंगीज़ के पास इनक़लाब के बाद लूटे हुए घरों के सामान से संदूक भरे पड़े थे। क़ीमती सजावटी सामान, हीरे-पन्ने, मोती और सोने के ज़ेवरात…उसने चाबी उठाई और तहख़ाने में तीनों के साथ उतर गई।

☐

रात के खाने पर फ़रशीद को माहौल आरामदेह लगा। सबके चेहरों पर सहज संतोष और सब्र देखकर उसे अच्छा महसूस हुआ, मगर साथ-ही-साथ बड़ा विचित्र-सा लगा कि शबनूर और दिलाराम ने उसे कई बार नज़र भरकर देखा। माहपारा खाना खाते समय अपने आप एक-दो बार मुसकराई और मेहरअंगीज़ ऐसी ठंडी और विश्वास से भरी थी कि उसे शक-सा होने लगा कि यह वही औरत है या...माँ भी तो पाँच बच्चों के संग उसके बचपन में इसी तरह बैठकर बिना किसी के कुछ माँगे, उनकी ज़रूरत समझकर सबकी प्लेटों में खाना निकालती, रोटी बाँटती, अजीब खुशी से भरी रहती थीं। उसे सुबह जाना न होता तो वह इन सबको किसी पहाड़ी की तरफ पिकनिक पर ले जाता, मगर...

रात ढलने लगी। मेहरअंगीज़ के बरताव ने फ़रशीद को बाँधे रखा। उसका दिल चाहा ज़रूर कि एक बार वह शबनूर और दिलाराम को बाँहों में भर ले या माहपारा को किसी हिरनी की तरह कुश्ती में हरा, अपने वश में कर, अपनी रगों में दौड़ती हवस शांत कर ले, मगर मेहरअंगीज़ ने अंदर से दरवाज़ा बंद कर खुद अपने कपड़े कम करने शुरू कर दिए थे, जिसे देखकर उसका इरादा बदल गया और मेहरअंगीज़ की लगाई आग से वह अपने को ज़्यादा देर बचा न सका।

☐

दोपहर को घर पर मौजूद पहरेदारों को शक तो हुआ, मगर वे पूछते क्या? सामान के साथ चारों खुश-खुश निकली थीं। चूँकि घर पर एक ही गाड़ी थी। इसलिए मेहरअंगीज़ ने टैक्सी मँगवाकर सामान लदवाया था। वह दो घंटे बाद सालगिरह की पार्टी से लौटने की बात कहकर निकली थी।

मेहरअंगीज़ शाम के क़रीब लौटी। वे पहरेदार जो उन तीनों पर कड़ी नज़र रखे हुए थे, उसे ख़ाली हाथ अकेले टैक्सी से उतरते देख चौंके। मेहरअंगीज़ के अंदर जाने के बाद उन्होंने टैक्सीवाले से पूछताछ की, मगर उन्हें सिर्फ़ इतना पता चला कि मेहरअंगीज़ ने सड़क पर चलती टैक्सी रोकी थी। एक पहरेदार को अंदर जाकर मेहरअंगीज़ से पूछना पड़ा और जब उसे पता चला कि तीनों रास्ते में ख़रीदारी के बहाने कहीं भाग गईं तो उसके हाथों के तोते उड़ गए।

"किस बाज़ार, कौन-सी दुकान... ?" उसने घबराकर पूछा और पूरे अमले के साथ उन्हें ढूँढ़ने निकल पड़ा। उसको दो तरह की घबराहट थी। एक तो यह कि अफ़सर को क्या जवाब देगा? दूसरे यह कि यदि वे किसी के हत्थे चढ़ गईं और कुछ लोगों को असलियत पता चल गई तो ख़ासा नाटक हो जाएगा।

☐

तीसरे दिन जब फ़रशीद शिराज़ से लौटा तो उपहारों से भरा हुआ था। जिस चहल-पहल की उसे उम्मीद थी, उसकी जगह उसने घर में सन्नाटा देखा। तीनों के कमरों

में झाँका तो बिस्तर को ख़ाली पाया। अपने कमरे में अलबत्ता मेहरअंगीज़ नमाज़ पढ़ रही थी। उसने बाहर निकलकर दरवाज़े पर यूँ ही नज़र डाली, फिर अंदर मुड़ने लगा। तभी सुरक्षा-गार्ड ने कहा, "जनाब, अफ़सोस है उन तीनों का कहीं पता नहीं चल पाया।"

"कौन तीनों ?" फ़रशीद चौंककर बोला।

"चारों एक-साथ सालगिरह में गई थीं, मगर शाम को बड़ी ख़ानम अकेली लौटीं। उन्होंने बताया कि ख़रीदारी के बीच दुकानों की भीड़भाड़ में वे उनसे बिछड़ गईं। बहुत ढूँढ़ा मगर वे न मिलीं, तब शाम ढले उन्हें लौटना पड़ा।"

"ओफ़ !" फ़रशीद का अधेड़ चेहरा हारे जुआरी की तरह सफ़ेद पड़ गया। थोड़ी देर वह बुत बना खड़ा रहा, फिर एकाएक चौंककर बोला, "कोई आया था ?"

"नहीं, जनाब !" गार्ड ने मुस्तैदी से जवाब दिया।

"किसी का फ़ोन आया था ?" फ़रशीद की आँखें दूर कहीं कुछ तलाश कर रहीं थीं।

"तीन दिन तक कोई फ़ोन किसी ने घर से नहीं किया। आपके जाने के बाद से टेप लगा दिया था जो ख़ाली है।"

'हूँ....' फ़रशीद ने गहरी साँस ली। गार्ड को जाने का इशारा कर वह खुद अंदर आया।

"तुम कब आए ?" मेहरअंगीज़ जानमाज़ लपेटते हुए मीठे स्वर में बोली।

"अभी।" धीरे-से होंठ भींचकर बोला फ़रशीद।

"हाथ-मुँह धो लो, मैं फल लाती हूँ।" कहकर वह बड़े संतोष से उठी।

'हूँ....' गरदन हिलाता हुआ फ़रशीद मेहरअंगीज़ के चेहरे पर कुछ पढ़ने की कोशिश करने लगा।

मेहरअंगीज़ बाहर निकलकर फ़ौरन ही फल उठाए कमरे में दाख़िल हो गई, "लो खाओ !"

"यह हरकत तुम्हारी है न ?" जुर्म उगलवाने में दक्ष पुलिस-अफ़सर ने एकाएक पत्नी की कलाई पकड़ ली।

"कैसी हरकत ?" मेहरअंगीज़ ने कलाई छुड़ाने की कोशिश की।

"तीनों को पिंजड़े से उड़ाने की...." पकड़ कस गई और आँखों में नाचती बहशत बढ़ गई।

"नहीं।" भयभीत-सी मेहरअंगीज़ कराह उठी।

"बोलो....सच बोलो !" दाँत पीसता हुआ फ़रशीद उसका हाथ मरोड़ने लगा।

"मुझे नहीं पता।" मेहरअंगीज़ ने तड़पकर कहा।

"वे मेरी मनकूहा पत्नियाँ थीं, समझी ? उन पर मेरा हक़ था। उन्हें ढूँढ़ने के लिए मैं पूरा शहर छलनी की तरह छनवा दूँगा।"

"तुम कुछ भी करो, मगर मुझसे इस तरह पेश मत आओ। मेरा भी हक़ है, इज़्ज़त है, मैं तुम्हारी ब्याहता पत्नी हूँ।"

"तुम्हें नहीं छोड़ूँगा। तुमने मेरी ग़ैरत को ललकारा है। मेरी इज़्ज़त का मज़ाक उड़ाया है। तुम मेरी पत्नी नहीं, मेरे मुक़ाबले पर खड़ी मेरी हरीफ़ हो और अपने प्रतिद्वंद्वी को हराना मेरे जीवन का उद्देश्य रहा है।" कहता हुआ फ़रशीद उठा और कमरे से बाहर निकल गया।

मेहरअंगीज़ दर्द से दोहरी हो पलँग पर लोट गई। उसका हाथ शायद उखड़ चुका था। वह बेसुध-सी पड़ी थी। उसे मालूम था कि सबसे पहला हमला उसके मायके पर सत्ता के दुश्मन के नाम पर किया जाएगा, मगर वहाँ कोई नहीं मिलेगा। कार्यक्रम के अनुसार चचा और भाई का कुनबा इस समय मशहद के एक गाँव में लंबी छुट्टियाँ मनाने अपने दोस्त के यहाँ पहुँच गया होगा। उनको पकड़ पाना अब फ़रशीद जैसे मुस्तैद अफ़सर के लिए भी नामुमकिन है। उसने चैन की साँस ली और किसी तरह उठकर अपने हाथ पर बाम मलना शुरू किया।

□

शाम तक घर में चंद जवान औरतें और पाँच-छः लड़कियाँ पकड़कर लाई गईं। उसी के बाद पुलिस-अफ़सर फ़रशीद की तरफ़ से मेहरअंगीज़ की गिरफ़्तारी का वारंट जारी हुआ जिसमें उस पर औरतों से धंधा कराने का आरोप था। अख़बारवालों से घर भर गया। मेहरअंगीज़ की तसवीरें खिंचीं। वहाँ जमा लड़कियों को उनके घर वापस भेजने की अपील अख़बार के जरिए छपी। हर जगह फ़रशीद की तारीफ़ थी। उन अपहरण की गई लड़कियों और औरतों के माँ, बाप, शौहर, भाई जाते-जाते मेहरअंगीज़ पर आँखों से नफ़रत और मुँह से थूकना न भूलते थे।

"पुलिस के घर में यह अंधेर?"

"हम समझते थे कि पुलिस ज़ालिम होती है, मगर यह गुनाहगार औरत⋯सच कहा है किसी ने—बद अच्छा बदनाम बुरा।"

"ऐसे शरीफ़ मर्द की बदचलन बीवी, खुदा इसे कभी माफ़ नहीं करेगा।"

"इसे तो तलाक़ देकर, उस फ़रिश्ते को अब दूसरी शादी कर लेनी चाहिए।"

मेहरअंगीज़ चुपचाप सारे ताने सुनती रही। अंदर-अंदर खुश थी कि वह बदनाम हुई तो क्या, गुनाहगार तो नहीं है वह। उसने ज़ुल्म के पंजे से किसी को नजात दिलाई, यह क्या कम बहादुरी का काम है?

□

कई दिन गुज़र गए। मेहरअंगीज़ चुपचाप घर में एक उदास ज़िंदगी गुज़ार रही थी। बाहर निकलने और मिलने-जुलने पर रोक लग गई थी। फ़रशीद भी उससे सीधे मुँह बात नहीं कर रहा था। अब वह बाहर से खा-पीकर आता और अलग कमरे में

पड़कर सो जाता था। मेहरअंगीज़ रात-दिन तनहाई में घुटने लगी थी। वह तीनों की ख़ैरियत के लिए भी बेचैन थी। समय पंख लगाकर भाग रहा था।

एक रात उसने दूसरे कमरे से रोने और चीख़ने की आवाज़ सुनी। वह हड़बड़ाकर उठी, जैसे कोई डरावना ख़्वाब देख रही हो। नींद का खुमार जब टूटा तो उसे कोई आवाज़ नहीं सुनाई पड़ी। उसने घबराकर जानमाज़ बिछाई और सिजदे में गिर गई। शायद इस दर पर उसे सुकून मिल जाए। पौ फटते ही वह कमरे से बाहर निकली, मगर आगे बढ़ते क़दम वहीं जम गए।

सामने एक ख़ूबसूरत जवान औरत फ़रशीद के कमरे से निकल रही थी। वह उसे देखकर ऐसी भयभीत हुई कि उलटे पैर कमरे में भाग गई। मेहरअंगीज़ को काटो तो ख़ून नहीं। उसे हलका-सा चक्कर महसूस हुआ और वह दरवाज़ा थाम वहीं टिक गई। उसके कानों में उस औरत की लरज़ती आवाज़ गूँज रही थी।

"वह तुम्हारी औरत····मुझे पकड़ ले जाएगी, मुझे घर छुड़वा दो आग़ा····तुमने एक रात की बात की थी। मेरे साथ धोखा मत करो! मुझे मेरे भाई की आज़ादी चाहिए थी····मेरे साथ दुश्मनी मत करो!" कहते-कहते औरत फ़रशीद के क़दमों पर अपना सिर रखकर वहीं रोते-रोते नीम बेहोश-सी हो गई।

"उठो, डरो मत! मैं अभी तुम्हें सीधे तुम्हारे भाई के पास भेजता हूँ। उसके संग खुशी-खुशी घर लौटना।" कहकर फ़रशीद ने उस औरत को उठाना चाहा।

"यह सब क्या है?" दहकता आतशक़दा बनी मेहरअंगीज़ दरवाज़े पर खड़ी थी।

"हरामकारी····इसी की बात तो तुम जब-तब दोहराती रहती थीं। कम-से-कम यह निक़ाह कर, घर के क़ैदख़ाने में डालनेवाला ज़ुल्म तो नहीं है न?" फ़रशीद ने घृणा से कहा।

"उसे अपने नापाक हाथ मत लगाना।" मेहरअंगीज़ ने पति को ललकारा।

"नहीं-नहीं।" वह औरत होश में आकर अपनी तरफ़ बढ़ती मेहरअंगीज़ को देखकर डर से चीख़ी और फ़रशीद के सीने से लिपट गई।

"अजीब बात है! यह तुमसे डर रही है?" फ़रशीद ने हँसकर कहा और औरत को चुमकारा।

इस समय प्रतिद्वंद्वी को पछाड़कर उसके सीने पर विजेता की तरह पैर रखकर खड़े होने का सुख फ़रशीद की आँखों में नफ़रत के सैलाब के बावजूद साफ़ छलक रहा था। एक औरत को दूसरी औरत के ख़िलाफ़ खड़ा कर देने का यह षड्यंत्र मेहरअंगीज़ की समझ में पूरी तरह आ चुका था। आख़िर उसकी आदमक़द तसवीरें यूँ ही तो अख़बार में नहीं छपवाई गई थीं। उसके दोनों हाथों की तनी मुट्ठियाँ धीरे-धीरे करके ढीली पड़ गईं। फ़रशीद सीने से लिपटी औरत को बाँहों के घेरे में बाँधे कमरे से निकल गया।

जाने किस अनजानी ताक़त के तहत उसके दोनों पैर फ़रशीद के पीछे उसे ले गए।

घर के खुले दरवाज़े से उसने जैसे ही पोर्टिको में क़दम रखा, दो क्रॉस बंदूकों ने उसका रास्ता रोक लिया, जैसे शरीफ़ औरतों की इज़्ज़त बचाना, वह भी उस जैसी औरत से, इन रखवालों का सबसे बड़ा धर्म हो।

वह बेबस-सी खड़ी रह गई। पुलिस की गाड़ी फ़रशीद और उस औरत को लेकर तेज़ी से निकल गई। मेहरअंगीज़ के होंठ सब कुछ जानने के बाद इस औरत की वक़ालत में खुल न सके। फ़िलहाल खुलते भी तो अब उसका विश्वास कौन करता? उसने जंगले से बाहर झाँका, जहाँ गूँगे आसमान पर सूरज का गोला निकलनेवाला था। □

लबादा

बहराम ने एक ज़ोरदार अँगड़ाई ली और आँखों में भर आए पानी को उँगलियों से पोंछा। उसका रोम-रोम दुःख रहा था। क़लम के नीचे दबे काग़ज़ की आख़िरी पंक्ति पर उसने गहरी नज़र डाली, फिर आँखें बंद करके कुरसी की पीठ से सिर टिका आराम की मुद्रा में पसर गया। जब भी बदन आराम की शिथिलता में पहुँचता है, दिमाग़ होशियार हो उठता है और किसी मँजे शिकारी की तरह हर उस पक्षी को दाम में लेने की कोशिश करता है जो अपने गरम-नरम घोंसले में सुख से बैठा हो।

'हाँ, ये आवारा विचार परिंदे ही तो हैं। उड़ते हैं तो इतने ऊँचे कि आसमान को नापना दुश्वार हो जाता है और खोते इस तरह हैं कि ज़मीन पर उनकी तलाश मुश्किल हो जाती है।' बहराम ने सोचा और उठकर कमरे का एक चक्कर लगाया।

'ये किताबें मेरी ही लिखी हैं, हज़ारों पन्ने कैसे स्याह कर गया? अब एक नई पुस्तक की रचना में लगा हूँ; आख़िर इसको पूरा करके मुझे क्या मिलेगा—संतोष, सुख, सुरक्षा, शांति या भय, आतंक, निराशा या असुरक्षा?' इस अहसास के साथ कमरे में घुटन का बादल तैर गया। हवा रुक गई और सूरज ने अपना मुँह छिपा लिया। बहराम ने मेज़ पर रखा अपना चश्मा उठाया और उसको मुलायम कपड़े से साफ़ करने लगा। जैसे दिमाग़ पर फैलते जाले को वह साफ़ करना चाहता है ताकि सूरज की किरणों का रास्ता न रुके और बादल का यह मामूली टुकड़ा हवा अपने साथ उड़ाकर ले जाए।

'कितना अच्छा होता यदि मैं वहीं रहता! जान बचाकर यहाँ भागा तो किसलिए? रोज़-रोज़ मरने के लिए? कितना अजनबी है यह शहर! वहाँ क्या कुछ नहीं गुज़र रहा है, मगर यहाँ···?'

बहराम ने चश्मा लगाया और क़लम उठाकर अधूरे लिखे पन्ने पर नज़र दौड़ाने लगा। आधा पन्ना पढ़ने के बावजूद उसका मन एक वाक्य भी आगे लिखने का नहीं चाहा। उसने क़लम बंद कर दिया। मेज़ पर पड़ी किताब उठाई। उसके सफ़े पलटता रहा, फिर ऊबकर उसे वहीं पटका और दराज़ खोली। कुछ काग़ज़, रसीदें और ख़त थे। उसने ख़त उठाए और उन्हें उलट-पलटकर देखा, फिर उनमें से एक को खोला। यह ख़त उसके दोस्त सलमान का था। उसने लिखा था कि तुम लिखना मत छोड़ना। क़लम में बड़ी ताक़त है। इसी ताक़त से सत्ताधारी डरते हैं। तुम्हारे लेखन का ज़हर इनसान को मौत की नींद नहीं सुलाता है बल्कि उसे जगाता है। उसकी रीढ़ की हड्डी को तानता है। गड़े मुरदों को ज़िंदा करता है। जमे हुए ख़ून में बहाव की गरमी लाता है। इसलिए लिखते

जाओ, तुम्हारा लिखना बहुत ज़रूरी है····। यह सब पढ़कर बहराम को अच्छा लगा। चेहरे की थकन उतरी। दिल में ताक़त आई और कुल मिलाकर हौसला बढ़ा। दोस्त की याद एकाएक शिद्दत पकड़ गई।

'क्यों आया मैं यहाँ? सारा-सारा दिन गुज़र जाता है, कोई अपनी ज़बान बोलनेवाला नहीं मिलता। सबके ठंडे चेहरे और सर्द आँखें देख-देखकर मैं दीवाना हो गया हूँ। बस काग़ज़ की नाव बना-बनाकर यादों की रिमझिम बारिश में तैरा देता हूँ।'

बहराम ने दुखी हो ख़त तह करके लिफ़ाफ़े में रखा और दूसरा ख़त खोला जो उसकी बहन का था। उसने लिखा था कि यहाँ हालात ठंडे पड़ रहे हैं, मगर बेकारी और महँगाई मुसीबत बनी है। मामान—बाबा ठीक हैं। नफ़ीसा की मँगनी हो गई है। उस दिन सबने बहराम को बहुत याद किया। बात-बात पर तुम्हारा ज़िक्र आता रहा और सबको खुशी के दिन भी उदास बनाता रहा।

बहराम ने आँखें बंद कीं जैसे उपन्यास का एक अध्याय समाप्त किया हो। ख़त के काग़ज़ को वह उँगलियों के बीच घुमाता रहा, जैसे वह अपने प्यारों का स्पर्श कर रहा हो। उसके चेहरे पर एक मंद मुसकान फैल गई थी।

'सब खुश हैं वहाँ, सिर्फ़ इसलिए कि मैं ज़िंदा हूँ। मेरी ज़िंदगी उनके लिए बहुत क़ीमती है, मगर जब सारी हक़ीक़तें इनसान के सामने खुल जाती हैं तो जीने का मज़ा ख़त्म हो जाता है। शायद मैं उसी बेकैफ़ी से गुज़र रहा हूँ जिसमें स्वाद के न होने की कमी खटकती है।'

बहराम ने बजते टेलीफ़ोन को उठाया। उधर से बोलनेवाला खुसरू था—उसी की तरह क़लमकार, जो कविताएँ लिखता था, जिनमें मोहब्बत के तराने होते, दुःख-सुख की छोटी-बड़ी फुलझड़ियाँ और अनार होते। वह भी इस अजनबी मुल्क में आकर परेशान हो गया था। इस समय वह इत्तिला दे रहा था कि खाना बेहद स्वादिष्ट बनाया है, बिलकुल अपनी माँ की तरह, जिसे खाकर बहराम को सुकून मिलेगा। सुनकर हँसा बहराम और टेलीफ़ोन रखकर होंठों-ही-होंठों में फुसफुसाया, 'जाऊँगा, ज़रूर जाऊँगा, खुसरू के घर ज़रूर जाऊँगा। कोई नज़्म कही होगी तो उसे वह सुनाएगा और मैं अपने नए उपन्यास के अंत को लेकर बातें करूँगा, फिर गई रात तक हम संतूर और बेथोवेन को सुनते हुए सिगरेट के छल्लों में गुज़री ज़िंदगी की चहल-पहल को खुली आँखों से दोहराएँगे और फिर अपने-अपने पिंजड़े में बैठ जाएँगे। यही ज़िंदगी है हमारी, एक क़ैदी से बदतर जो हमने खुद अपनी पसंद से चुनी है।'

इतना कहकर बहराम ने एक ज़ोर की अँगड़ाई ली और तौलिया उठाकर गुस्लख़ाने की तरफ़ चला गया। नहाते हुए उसे महसूस हुआ कि बदन की जड़ता टूट रही है और फुरती उसका स्थान ले रही है। आईने के सामने जब उसने अपना चेहरा देखा तो अपने बाल उसे पहले से ज़्यादा सफ़ेद लगे। चेहरे पर नई लकीरें बन रही थीं। उसने लापरवाही

से सिर झटका और कपड़े पहनने लगा।

उसके दिल में एक ख़याल आया, 'घर न बसाया, शादी न की, मगर आयामों में कितनी बार ज़िंदगी को जिया है। वे सारी लड़कियाँ धीरे-धीरे मुझसे दूर चली गईं। सभी ने लगभग घर बसा लिया था। अपने पति और बच्चों के साथ रहते हुए भी उन्होंने मुझे एक विशिष्ट जगह दे रखी थी, मगर मेरे लिए अब ये सारी बातें केवल भावुकता मात्र रह गई हैं। उनकी यादें भी ऐसी ठहरी हुई जैसे आप किसी पुराने एलबम के पन्ने पलट रहे हों।'

बहराम ने काग़ज़ उठाए। क़लम जेब में डाला और कमरे से बाहर निकल आया। आसमान साफ़ था। ज़मीन साफ़ थी। जर्मन औरतें कुत्ते को टहलाती गुज़र रही थीं। वह उनकी गंदगी से बचता-बचाता आगे बढ़ने लगा। पूरे शहर में काफ़ी संख्या में उसके अपने वतन के लोग हैं, जो वर्षों से यहाँ रह रहे हैं। न रहें तो फिर करें क्या? वह ख़ुद क्या लौट सकता है? लौटना एक तरह की आत्महत्या होगी। आख़िर उसका नाम कोई छिपा थोड़े ही रह गया है। जाएगा तो फ़ौरन पकड़ा जाएगा क्योंकि उसने सत्ता का समर्थन न कर जनता का समर्थन किया है।

'जनता की आवाज़ ही तो वह सचाई है जो लेखन का तेवर बनती है। यदि मैं उसे नज़रअंदाज़ कर दूँ तो फिर मेरे पास बचेगा क्या? मैं अपनी ज़मीन पर रहनेवालों को कैसे भूल सकता हूँ?' बड़बड़ाया बहराम। सोचने के साथ होंठ हिलाना उसकी आदत बन गई थी। अकेले रहते-रहते बहराम, ख़ामोशी से घबरा उठा था, इसलिए अपने से बात करने की तरकीब उसकी समझ में आ गई थी, सो अपने से बातें करता, टहलता चला जा रहा था। उसके चेहरे पर एक नरमी थी, जिस पर उदासी के छींटे पड़े नज़र आ रहे थे। आँखें इतनी गहरी और बोलनेवाली हो उठी थीं कि पास से गुज़रनेवाला कोई भी उसे अनदेखा नहीं कर सकता था। उसने रुककर चंद फूल ख़रीदे और उन्हें सूँघा, फिर नज़रें उठाकर सामने जाती हुई जवान औरतों और लड़कियों को ताका।

'पहले रिश्ते दर्जनों के हिसाब से बनाना कितना अच्छा लगता था! फिर वे बोझ लगने लगे और सूखे फूल की तरह एक-एक कर झड़ने लगे; क्योंकि कोई भी रिश्ता न गहरी बुनियाद पर खड़ा था, न सच्ची चाहत पर, सो उसके ख़त्म होने का ग़म भी महसूस न हुआ। अब एक ख़लिश मुझे परेशान किए हुए है कि काश! कोई ऐसा होता जो सिर्फ़ अपना होता, जिससे सारा दुःख-सुख कहकर मैं हलका हो जाता, मगर वह है कहाँ?'

बहराम ने सड़क पर से गुज़रती लड़कियों पर नज़र डाली। इस नीयत से कि कोई चेहरा पसंद आ जाए तो उसे ही ज़हन में बसा ले और उससे एक ख़याली रिश्ता क़ायम करके अपनी तन्हाई काट ले, मगर न चेहरा दिखा, न कोई पसंद आया।

उसने सड़क पार की। चमकीली दुकानों के सामने खड़े होकर कुछ देर चीज़ों को देखता और उनके दाम पढ़ता रहा। फिर पास खड़े दो बच्चों की गुपचुप शरारतों और

उनके माँ-बाप का ख़रीदारी में डूबना देखता रहा।

'बाहर निकलने में मुझे ताज़गी कम, उदासी ज़्यादा महसूस होने लगती है। अकेले घूमना, वह भी इस मुल्क में, किसी बदनसीबी से कम नहीं लगता। ऊपर से ये घरेलू दृश्य मुझे घर की चौखट पर ले जाकर खड़ा कर देते हैं। मुझे लौट जाना चाहिए।'

बहराम ने छोटे लड़के के गाल को थपथपाया और किताबों की दुकान की तरफ़ चल पड़ा। बड़ी देर तक उन चार-पाँच दुकानों में जाने क्या तलाश करता रहा, फिर मायूस-सा एक बालपाइंट खरीदकर बाहर निकल आया और लंबी साँस खींचकर अपने से कहने लगा, 'यहाँ किताब देखने का कोई मज़ा नहीं है। जब ज़बान ही समझ में नहीं आती है तो अक्षरों से भरे ये पन्ने किस काम के? इतना पढ़-लिखकर सोचा था कि बहुत कुछ जान लिया, मगर यहाँ आकर लगा कि मैं बिलकुल अनपढ़ हूँ।'

बहराम ने क़दम तेज़ कर दिए थे। वह भूमिगत ट्रेन से भी जा सकता था, मगर उसने पैदल ही चलने की सोची। पैदल चलने से उसे हमेशा अपनी टाँगों में आराम और ज़िंदा रहने का अहसास होता। आगे गली में मुड़कर वह बेकरी के पीछे गया, जहाँ खुसरू का घर था। घर नहीं बल्कि एक कमरा था। उसने आगे बढ़कर घंटी पर हाथ रखा।

'खुसरू को आज कमरे में नहीं बैठने दूँगा। मौसम अच्छा है। पैदल घूमेंगे, कॉफ़ी पिएँगे और फिर लौटकर घर खाना खाएँगे।' उसने सोचा।

खुसरू ने दरवाज़ा खोला। दोनों दोस्तों ने आपस में हाथ मिलाया, फिर एक-दूसरे के गालों का चुंबन लिया। खुसरू ने गर्मजोशी से बहराम को अंदर घसीटा और दरवाज़ा बंद कर दिया। कमरे में एक लड़की चुपचाप-सी बैठी संतूर सुन रही थी। उसके हाथों में वाइन का गिलास था। उसके हाथ और गरदन लय पर आहिस्ता-आहिस्ता हिलकर ताल दे रहे थे। बहराम के चेहरे पर रौनक़ आ गई। उसने हँसती निगाहों से दोस्त की तरफ़ देखा और फूलों को खुसरू के हाथों में थमाया।

"यह आइज़ाबेल है····यह बहराम मेरा दोस्त है।" खुसरू ने उस लड़की से बहराम का परिचय कराया।

बहराम ने आदरपूर्वक उससे हाथ मिलाया, हाल-चाल पूछे और दूसरे सोफ़े पर बैठ गया। उसके दिल में हलचल-सी मच गई थी कि खुसरू की पीठ पर ज़ोर की धप मारकर कहे, 'अरे बदबख़्त, यह लड़की, जिसके दूध के दाँत भी नहीं टूटे हैं, तेरी लड़की के बराबर है, बेवकूफ़! इससे मोहब्बत करना गुनाह है। इसका तो कोई और साथी होगा जहाँ जाने का रास्ता तुझे साफ़ करना होगा बूढ़े गिद्ध!'

"बहुत ख़ामोश हो, बहराम! ख़ैरियत तो है? आइज़ाबेल थोड़ी-बहुत फ्रेंच जानती है और तुम तो फ्रेंच भाषा के उस्ताद हो।" कहकर खुसरू ने बहराम का गिलास भरा। बहराम ने शुक्रिया सिर्फ़ ख़ामोश मुसकराहट से दिया और आइज़ाबेल को देखा। फिर

गिलास कुछ इस तरह उठाकर उसने सिर झुकाया जैसे सामने बैठी लड़की के सम्मान में 'चियर्स' कहा हो। उसने बड़े ग़ौर से खुसरू के पुख़्ता चेहरे, जिस पर तजुर्बे की भट्ठी का पक्कापन था और आइज़ाबेल के चेहरे, जिस पर गीली मिट्टी की नरमी और लचक थी, को गहरी नज़रों से देखा और सोचा, 'हिटलर की इस नगरी में आज़ादी का तराना गाने की फ़रमाइश हो रही है! वह भी टूटी-फूटी उखड़ी ज़बान में एक जर्मन लड़की से?'

"मैंने यह मछली खुद तली है, बहराम, चखकर देखो।" खुसरू ने दोनों के सामने छोटी प्लेटों में नन्ही-नन्ही साबुत तली मछलियाँ रखीं। बहराम ने दुम से पकड़ पूरी-की-पूरी एक मछली मुँह में रखी और स्वाद के चरम बिंदु पर पहुँचकर उसने खुसरू को ताक़ा जो बड़ी मीठी नज़रों से बहराम को देख रहा था। आइज़ाबेल किसी चुहिया की तरह मछली का सिर कुतरती हैरत-भरी नज़रों से बहराम को ताक रही थी। उसकी आँखों के भाव पढ़कर बहराम ने नन्ही मछली उठाई और मुँह में पहले की तरह रखी, फिर लड़की को घूरा, जैसे कहा हो, 'हम ऐसे ही हैं, मदाम! कहने को तो जर्मन और ईरानी आर्य नस्ल के हैं मगर व्यवहार में बिलकुल अलग। एक ने पीटा और दूसरा पिट रहा है। इतिहास बनने का सिलसिला स्रोत से कितना अलग हो जाता है समय के कंधे पर सवार होकर—कभी सोचा आपने?'

"बहराम, तुम आराम से बैठो। यह लड़की अभी चली जाएगी। फिर हम चैन से बैठेंगे।" खुसरू ने कहा और दोनों के गिलास में वाइन डाली।

"पढ़ती हो, बेटी?" बहराम ने खुसरू को चिढ़ाने के लिए पहला सवाल किया।

"नौकरी कर रही हूँ।" उसकी मीठी आवाज़ लड़खड़ाती फ्रेंच ज़बान में फूटी।

"अभी तो बहुत छोटी हो।" बहराम ने वाइन का घूँट भरकर खुसरू को प्रताड़ना-भरी नज़रों से ऐसे घूरा जैसे कहना चाह रहा हो कि अरे बेवकूफ़, इन चूज़ों के साथ समय की बरबादी किसलिए? क्या कोई भी पुख़्ता दिल व दिमाग़ की भरपूर औरत, अपनी टक्करवाली, नहीं ढूँढ़ पाए?

"मैं छोटी···? पूरे पच्चीस की हो गई हूँ।" आइज़ाबेल खिलखिला पड़ी। उसके ऊबड़-खाबड़ सफ़ेद चमकीले दाँत चमके।

"बड़ी प्यारी लड़की है।" खुसरू ने उसके सिर पर प्यार से थपकी दी और किचन की तरफ़ बढ़ा। बहराम ने चिढ़कर देखा। फिर नज़रें उधर से हटाकर वह एकाएक अपनी जगह से उठा। उसने अपना गिलास उठाया और खिड़की के सामने खड़े होकर तेज़ रफ़्तार से दौड़ती गाड़ियों को नीचे सड़क पर देखते हुए वाइन के सिप लेने लगा।

'मुझे औरत पहले की तरह अब लुभाती क्यों नहीं है? उन्हें देखकर लगता है कि औरत-मर्द के संबंधों से आगे भी एक संबंध है जो ज़्यादा खुला और विस्तृत है। शायद यह मेरी उम्र का तक़ाज़ा है,' उसने सोचा।

"कमाल है बहराम! तुम वहाँ खड़े हो, यह यहाँ अकेली बैठी है, क्या सोचेगी

हमारे बारे में? यही मुनासिब नहीं है कि बीच-बीच में हम फारसी में बातें कर रहे हैं? मगर यह मजबूरी है, ख़ैर···आओ इधर," कहकर खुसरू ने गरम तली मछलियाँ सामने रखीं। बहराम ने चेहरा घुमाया और अंदर-ही-अंदर कुढ़ते हुए खुसरू को घूरा।

"इस बच्ची को बुलाना था तो फिर मुझे क्यों बोर करने के लिए बुलाया? औरतों से मेरे भी संबंध रहे हैं, मगर इस तरह समझौता करते हुए नहीं। वे सारी औरतें अपने क्षेत्र में अपनी मिसालें थीं। उनसे बहुत कुछ सीखा, पाया और हासिल किया, और बहुत कुछ उन्हें दिया भी। मेरे वे सारे संबंध बराबर के धरातल पर बने थे, मगर खुसरू, तुमने तो हद ही कर दी, यार! साथी भी चुना तो बेज़बान!"

"आओ भी, बहराम!" खुसरू ने फिर उसे पुकारा।

"आया।" कहता हुआ बहराम खिड़की से हटकर खुसरू की किताबें उलटता-पलटता रहा, फिर लिखने की मेज़ पर बिखरे काग़ज़ों को उठाया और उन्हें पढ़ने लगा।

"यह सब मत करो, मैंने एक तरतीब से काग़ज़ रखे हैं। गड़बड़ा जाएँगे।" खुसरू ने उलझकर कहा।

"कब तक पता चल सकता है?" आइज़ाबेल की आवाज़ उभरी।

"कोशिश करने में कोई हर्ज नहीं है, मगर मैं पहले ही कह चुका हूँ कि इन हालात में ख़त का इंतज़ार बेकार है।" खुसरू ने सहज आवाज़ में कहा।

"फिर मैं क्या करूँ?" आइज़ाबेल परेशान हो उठी।

"मेरा मशविरा है कि तुम चली जाओ। ख़त में मैंने सब कुछ लिखा है। वीज़ा मिलने में परेशानी है नहीं, इसलिए बेखटके सफ़र की तैयारी करो और मुझ पर विश्वास रखो।" खुसरू ने गंभीर आवाज़ में कहा।

"विश्वास तो है, मगर···" कहकर आइज़ाबेल ने गिलास मुँह से लगाया।

बहराम ने चौंककर खुसरू को देखा। उसके चेहरे पर बेहद संजीदगी थी। बहराम को उसके नाटक करने पर हँसी आ गई। उसने कटाक्ष-भरी नज़रों से दोनों को घूरा और धीरे-धीरे चलता हुआ उनके पास आकर बैठ गया। मामला दिलचस्प मोड़ पर था। उसने दोनों को बारी-बारी से ताका।

'अच्छा! तो अब इस बला से पीछा छुड़ाने के लिए उसे बाहर भेजने की कोशिश की जा रही है। यह अक्ल तो पहले ही आ जानी थी, यार, कि ये अनुभवहीन कलियाँ केवल समय बरबाद करती हैं।' बहराम ने कनखियों से खुसरू को ताका और सोचा।

"मैं बाक़ी सब देख लूँगा, तुम चिंता मत करो, तुम्हारा जाना हर तरह से हमारे लिए अच्छा ही साबित होगा।" खुसरू ने बड़े उत्साहित स्वर में कहा।

'खुसरू इतना गिर जाएगा मैंने कभी सोचा ही नहीं था। अपने अकेलेपन को कम करने के लिए इतना बड़ा कवि किस घटियापन पर उतर आया है!' दिल-ही-दिल में

बहराम ने सोचा और आइज़ाबेल को देखा जो कह रही थी, "फ़िलिप को जाना नहीं चाहिए था। मैं इस हालत में एक बार फँस चुकी हूँ, इसलिए मैंने आपको तकलीफ़ दी। आप तो सब कुछ जानते हैं।" आइज़ाबेल का स्वर धीमा था।

"पैसे की चिंता न करो, मैं पहले भी कह चुका हूँ कि उसका बंदोबस्त मैं कर रहा हूँ। तुम फ़ैसला कर लो कि कब जाना है।" खुसरू ने गहरी आवाज़ में कहा।

'पैसे का इंतज़ाम कैसे और कहाँ से करोगे? खुद यू.एन.ओ. के मेहमान बने शरणार्थी की तरह यहाँ रह रहे हो और उसी मुल्क की लड़की को मर्दानगी दिखा रहे हो? किसी ने सच ही कहा है कि मर्दों की अक्ल इश्क़ के मामले में गुद्दी में जम जाती है, ख़ासकर कम-उम्र लड़की के मामले में।' बहराम ने चिढ़कर सोचा, मगर ऊपर से चेहरा गंभीर बनाए रहा जैसे किसी गहरी सोच में डूबा हो।

"मैं जाने की तारीख़ ज़रा सोचकर बताऊँगी। कई तरह के फ़ैसले करने पड़ेंगे मुझे।" आइज़ाबेल का चेहरा सुस्त पड़ गया और आवाज़ भी धीमी-सी हो गई।

"तुम अकेली नहीं हो, मैं तुम्हारे साथ हूँ।" खुसरू ने हँसकर पास बैठी आइज़ाबेल के कंधे पर हाथ रखा।

"मैं जानती हूँ।" आइज़ाबेल ने अपना हाथ खुसरू के हाथ पर रखकर उसे गहरी नज़रों से देखा। उसके होंठों के कोने काँपे और आँखों में गीली हवा का एक झोंका पलकों से टकराता गुज़र गया।

"अब मैं चलूँ।" आइज़ाबेल ने धीरे-से कहा।

"जैसी तुम्हारी मरज़ी आइज़ा।" बेहद प्यार से खुसरू ने उसके बालों को सहलाया।

आइज़ाबेल खड़ी हो गई, उसी के साथ खुसरू भी। दोनों ने एक-दूसरे को ताका, फिर आइज़ाबेल ने एकाएक आगे बढ़कर खुसरू के दोनों गालों का चुंबन ले लिया। इस समय वह भावना के ज्वार से काँप रही थी। खुसरू ने जवाब में उसके माथे का चुंबन लिया और उसके कंधे पर हाथ रखकर उसे सहारा दिया। वे दोनों आगे बढ़े।

"मैं नीचे तक छोड़कर अभी आया।" खुसरू ने कहा।

'नीचे क्या, तुम घर तक छोड़कर आओ और हो सके तो····' बहराम कुछ सोच पाता कि आइज़ाबेल आगे बढ़कर उसके समीप आई और हाथ आगे बढ़ाते हुए बोली, "अच्छा, फिर मुलाक़ात होगी।"

"ज़रूर।" सहसा चौंक पड़ा बहराम और बड़ी गर्मजोशी से उसने हाथ मिलाया। फिर अपनी ख़ामोशी पर उसे अफ़सोस भी हुआ कि बेचारी की तरफ़ ज़रा भी ध्यान न दिया।

वे दोनों आगे-पीछे कमरे से निकल गए। अपना गिलास भरकर बहराम खिड़की के पास खड़ा हो गया। सड़क पहले की तरह ही चालू थी। अब नया जो उसमें जुड़ा था

वह सिर्फ़ इतना था कि खुसरू सड़क के किनारे खड़ा आइज़ाबेल के लिए टैक्सी तलाश कर रहा था।

'बकवास ! अपने इसी अनुभव पर लिखी कविताएँ सुनाने को मचल रहा होगा खुसरू। आने दो, आज मैं ऐसा रगड़ूँगा कि आगे से शायरी करना ही भूल जाएगा मजनूँ की औलाद !'

खुसरू को आख़िर टैक्सी मिल गई। उसने बढ़कर दरवाज़ा खोला और अदब से आइज़ाबेल को उसमें बैठाया। टैक्सी के हरकत करते ही आइज़ाबेल ने शीशा नीचे कर खुसरू से कुछ कहा। उसके चेहरे पर मासूम मुसकराहट थी। खुसरू ने सुनकर सिर हाथ हिलाया। फिर लंबी साँस खींचकर वह चंद क़दम आगे गया। पास की मशीन से उसने सिक्का डाल सिगरेट की डब्बी निकाली। वहीं नई सिगरेट मुँह में लगाकर लाइटर से उसे जलाया, फिर एक गहरा कश खींचा, जैसे थकान को धुएँ के साथ उड़ाना चाह रहा हो। चंद कश लेने के बाद उसने एक नज़र चारों तरफ डाली और बिल्डिंग के दरवाज़े की तरफ़ मुड़ा।

'अब यहाँ आकर कहेगा, माफ़ कर दो यार, पीछे ही पड़ गई थी। अजीब चिपकू लड़कियाँ होती हैं यहाँ की, एक गिलास शराब और सिगरेट के लिए पूरी शाम साथ गुज़ारने के लिए तैयार हो जाती हैं। मिलेंगी पहली बार, मगर आख़िरी पड़ाव पर पहुँचने के लिए बेक़रार होती हैं। मैं तो इस बेबाकी से बोर हो चुका हूँ। कहाँ वह अपना एशियाई शर्मीलापन···ख़ैर, छोड़ो, अपनी सुनाओ, और तब मैं उसको खोलकर ऐसा सुनाऊँगा कि सारी मस्ती हिरन हो जाएगी।' सोचता हुआ बहराम सोफ़े पर आकर इस तरह बैठा जैसे यहीं बैठा हुआ था। सिगरेट जलाकर उसने दो-तीन कश खींचे, वाइन से गिलास भरा और सोफ़े की पीठ पर सिर टिका आँखें बंद कर लीं। मगर उसके कान खुसरू के कदमों की चाप सुनने के लिए बेचैन थे। दिल में गुस्से का गुबार-सा उठ रहा था, 'यह लड़की तो बिस्तर के क़ाबिल भी नहीं है जिस पर खुसरू आशिक़ की तरह फ़िदा हो रहा है।'

"माफ़ करना बहराम, तुम्हें अकेला बैठना पड़ा।" कहता हुआ खुसरू सामने की कुरसी पर बैठ गया।!

"नहीं, कोई बात नहीं।" बहराम ने हँसकर कहा और सिगरेट का कश खींचा, मगर दिल-ही-दिल में कहा, 'तुम्हें मेरी फ़िक्र कहाँ थी, तुम तो उस हिटलर की पोती से इश्क़ लड़ा रहे थे।'

"तुम कुछ सुस्त-से लग रहे हो, क्या बात है ? तबीयत तो ठीक है न ?" खुसरू ने उसके चेहरे को ताका।

"ठीक हूँ।" बहराम ने तने-से स्वर में कहा।

"उपन्यास कहाँ तक पहुँचा ?" खुसरू ने आराम से पैर फैलाते हुए कहा।

"अंत तक पहुँचनेवाला है," बहराम ने धीरे-से कहा।

"तब तो खुशी की बात है, दोस्त !" खुसरू चहका।

"हाँ, अंत को लेकर मैं अभी दुविधा में हूँ।" बहराम ने कहा।

"क्यों भला ?" खुसरू ने सवालिया नज़र उठाई।

"यूँ ही।" बहराम ने ऐसे कहा जैसे स्वयं कारण न जानता हो।

कमरे में ख़ामोशी छा गई। दोनों किसी सोच में डूब गए। सिगरेट का धुआँ उनके सिरों पर बादलों के छत्ते की तरह जमा हो गया। कमरे में अँधेरा घुस आया था। सीढ़ियों पर से चीख़ते-दौड़ते बच्चे ऊपरी मंज़िल पर चढ़ रहे थे। दोनों ने एक-दूसरे की तरफ़ देखा। बहराम हलके-से मुसकराया जैसे कहना चाह रहा हो कि इस ख़ामोशी को बुनने के लिए मुझे बुलाया था।

"तुम्हें कुछ सुनाता हूँ।" कहता हुआ खुसरू अपनी जगह से उठा।

जब तक खुसरू अपनी मेज़ से कविता के पन्ने उठाकर लाया तब तक बहराम का मूड पूरी तरह उखड़ चुका था। उसे एक घिन का अहसास हो रहा था। उसे महसूस हो रहा था कि अगर वह कुछ देर ठहरा तो ज़रूर कुछ उलटा बोल जाएगा। ऐसी छिछली मुलाक़ातों और सतही इश्क़ पर कभी लिखा जाता था, मगर वह सब लिखने का दौर गुज़र गया है। अब ज़रूरत कुछ और है।

दिमाग़ में कोई बहाना आया नहीं। एकाएक उठ जाना भी शिष्टता के ख़िलाफ़ था। सो मन मारकर बैठा रहा।

"यह आइज़ा से मिलने के बाद लिखी थी। मैं बहुत प्रभावित हुआ था और…" खुसरू ने काग़ज़ पर नज़र डाली।

"यह लड़की भी तुम्हें प्रभावित कर सकती थी। यह बड़ी महत्त्वपूर्ण ख़बर है मेरे लिए।" बहराम का लहज़ा तल्ख़ था।

"तुमने उससे बात ही नहीं की वरना सचमुच तुम भी प्रभावित हो जाते, बल्कि शुक्रगुज़ार, जैसे मैं हूँ।" खुसरू ने गहरी आवाज़ में कहा।

"खुसरू, वह अभी बच्ची है !" बहराम ने तेज़ लहज़े में कहा।

"उम्र से कोई फ़र्क नहीं पड़ता बहराम, इनसान में जज़्बा होना चाहिए। वह इस लड़की में है। इसको तुमने अभी जाना नहीं है, इसलिए यह बात कर रहे हो।" खुसरू ने बड़े ज़ोरदार तरीक़े से कहा।

"छोड़ो भी उसे, तुम अपनी नज़्म सुनाओ," बहराम उलझकर बोला।

"बिना आइज़ा को जाने यह नज़्म तुम्हें उतनी अच्छी नहीं लगेगी जितनी लगनी चाहिए, तो भी-शुरू करता हूँ।" खुसरू ने गला साफ़ किया।

"फिर पहले बता ही डालो।" बहराम ने फ़ैसलाकुन लहजे में कहा।

"वह ईरान जाना चाहती है ताकि वहाँ जाकर वह उनके साथ रह सके जो…"

ख़ुसरू ने उजाले-भरे स्वर में कहा।

"आख़िर क्यों?" एकाएक बहराम ने झुँझलाकर पूछा।

"यह उसकी इच्छा है। मैं उसे रोकनेवाला कौन होता हूँ?" कुछ तीखे स्वर में ख़ुसरू ने कहा।

"समझा तो सकते हो, बड़े हो, ज़िंदगी के खट्टे-मीठे अनुभव को जी चुके हो। वह तो भावुक लड़की है।" बहराम ने कहा।

"तुम लगातार उसका अपमान छोटी लड़की, कम-उम्र लड़की है, भावुक और बेवकूफ़ कहकर करे जा रहे हो। मेरी समझ में नहीं आ रहा है कि तुम्हें उसकी उम्र से क्या लेना-देना है? उसका काम देखो, फिर कुछ कहना।" ख़ुसरू ने बुरा मानते हुए कहा।

"तो बात यहाँ तक पहुँच गई है?" बहराम ने भवें तानकर सिर हिलाया।

"कहाँ तक पहुँच गई है?" ख़ुसरू उखड़ा-सा बोला।

"कुछ नहीं।" इतना कहकर बहराम ने सिगरेट निकाली।

कमरे में ख़ामोशी छा गई। ख़ुसरू आश्चर्य-भरी नज़रों से, जिसमें उलझनों का भी अक्स था, बहराम को घूर रहा था। बहराम के चेहरे पर गंभीरता की स्याही उतर आई थी। वह एक ही बात सोच रहा था कि आख़िर ख़ुसरू दो ज़िंदगियों को एक पैमाने में क्यों ढाल रहा है? आइज़ाबेल यहाँ की हक़ीक़त है, तन्हाई और तनाव की उपलब्धि है, मगर उसकी पत्नी, उसके बच्चों के साथ ईरान में एक अलग तरह की कठिनाइयों का जीवन गुज़ार रही है और बहुत मुमकिन है कि उसकी ज़िंदगी में भी कोई मोड़ आया हो। मगर इसका मतलब यह तो हरगिज़ नहीं है कि ख़ुसरू आइज़ाबेल को ईरान जाने के लिए और शगुफ़्ता से मुलाक़ात के लिए मजबूर करे। इससे केवल एक नहीं, बल्कि दोनों औरतें आहत होंगी। सपने और यथार्थ को मिलाकर ख़ुसरू कौन-से अनुभव से गुज़रना चाह रहा है? ज़िंदगी में इतनी बड़ी सियासी सुरंग से गुज़रना क्या असंख्य दर्दनाक अनुभवों से गुज़रना नहीं है? यह ख़ज़ाना कम है जो यह नया शोशा ज़िंदगी की बोरियत कम करने के लिए छोड़ा है? इससे लेखन में किसी भी नए प्रयोग का इज़ाफ़ा नहीं होगा सिवा भटकन और फरार के⋯

"तुम मुझसे कुछ छिपा रहे हो?" ख़ुसरू ने पूछा।

"क्या?" चौंका बहराम।

"जब से आए हो, कुछ अनमने-से, खोए-से, उदास-से हो।" ख़ुसरू ने कहा।

"बस ज़िंदगी के ये उतार-चढ़ाव कभी-कभी सोच पर हावी हो जाते हैं और⋯" बहराम उसी मूड में बोला।

"हाँ यार, अब ज़िंदगी कुछ यूँ गुज़र रही है कि कोई जज़्बा देर तक टिकता ही नहीं। सब कुछ इतनी तेज़ी से घट रहा है कि अपना कुछ जीना भी चाहो तो दिल व दिमाग़ अहसास और ख़याल की शिद्दत से अधमरे-से रहते हैं। हम बड़े अजीब दौर से

गुज़र रहे हैं।" खुसरू ने ठहर-ठहरकर कहा।

"ख़ैर छोड़ो। तुम अपनी नज़्म सुनाओ वरना हम ग़म के अंधे कुएँ में आ गिरेंगे।" बहराम पहली बार हँसा।

"सुनाने का मूड जाता रहा।" खुसरू ने बेदिली से कहा।

"कहाँ है? लाओ तो···" बहराम ने इसरार किया।

खुसरू ने मेज़ से काग़ज़ उठाए। उन्हें नज़रों से टटोला, फिर कविता पढ़नी शुरू की जो एक ऐसी नर्स की थी जो रण-क्षेत्र में घायलों की सेवा के लिए जाती है और एक दिन किसी एक की गोली का निशाना बन जाती है। उसकी सेवा के लिए न कोई मदद पहुँचती है और न उसकी लावारिस लाश को उठानेवाला कोई वहाँ मौजूद है। वास्तव में वह युद्ध का आख़िरी दिन होता है और एक बूढ़ा गिद्ध उसकी लाश के सिरहाने बैठा है, जिसकी आँखों में ग़म की नमी है।

खुसरू नज़्म पढ़ रहा था और बहराम जाने किस दुनिया में पहुँच गया था। देश, विदेश, रण-क्षेत्र, आबादी और उपन्यास का अंतिम अध्याय उसकी नज़रों के सामने था। ऊपर से यह सुंदर कविता जैसे दिल पर पैर रखती आहिस्ता-आहिस्ता गुज़र रही थी। शब्द अर्थ की सुरंगें खोदते दिमाग़ की आख़िरी पर्त में घुसने की कोशिश कर रहे थे। दिल के सारे पन्ने फड़फड़ाकर एक साथ खुल गए थे।

"बहुत ख़ूबसूरत! बेहद उम्दा क्राफ्ट···मुबारक हो, खुसरू!" बहराम नज़्म सुनने के चंद मिनट बाद इतना कहने के क़ाबिल हुआ।

"मुझे पता था कि तुम्हें बहुत पसंद आएगी।" खुसरू ने संतोष के सागर में डूबते हुए भावुक स्वर में कहा।

"तुमने बड़ी बढ़िया नज़्म लिखी है।" बहराम की आँखों में ईमानदारी बिखरी हुई थी।

"अब मैं तुम्हें खिलाऊँगा बढ़िया पका खाना।" कहता हुआ खुसरू अपनी जगह से उठा और किचन की तरफ़ बढ़ा।

"अभी बैठो, भूख बिलकुल नहीं लगी है। इस कविता ने मुझे सातवें आसमान पर बिठा दिया है, जहाँ संवेदनाएँ ही यथार्थ बन गई हैं और···" बहराम भावुक हो उठा।

"शुक्रिया दोस्त! अब अपने उपन्यास का ज़िक्र करो।" खुसरू ने नई सिगरेट जलाई।

"नहीं, पहले आइज़ाबेल के बारे में बताओ।" बहराम ने नरम लहजे में कहा, जिसमें हलकी-सी शर्मिंदगी थी।

"हाँ, आइज़ा···, एक महान् आत्मा जो किसी तरह मदर टेरेसा से कम नहीं। एक औरत जो मुक़द्दस माँ से कम पाकीज़ा नहीं, और···" कहकर खुसरू रुक गया।

"और?" बहराम को उसकी ख़ामोशी बुरी लगी।

"और अब वह ईरान जाना चाह रही है। कुछ दिन पहले वह अफ़ग़ानिस्तान में साल-भर रहकर, उन लोगों की सेवा करके लौटी है जो दो सियासी गिरोहों के बीच में होते युद्ध के चलते बेक़सूर, ज़ख़्मी और बेघर-बार हो जाते हैं। अब वह कुर्दिस्तान की तरफ़ जाना चाहती है। उसे कुछ पते चाहिए थे। कुछ पैसे का इंतज़ाम भी चाहती थी कि अगर ज़्यादा रुकना पड़ गया तो उसे वहाँ की लोकल करेंसी का कष्ट न हो। पिछली बार अफ़ग़ानिस्तान में...." खुसरू विस्तार से बता रहा था। बहराम के कानों तक कुछ नहीं पहुँच रहा था।

'कितना बड़ा गुनाह मुझ जैसे इनसान से हो गया? मुझे क्या हो गया था जो इस तरह सतही बातें मैं सोचने लगा? मैं क़लम हाथ में पकड़कर किरदारों को काट-छाँटकर निखारता हूँ, मगर खुद....खुद क्या हूँ? बस, एक घटिया, गिरा हुआ इनसान?'

बहराम अपमान और शर्म से पानी-पानी हो गया था। सच बोलकर वह खुसरू के सामने ज़लील नहीं होना चाहता था। उसने खुसरू के चेहरे को ताका और धीरे-से पूछा, "तुमने उसे मरियम माँ क्यों कहा?"

"जब वह अफ़ग़ानिस्तान में थी तब किसी ने उसके साथ ज़्यादती की थी। शैतान और फ़रिश्ता इनसान तो हर जगह मिल जाते हैं, मगर जिस शख़्स की उसने पंद्रह दिन तक देखभाल की, उसके दिल पर लगे ज़ख़्म को वह न धो सकी, जिसमें उसकी बहन की मौत के ख़ून के धब्बे थे, जिसे किसी फ़ौजी सिपाही ने बेआबरू किया था। उसका सारा संताप उस रात आइज़ा ने झेला।" खुसरू इतना कहकर चुप हो गया।

"कितना उलझ गया है सब कुछ खुसरू?" बहराम सिर्फ़ इतना कह पाया। उसकी कनपटी की नसें तड़खने लगी थीं।

"अच्छे-बुरे की तमीज़ खो गई है। अत्याचारी कौन है और उत्पीड़ित कौन, इसमें बड़ा बारीक फ़र्क़ बचा है, जिसे देखा नहीं, महसूस किया जाता है; कहा नहीं, समझा जाता है; मगर इस सबके बाद?" खुसरू ने कहा।

खुसरू का जुमला बहराम को गहरे बेध गया। उसे लगा कि उसकी त्वचा के अंदर नश्तर बनकर ये शब्द चाकू की तरह उसकी खाल उतार रहे हैं। पीड़ा, एक असीम पीड़ा से उसके तंतु तन रहे हैं और वह संज्ञा-शून्य होता जा रहा है।

'मैं अंदर सफ़र करने की जगह बाहर की डोर कैसे पकड़ने लगा हूँ? यह माहौल का असर है या मेरे अंदर ढकी-छिपी कुंठा का है, जो सचाई और हक़ीक़त को जानने-पहचानने की ताक़त छीनकर मेरे दिल व दिमाग पर परदा डाल रही है?'

सिर पकड़कर बहराम बैठ गया। खुसरू सुस्त चाल से उठकर खाने का पतीला उठा लाया और वहीं मेज़ पर रख दिया। प्लेट सजाई और बहराम के कंधे पर हाथ रखकर आहिस्ता से कहने लगा, "मुझे मालूम था, तुम्हारा संवेदनशील मन इस दास्ताँ को सुनकर कितना दहल गया होगा; मगर दोस्त, यही ग़म तो हमारी प्रेरणा है। अपने को

निचोड़कर शब्दों में बहा देना हमारी कला है। इसलिए इस पीड़ा को सँभालकर रखो और बूँद-बूँद कर अपने उपन्यास में ख़र्च करो····शाबाश, अब उठो और क़ोरमासब्ज़ी का मज़ा लो।"

बहराम जिस तरह अपने किरदारों को क़लम द्वारा समुद्र की लहरों के बीच से उठाकर साहिल पर ला खड़ा करता था, उसी तरह उसने अपने अंदर के बल को समेटा और अपने को सहज बनाकर खुसरू के इस कथन को लबादे की तरह कंधे पर डालने में देर नहीं लगाई, न उसे कोई झिझक महसूस हुई, इसलिए वह ग़मगीन चेहरा लिये उठ खड़ा हुआ।

"आता हूँ मेरे दोस्त, ज़रा मुँह पर छींटें मार लूँ। जाने क्यों ये आँखें एकाएक जलने लगी हैं।"

गुसलख़ाने की तरफ़ जाते हुए बहराम के ख़यालात भूमिगत बिजली की ट्रेन से भी ज़्यादा तेज़ भाग रहे थे। उपन्यास का अंत उसकी समझ में आ गया था। वह जल्दी-से-जल्दी घर पहुँचकर अपने लिखने की मेज़ पर बैठना चाहता था, ताकि अपने अंदर उमड़ते सारे जज़्बात वह सफ़ेद पन्नों पर उड़ेल दे जिससे उपन्यास एक सार्थक मोड़ पर ख़त्म हो।

"आओ बहराम, क़ोरमासब्ज़ी का आज मज़ा ही निराला है।" खुशी से चहका खुसरू और कलमेवाली उँगली को हलके-से चाटा।

दोनों मेज़ पर रखे खाने के सामने आलथी-पालथी मारकर बैठ गए। खुसरू का चेहरा उस मासूम बच्चे के उत्साह से भरा हुआ था जिसने कोई काम अपनी बिसात से बढ़कर अंजाम दिया हो।

'ब सलामती' कहकर बहराम ने गिलास उठाकर दोस्त के गिलास से टकराया और दोनों ने साथ घूँट भरा।

अपने-अपने दायरे को फलाँगकर दोनों दोस्त उस ऊँचाई पर पहुँच चुके थे, जहाँ से भावनाओं की दुनिया उन्हें साफ़ नज़र आ रही थी। इनसानी संबंधों का सिलसिला किसी घने जंगल की तरह घाटी को ढके था, जिस पर सूरज की रोशनी छितराकर पड़ रही थी। उन्हें महसूस हो रहा था कि अपने को अपने से अलग कर, इनसानों की भीड़ में रखकर देखने का लुत्फ़ शायद इसी उम्र की उपलब्धि है, जब विवेक भावनाओं का महारथी बन जाए।

दोनों ने मिलकर खाना खाया, गप्पें मारीं और ऊँचे क़हक़हे लगाए। सिगरेट फूँकीं, ईरान और जर्मनी के साथ संपूर्ण विश्व के साहित्य के बखिए उधेड़े। किसी को आसमान पर रखा, किसी को ज़मीन पर पटखा, फिर अपने को नापा और कॉफ़ी पीने कमरे से बाहर निकल गए। उनके दिमाग़ से आइज़ाबेल ग़ायब हो चुकी थी। □

आख़िरी पहर

तूफ़ान अपने उतार पर था। गरजनेवाली चालीसा का कहीं नामोनिशान न था, जैसे वह कभी फनफनाती, घरों को उजाड़ती, लोगों को डसती हुई बही ही नहीं थी। इनसान तो इनसान को मार रहे थे। सनसनाहट बदनों में तहलका मचाए हुए थी। ऊपर से कुदरत किस बात पर बरस पड़ी? ज़ाहेदा ने काली चादर से लिपटे सरापा से लाल आँखों को ऊपर उठाया जैसे शून्य में खुदा के वजूद को देखना चाह रही हो।

इसलामी क्रांति गुज़र गई,
ईरान-इराक जंग ख़त्म होगी,
ज़लज़ले का मातम ठंडा पड़ गया, आगे ?

एक ठंडी अँधेरी रात की शुरुआत, जिसमें गरम लम्हों को समेटा नहीं जा सकता है। तीन ज़िंदगियों के पड़ाव क्या सैलाब में बह जानेवाली बस्ती की तरह भुलाए जा सकते हैं? ज़हन पर लगी ख़रोंचें क्या साफ़ स्लेट में बदलकर दिल को किसी बाँध की तरह समेट सकती हैं, जहाँ ग़म का रास्ता बदलकर दर्द की नदी किसी नई ज़मीन पर बह सके?

पुरानी ज़मीन का ठहराव,
कितनी बार, बदल-बदलकर,
नदी अपने लिए तलाश करे?

□

दस साल की ही तो थी ज़ाहेदा, जब उसकी शादी बारह साल के रजब से हुई थी। सारा दिन चौपायों की ख़िदमत करना, दूध दुहना, दही बिलोना, मक्खन निकालना, और क्या था उसकी ज़िंदगी में? जानवरों के दुःख-दर्द उसके अपने होते। इनसान और जानवर का संबंध वह रजब के साथ पूरे पाँच साल जी चुकी थी। एकाएक रजब मर गया। उसे किसी ज़हरीले साँप ने काटा था। वह विधवा हो गई। रजब उसे बहुत याद आता—गाय चराते हुए, दूध बिलोते हुए, चारा काटते हुए, सास के पास लकड़ी की आँच के सामने बैठ गरम-गरम रोटियाँ खाते हुए।

"रजब का बाप भी जल्दी चला गया था।" सास बतातीं।

"रजब तब कितना बड़ा था?" वह पूछती।

"पेट में, बस एक महीने का…" सास लौट जाती कहीं दूर।

ज़ाहेदा अकेले में अपना पेट देखती और सोचती कि रजब को गए पूरे पाँच माह गुज़र गए हैं; ज़रूर मेरे पेट में पाँच माह का बच्चा होगा और नौ महीने बाद एक छोटा-सा बछड़ा अपनी चितकबरी गाय की तरह मेरे पेट से भी बाहर आ जाएगा, मुलायम-मुलायम-सा, रजब की तरह····

"माँ, मेरे नौ महीने पूरे होने को आए।" एक दिन वह ख़ुशी से चीख़ी।

"हाँ, रजब को गुज़रे आठ-नौ महीने हो गए।" माँ का सुस्त स्वर गूँजा।

"अब बच्चा होगा मेरे।" एक सुख-भरी आवाज़ फैली।

"यानी" माँ चौंक पड़ीं।

"जैसे तुम्हारे रजब हुआ था।" ज़ाहेदा सास के कंधे पर सिर रखकर गुनगुनाई।

"पागल!" माँ दुःख से हँसी और धूप-छिटके आँगन में उपले पाथने लगीं।

□

रजब की माँ रात-भर ज़ाहेदा के बारे में सोचती रहीं। भोली है, कुछ जानती-समझती नहीं है। पूरी ज़िंदगी कैसे गुज़ारेगी? किसी अच्छे लड़के के साथ इसके दो बोल पढ़वा देना मेरे लिए मुनासिब होगा, वरना मेरे मरने के बाद अकेली पड़ जाएगी। मगर इस पहाड़ी गाँव में दूर-दूर कहीं लड़का नज़र नहीं आता। सब जवान ब्याहे हैं, सिर्फ़ एक मास्टर को छोड़कर। उससे बात करके देखती हूँ। वह कई दिन इसी उधेड़बुन में पड़ी रहीं। आख़िर फ़ैसला कर उठीं और सीधे मदरसे पहुँच गईं। चार लड़के ज़मीन पर बैठे मास्टर हसन की कही बात दोहरा रहे थे। वह सामनेवाले पत्थर पर इंतज़ार में बैठ गईं।

"तेरी घरवाली साथ नहीं रहती?" माँ ने मास्टर को जाते हुए रोका।

"अभी ब्याह नहीं हुआ।" हसन शर्माते हुए बोला।

"फिर यहाँ क्यों आया? कहाँ से आया?" माँ एकाएक उत्साह से भर उठीं।

"मशहद से, टीचर बनने के लिए पहले गाँव में साल-भर रहना ज़रूरी है। तुम्हें पता नहीं होगा, हमारा क़ानून यही है। उसे मानना हम सब का काम है। इसीलिए घर से दूर मैं यहाँ हूँ।" हसन ने उदासी से कहा।

"हाँ, अब शादी तो तेरी माँ करेगी लौटने पर?" माँ कुरेदतीं।

"मेरा कोई नहीं है, बस बूढ़ी दादी हैं····वे भी अंधी।" हसन की उदासी बढ़ी।

"सुन, मेरी एक बहू है। मेरा बेटा मर गया। मैं चाहती हूँ, तू उससे निक़ाह कर ले। देखने-सुनने में अच्छी है। देखना चाहो तो शाम को खाना मेरे घर खाओ····। इस पहाड़ी के नीचे जो नन्हा सोता है, उसी के पासवाली झोंपड़ी हमारी है। पूरी पाँच गाएँ और दस भेड़ें हैं। हमें जहेज़ नहीं चाहिए। तुम परेशान मत होना।" रजब की माँ ने दो टूक बात कह दी।

"जी!" हसन चौंक पड़ा। उसको जवाब देते नहीं बना।

हसन हैरत से उस जवान औरत को पहाड़ी से नीचे उतरता देखता रहा। गाँव और शहर का फ़र्क़ आज उसकी समझ में आया। उसे यहाँ छः महीने हो गए थे पढ़ाते हुए, इतना तो उसे पता था कि गाँववाले अपने खेतों और जानवरों से ही ताल्लुक़ रखते हैं, जबकि शहरी तिजारत और विज्ञान से; इसीलिए शहर के लोग ज़्यादा तरक़्क़ी याफ़ता हैं और आरामदेह ज़िंदगी गुज़ारते हैं। गाँव की औरतें इतनी मुँहफट और अपनी मुश्किल हल करने में इतनी मुस्तैद भी होंगी, उसे पता नहीं था। बिना लाग-लपेट के वह जवान औरत अपनी बहू की बात कह गई, मगर ख़ुद अपने लिए शौहर क्यों न ढूँढ़ा?

□

शाम को वह टहलता हुआ उत्सुकतावश उस झोंपड़े के पास पहुँचा। एक जवान ख़ूबसूरत लड़की बछड़े के संग खड़ी दिखी। वह पेड़ की आड़ में खड़ा हो उसे ताकने लगा। लड़की ने जल्दी-जल्दी काम समेटना शुरू कर दिया। जब वह हाते से अंदर झोंपड़ी में जाने लगी तो वह ऊँचाई से उतरा और हाते का लकड़ी का दरवाज़ा खोला।

"कौन?" रजब की माँ की आवाज़ गूँजी।

"मैं, हसन।" कदम बढ़ाते हुए वह बोला।

"अंदर आ जाओ, चले आओ।" माँ ने प्यार से बुलाया।

हसन झोंपड़ी में दाख़िल हुआ। लिपे-पुते कमरे जैसा वह हिस्सा नमदों से सजा था। सामने वही जवान औरत बदन को नीली फूलदार चादर से लपेटे बैठी थी। पास में वही लड़की बैठी साग की पत्तियाँ तोड़ रही थी। सलाम करके हसन ने जूते उतारे और किनारे बैठ गया। औरत ने चाय उसके आगे बढ़ाई और पनीर का टुकड़ा रोटी पर रखकर अंजीर का मुरब्बा प्याले में निकाला। लड़की ने उसे एक नज़र भरकर देखा और फिर अपने काम में लग गई।

"एक कमरा और बन जाएगा⋯ज़मीन बहुत है। इस झोंपड़े को छोटा मत समझो, पीछे इसी तरह से तीन कुलबे हैं। इसका ससुर बहुत मेहनती था। रजब के ब्याह में उसने पूरी दस भेड़ें, आठ नमदे और एक गाय ज़ाहेदा के बाप को दी थीं। इस घर में सब है, तुम्हें देने की कुछ ज़रूरत नहीं है⋯दादी से पूछोगे?" रजब की माँ खुले दिल से सब कह गई।

"हाँ, ज़रूरी है।" उसने थूक निगलकर ज़ाहेदा को ताका।

"पूछो⋯उनको साथ रखना, समझे? हम दोनों की सेवा होगी यहाँ⋯मैं उनकी करूँगी, यह मेरी, और तुम हम तीनों की देखभाल करना।" रजब की माँ बड़े संतोष-भरे लहजे में बोली।

"छः महीने बाद मुझे लौटना होगा।" हसन बौखलाकर बोला।

"कहाँ, पढ़ाने? पढ़ाना यहाँ क्या बुरा है? ज़रूरत तो यहाँ है।" रजब की माँ ने हसन की सारी उम्मीदों पर पानी फेरते हुए कहा।

"हाँ, फिर भी सोच-समझकर फ़ैसला लेना होगा।" हसन इतना कहकर चुप हो गया। उसके पास अभी कोई नौकरी तो पक्की थी नहीं, मगर वह गाँव में रहने को भी तैयार नहीं था।

"ठीक है !" रजब की माँ ने हामी भरी।

□

हसन को लड़की पसंद आई थी, मगर वह मशहद में पलकर बड़ा हुआ था। अब इस तरह हमेशा के लिए यहाँ रहना उसे मुश्किल लगा, इसीलिए वह दम साध गया और उधर झोंपड़े की तरफ़ दोबारा नहीं गया।

"कुछ जवाब आया ? महीना गुज़रने को है ?" एक दिन रजब की माँ मदरसे पहुँच गई।

"हाँ, मगर···" उलझते हुए हसन ने कहा। उसकी 'मगर' के लिए रजब की माँ नहीं रुकीं, खुशी से चीख़ती हुई पूरे गाँव में एलान कर बैठीं।

शादी हो गई। अब हसन उनके साथ रहने लगा। गाँववालों ने हसन को धीरे-धीरे करके एक अलग ज़िंदगी दिखाई। हसन जो शादी के कुछ वर्षों बाद मशहद वापस जाने की ठाने हुए था, शादी के साल-भर बाद ही गाँववालों की समस्या को हल करने में इस तरह उलझा कि उसका रोष शाही हुकूमत के विरोध में पनपने लगा। जब वह मशहद जाता, स्कूल की ज़रूरत को लेकर तेहरान जाता, तब उसकी आँख खुलती कि आख़िर अपने ही देश में खेतिहर मज़दूर-किसान सबको रोटी खिलाकर खुद ख़ाली पेट सोता है।

जाने कब और कैसे हसन भूमिगत गतिविधियों में फँसता चला गया, जहाँ उसी की सोच के सब लोग एकजुट होकर व्यवस्था को बदलने की बात करने लगे थे। ज़ाहेदा बिना कुछ जाने गाँव से शहर घूमती हुई, यह सोच-सोचकर परेशान होती कि शादी के दस साल बाद भी उसकी गोद क्यों नहीं भरी ? माँ के कहने पर आख़िर हसन ज़ाहेदा को किसी डॉक्टर के पास तेहरान ले गया। लौटते हुए सीमा सुरक्षा पुलिस ने उसे पकड़ लिया। पूछताछ के लिए वे उसे अपने साथ ले गए।

दो दिन बाद गाँव का घर बिसमार हो गया। जानवर मार डाले गए। घर में आग लगा दी गई। हसन को साम्यवादी समझकर गोलियों से भून दिया गया। गाँववाले इतना डर गए कि उन्होंने सास-बहू को गाँव में पनाह नहीं दी या फिर यह सीमा सुरक्षा पुलिस का आतंक-भरा षड्यंत्र था। दोनों जान न पाईं और शहर की तरफ़ पैदल चल पड़ीं।

ठोकरें खाते हुए पाँच साल गुज़र गए ।
जाहेदा ने आँसू पोंछ लिये।
रूखी-सूखी गुज़र रही थी कि सास की मौत हो गई।
तीस साल की औरत फिर तन्हा रह गई।

□

शाह का दौर, आरामदेह ज़िंदगी की शुरुआत और पेट्रोडालर की रेल-पेल; 'जिसकी लाठी उसकी भैंस' वाली व्यवस्था में ज़ाहेदा शरीफ़ाना ज़िंदगी न बिता सकी। उसे ज़बरदस्ती एक नौ-दौलतिए की रखैल बनना पड़ा। उसके शौहर ख़लील की पहली पत्नी निपट घरेलू औरत थी, जिसके बदन से प्याज़-लहसुन की बदबू आती थी। इसके बावजूद उसके पाँच बच्चे थे। सावाक में वह एक अदना इंसपेक्टर था, मगर एक घर में छापा मारने पर उसने जवान विद्यार्थियों की ऐसी जमकर पिटाई की थी कि उन्होंने भेद खोल दिया और ख़लील की तरक़्क़ी हो गई।

जब ख़लील बड़ा आदमी बना तो उसे जिस कमी ने सबसे ज़्यादा दुखी किया वह थी बीवी की शक्ल में एक हसीना का बग़ल में न होना। बड़ी-बड़ी दावतों में जब सारे अफ़सरान शाही दरबार में अपनी नोक-पलक से दुरुस्त पत्नियों को लेकर पहुँचते तो वह हीनता से खुदकुशी करने पर आमादा-सा नज़र आता। एक बार किसी मजबूरी के तहत बीवी को ले जाना पड़ा था। क़ीमती कपड़ों को उसने पहन लिया था। ठीक-ठाक लग रही थी। उसका दिल सँभला, मगर जब उसने भरी महफ़िल में पत्नी के कपड़ों पर लगे क़ीमत के टैग को लटकते देखा तो वह शर्म से पानी-पानी हो गया। उसके मातहत की पत्नी ने वे सारे टैग चुपचाप उतार लिये थे।

"तुम मेरे बच्चों की माँ न होती तो ....तो...." घर आकर वह बीवी को गोली से उड़ाते-उड़ाते रुक गया। उसी हीनता के दलदल में छटपटाते हुए उसने बेकस ज़ाहेदा को धर पकड़ा था।

पैंतीस वर्ष की ज़ाहेदा कटे परिंदे की तरह इस हसीन संगमरमरी 'विला' में तड़पती, मगर बाहर निकलने के सारे दरवाज़े बंद थे। ख़लील उस पर पानी की तरह पैसा बहाता, बेहतरीन सेंट से उसे शराबोर कर लंबी-लंबी साँसों के साथ वह सारी खुशबू सूँघता और सोचता कि वह बड़ा आदमी बन गया है। उसके इस पागलपन को सहना ज़ाहेदा की मजबूरी थी। ऐसा नहीं था कि ज़ाहेदा ने पिंजड़े की तीलियाँ तोड़ी न हों, मगर उस जुर्म में ख़लील ने सोटे से उसकी मरम्मत की थी। महीना-भर तक तड़पती अपने नीले ज़ख़्म पर गरम फाए रखती रही थी। वह शराब कम पीता, मगर तिरयाक़ बहुत खींचता था। आँखें फूल जातीं, होंठों से बदबू का गुबार उड़ता, और वह किसी अधमरे भैंसे की तरह लुढ़क जाता। उसे ज़ाहेदा के ज़ख़्मों को देखने की फ़ुरसत न थी।

ज़ाहेदा को उससे इतनी शदीद नफ़रत थी कि वह दो वर्ष साथ रहने के बाद भी उससे निक़ाह की बात न कर सकी। न उसे इस बात का मलाल था। जो बात उसको दीमक की तरह चाट रही थी, वह थी इस तिरयाक़ी से अपनी जान छुड़ाना। उसे बात करने तक का सलीक़ा नहीं था। चूँकि वह पढ़ा-लिखा नहीं था, इसलिए हमेशा नफ़ा-नुकसान जैसे शब्दों से वह निकल नहीं पाता था। बिस्तर पर लोटने और ज़ाहेदा को

ज़लील करने के अलावा उसके पास कोई अभिव्यक्ति नहीं थी। इसी को वह इश्क़ कहता था।

उसके जाने के बाद ज़ाहेदा घंटों इस शब्द पर अफ़सोस करती कि आख़िर ऐसे सुने-सुनाए शब्दों का प्रयोग वह क्यों करता है जो उसको इतना बदसूरत बना देते हैं कि इश्क़ से नफ़रत होने लगती है और वह इस क़ैद से आज़ाद होने के लिए दिल-ही-दिल में अपनी मौत की दुआ माँगती।

तभी एक दिन...

साम्यवादी पूर्व-सूचना सच हुई।

शाही तख़्ता पलट गया

घर-घर, गली-गली, इस्लामी, हरा, काला झंडा लहराने लगा।

खेप-के-खेप लोग शाही वफ़ादारी में,

दूसरों का माल खाने में,

फाहैशा-ख़ानों को आबाद करने में,

तिरयाक़ का नशा खींचने में, गोली से उड़ाए जाने लगे।

उन फाँसी पर लटकाए जानेवालों में ख़लील भी था। ज़ाहेदा ने सुख की साँस ली। पहले जी भरकर नहाई, फिर अच्छा लिबास पहना। हलका इत्र कानों के पास लगाया और नाक के नथुनों पर मला, फिर एक कमरे से दूसरे कमरे में बड़ी आज़ादी से घूमी। अपनी दौलत का अंदाज़ा लगाया और एक लंबी साँस खींचकर उसने अपने आपसे कहा—अब वह इज़्ज़त से जी सकेगी।

खुली हवा में साँस ले सकेगी।

रोटी, कपड़ा और मकान की ख़ातिर

वह मर्द के साथ रहने पर मजबूर नहीं होगी।

उसने बड़ी शान से पर्स उठाया और बिना किसी ख़ौफ़ के वह दो साल बाद बाहर निकली। उसकी आँखें सड़क पर आमदरफ़्त, मर्द-औरत के चेहरों और शानदार दुकानों को देखकर चकाचौंध होने लगीं। इतनी भीड़ में चलने की उसे बिलकुल आदत नहीं थी। पिछले दो वर्षों से तो वह घर में क़ैद थी। उसके पैर थकने लगे। सामने चुलूकबाबी का रेस्टॉँ देखकर वह उसमें दाख़िल हुई और कुरसी से टेक लगाकर राहत की साँस ली। अरसे बाद भूख उसे तेज़ी से लगी, जैसी बचपन में लगती थी। उसने पेट-भरकर खाना खाया। थोड़ी देर कुछ सोचती-सी अपनी मेज़ पर बैठी रही। उसको अपने में मगन बैठा देखकर चुलूकबाबी के मालिक ने गुलाबी छींट की चादर में अधखुले चेहरे को ग़ौर से देखा।

□

अकेली तन्हा-तन्हा ज़िंदगी उसे कुछ दिन बहुत भाई, फिर अकेला घर काटने

लगा। लौटकर पीछे जाने का कोई रास्ता नहीं था। कौन-सा घर उसका बचा था जहाँ वह हिल-मिलकर जीने लगती? मुल्क की फ़िज़ाँ में शक घुल गया था, इसलिए बिना जाने-पहचाने किसी के घर जाते झिझक होती कि वह जाने क्या समझ बैठे?

कभी-कभी वह काम करने की सोचती, मगर अपने चारों तरफ़ फैली बेकारी को देखकर चुप रह जाती। इस जंग ने महँगाई बढ़ा दी थी। तरह-तरह की मुसीबतों को देखकर ज़ाहेदा आनेवाले सख़्त दिनों के बारे में सोचते हुए पागल-सी होने लगती। वह घर का क़ीमती सामान एक-एक करके बेचने लगी थी। रोज़ का ख़र्चा चलाने के लिए भी तो चार पैसे हाथ में होने चाहिए।

उस मर्द की घूरती आँखों में चाहत का पैग़ाम उसने पढ़ा, मगर सिर को झटक दिया। वह कैसी बेहूदा बात अपने लिए सोच रही है! बाक़ी ज़िंदगी उसे अकेले गुज़ारनी है। अधेड़ उम्र में औरतों के साथी उन्हें छोड़ जाते हैं और वह इस ढलती उम्र में जवानी के ख़्वाब देख रही है? उधर चुलूकबाबी का मालिक किश्तमंद अपनी जगह परेशान था कि आँखों की ज़बान यह औरत पढ़ नहीं पा रही है या उसका जवाब इनकार में देना चाहती है, इसलिए अपनी उचटती-सी नज़रों में नफ़रत या चाहत कुछ भी नहीं दिखाती है।

वक़्त गुज़र रहा था। सूखी और बेनूर ज़िंदगी की सारी रंगीनी धर्म के नाम पर बंद हो चुकी थी। गाना, नाचना, पहनना, ओढ़ना शोक में बदल चुका था। रेस्ट्राँ और होटलों की जगमगाहट अँधेरे में डूब चुकी थी। उसकी जगह मसजिदें और सड़क के किनारे शहीद बेटों के नाम पर रखी सबीलें ज़्यादा दगदग करती थीं। ऐसे माहौल में तन्हा इनसान कितना अकेलापन झेलता है इसका अंदाज़ा किश्तमंद को था। उसे विधुर हुए पाँच साल गुज़र गए थे। उसके दोनों बेटे अमेरिका में पढ़ रहे थे। माँ का देहांत इसी साल हुआ था। दोनों बहनों की शादी हो चुकी थी।

पैंतालिस साल का किश्तमंद अमेरिका की एक फ़र्म में नौकर था। इनक़लाब के जोश में लौटा और यहाँ आकर ऐसा फँसा कि वापस लौटना उसे मुश्किल लगा। बाप का यह रेस्ट्राँ उसे सँभालना पड़ा। ढलती उम्र ने उसे बताया कि ज़िंदगी का आख़िरी पड़ाव अपना मुल्क होना चाहिए। माँ के कहने पर जंग की मार से हुई जवान विधवाओं से उसका दिल शादी करने को नहीं चाहा। दिल में अजीब बैराग-सा बस गया था।

□

ज़िंदगी ने एक बार फिर नए मोड़ पर ज़ाहेदा को पुकारा था। इस बार ज़ाहेदा की इच्छा का भी दख़ल था। इसलिए वह किश्तमंद जैसे ख़ुशशक्ल, अधेड़ मर्द की हक़ीक़त से इनकार न कर सकी। वह भी अकेलेपन से थक चुकी थी। निक़ाह हो गया। अपने नए मकान में आकर वह बहुत ख़ुश हुई। इस घर में वह सब था जो टुकड़ों में उसे अभी तक मिला था। किश्तमंद एक भरपूर इनसान था। उसके पास खुला दिल व दिमाग़ था।

ज़बान और कलाम में वह इतना माहिर था कि ज़ाहेदा के वीरान पड़े अँधेरे ज़हन में उसने जाने कितने चिराग़ रोशन कर दिए थे।

कभी-कभी ज़ाहेदा जब अपनी पुरानी ज़िंदगी की तरफ़ भटक जाती तो उसे जैसे खुद यक़ीन न आता कि इतने कम समय में उसने ज़िंदगी के सारे उतार-चढ़ाव देख लिये, कितने तल्ख़ तजुरबे उसे हुए हैं! ज़िंदगी के हर मोड़ पर जो भी घटा उस फ़ैसले में वह कभी शामिल नहीं थी, फिर यह सब उसके साथ कैसे होता रहा?

साल-भर बाद छुट्टियों में बच्चों को घर बुलाने की बात जब उसने कही तो किश्तमंद ने बताया कि वे दोनों खुद मिलने जाएँगे, क्योंकि बच्चे उम्र के जिस दौर में हैं उन्हें बसीज में जाना पड़ेगा। इस बेकार की लड़ाई में शहीद होने के लिए उनकी औलादें नहीं हैं। सियासत की बिसात आज कुछ है, कल कुछ और होगी। उसके साथ क्या हम अपने को तबाह कर डालें? सुनकर ज़ाहेदा का कलेजा हिल गया। एक ख़ौफ़ उसे धमकाने लगा कि कहीं इसी जुर्म में किश्तमंद को फिर कोई उससे छीन न ले जाए?

□

ज़माने ने करवट बदली।
मौत, भय, जोश, जंग, जलन,
जाने कैसे समय के गुज़रते
दूध के उफ़ान की तरह बैठने लगे।

मुल्क के दरवाज़े खुल गए। ताज़ा हवा के झोंके धरती पर हरियाली बिछाने लगे। किश्तमंद के दो जवान बेटे तेहरान लौट आए। ज़िंदगी-भर ममता का प्यासा दिल टूटकर बेटों पर मोहब्बत लुटाने लगा। माँ-बाप और बच्चों से भरा यह घर खुद महकने लगा। ज़ाहेदा को अपनी क़िस्मत के खुलने पर खुद रश्क होता। ऐसे मौक़ों पर वह खुद किश्तमंद और बेटों की नज़र उतारती। दिल-ही-दिल में दुआ माँगती कि अब इन तोहफ़ों में से मेरे खुदा, मुझसे कुछ मत छीनना!

जाने कब दबे पाँव
दस साल गुज़र गए।
बहुओं के आने का वक़्त हुआ।
घर फिर दुल्हन की तरह सजा।

ज़ाहेदा अपने को हर दूसरी औरत की तरह खुशक़िस्मत समझने लगी। बदसूरती का गुज़र उसके इस घर में नहीं था। ज़िंदगी चलने का नाम है—इसका अहसास उसे अब हुआ है। वह सब कुछ भूल गई है। सियासत ने फ़िलहाल अपनी तलवार म्यान में रख ली थी। जंग का ख़ून धुल चुका था। घुटन की चादर फट चुकी थी। आबादी की तरावट अपने पूरे जोबन के साथ फलदार दरख़्तों, फ़सल-तैयार खेतों और चमकीले चेहरों में से झाँक रही थी। तब एकाएक कुदरत को किस बात पर गुस्सा आ गया?

□

बस्ती मलबा बन चुकी थी। लाशों को निकाला जा रहा था। ज़िंदा इनसानों को ज़ख़्मियों के साथ अस्पताल पहुँचाया जा रहा था। ज़ाहेदा तो बेटों की शादियों के इंतज़ाम में लगी थी। पहले ज़मीन हिली, फिर दीवारें काँपीं और घर उलटने लगा। इससे पहले कि वह किसी को पुकारती, कुछ पकड़ती, बाहर भागती, ऐसी चकराकर गिरी कि पूरे दो दिन बाद उसे होश आया और आज हफ़्ते-भर बाद वह क़ाबिल हुई है कि उठकर बैठे। ज़िंदा तो बच गई। मगर ज़िंदगी की बदली सूरत को पहचान न सकी।

डॉ. के कहने पर वह उठी।
चेहरों से चादर हटाकर
कुचले बदनों की तसवीरों में
अपने किश्तमंद और बेटों को
ढूँढ़ती ज़ाहेदा बेदम हो गई।

उसे कहीं कोई नहीं मिला। घर मलबा बन गया। वह फिर इस दुनिया में अकेली रह गई। क्यों हुआ ऐसा? यह किससे पूछे? इस बार वह अकेली तबाह नहीं हुई। उसके साथ पाँच हज़ार ख़ानदान तबाह हुए और कुल दो सौ लोग ज़िंदा बचे, जिनमें से सिर्फ़ पंद्रह लोग ऐसे थे जो हाथ-पैर से सही-सालिम थे। उनमें से एक ज़ाहेदा भी थी। डॉक्टर का कहना था कि वह खुशक़िस्मत है जो ख़तरनाक हादसे से बच गई।

सुबह,
शाम और दोपहर
ज़िंदगी कितने आराम से
उगते, चढ़ते, ढलते
रास्तों पर, ग़म और खुशी के संग
इनसानों को घसीटती रही।

चाहे-अनचाहे ज़ाहेदा हर बाद टूटी ज़िंदगी को फिर से जुड़ता देख जीती रही। इस बार ज़िंदगी ने उसको बहुत कुछ देकर सब कुछ छीना था। पचास साल की ज़ाहेदा कहाँ जाए, क्या करे, किसे पुकारे? काली चादर में लिपटे अपने सरापा को उठाकर वह अपने घर के मलबे की तरफ़ ले जाती है। चुन-चुनकर घर चीज़ों के टुकड़ों को बीनती, उन्हें जोड़ती, चमती, सूँघती है। उलटे-सीधे थैलों में उसने इन चीज़ों को बड़े जतन से सँभाल-छिपाकर एक बड़े खंभे के पास रख दिया है। उसी के पास बैठकर वह सामनेवाले मोहल्ले की आबादी को कभी-कभी बड़ी हैरत को ताकती है।

''यह कौन है?'' राह चलनेवाले पूछते।

''कोई पगली!'' जवाब मिलता।

''ख़तरनाक हो सकती है।'' भय से कोई कह उठता।

"इसे यहाँ से हटाना चाहिए।" किसी के दिमाग़ में हल उभरता।

□

मोहल्ले के बच्चे रोज़ का [illegible] जब उस पगली के लिए स्कूल के अपने नाश्ते से बचाकर पनीर, नान और रात का बासी पुलाब लाए तो वह औरत उन्हें चिनार के दरख़्तों की जड़ों के पास बैठी बहते पानी में फूलदार बरतनों, कपड़ों के चीथड़ों को धोती हुई अपने से बातें करती नज़र आई।

रहमदिल बच्चों के चमकते चेहरे फ़िक्र से मुरझा गए। वे कुछ देर खड़े रहे। फिर उन्हीं दरख़्तों की आड़ में अपने-अपने काग़ज़ों में लिपटे पैकेट छोड़ गए। उनकी स्कूल-बस उन्हें बुला रही थी।

बच्चों के ज़हन में सवाल गूँजा।
इस वक्त वह कहाँ होगी?
उन्हें कौन बताए कि
रात के आख़िरी पहर में
अब पागलख़ाने की चहारदीवारी में
बंद कर आया है।
जहाँ पर दीवाने कहे जानेवाले की
गुज़री ज़िंदगी की यादें,
पागलपन के नाम पर
सिर्फ़ उसके ज़हन में
क़ैद होती है।

तुम्हारे बिना

नए गल्लेबान की 'हुर-हुर' की आवाज़ से,
खोई भेड़ें घर को लौट रही है।
खेत-खलिहान,
फ़सल और अनाज से भर उठे हैं।
धीरे-धीरे
टूटे घरों की दीवारें बन रही हैं।
कुछ पर
नई छतें भी पड़ चुकी हैं।
जवान औरतें,
पेट से हैं और,
गायों ने बछड़ों को जन्म दिया है।
सलीबों के जंगल
कट चुके हैं और,
फलों से भरे वृक्षों के बीच
शहर-दर-शहर,
गाँव से क़सबे और
एक घर से दूसरे घर तक
टूटी ज़िंदगी फिर से जुड़ रही है।
दम तोड़ती,
रात की कालिमा के बीच
अब,
पौ फटनेवाली है।
कल
जो नया सूरज उगेगा
वह तुम्हारे बिना,
कितना अपना लगेगा?